HEYNE
BÜCHER

SUSAN JOHNSON

VON VENUS VERFÜHRT

Roman

Aus dem Amerikanischen
von Eva Malsch

WILHELM HEYNE VERLAG
MÜNCHEN

HEYNE ROMANE FÜR ›SIE‹
Nr. 04/371

Titel der Originalausgabe:
LEGANDARY LOVER

Deutsche Erstausgabe 8/2001

Printed in France 2001
http://www.heyne.de
Umschlagillustration: Pino Daeni/Agentur Schlück
Umschlaggestaltung: Nele Schütz Design, München
Satz: Prechtl, Passau
Druck und Bindung: Brodard & Taupin, La Flèche Cedex

ISBN 3-453-18491-2

1

Kristallpalast, London, Mai 1851

Der Marquess of Redvers entdeckte die Honorable Sarah Palmer und ihre Tante Lady Tallien schon, bevor sie ihn sahen. So schnell wie möglich tauchte er in der Menschenmenge unter, die sich auf der Weltausstellung tummelte. Jeden Tag kamen etwa vierzigtausend Besucher in die fantastischen gläsernen Tonnengewölbe, die Paxton entworfen hatte.[1] Ohne die Exponate zu beachten, bahnte er sich hastig einen Weg durch das Gedränge, um den beiden Damen zu entrinnen. Sarah, die eben erst debütiert hatte, wollte ihn zum Traualtar schleppen – stets ein Grund, die Flucht zu ergreifen. Und ihre Tante Bella, eine seiner zahlreichen Geliebten, stellte neuerdings Forderungen an ihn, die er nicht erfüllen wollte.

Als er über die Schulter spähte, sah er nirgendwo rosa Hutfedern wippen und seufzte erleichtert. Wenn er die Damen Palmer und Tallien das nächste Mal traf, würde er ihnen klar machen, er sei nicht verfügbar. Aber nicht an diesem Tag – nicht nach zwei durchzechten, zeitweise in den Armen schöner Frauen verbrachten Nächten. Er fühlte sich verdammt müde. Wenn Sarah Palmer schon nicht verstand, dass er kein Heiratskandidat war, müsste es zumindest ihre Tante wissen, so wie alle halbwegs vernünftigen Mitglieder der Londoner Gesellschaft.

Da er etwas zu lange nach hinten schaute, stieß er

mit einer Dame zusammen, die in einem Katalog blätterte. Sie wich taumelnd zurück und ihr Schreckensschrei ging im lauten Stimmengewirr unter. Instinktiv ergriff der Marquess ihre Arme und zog sie an sich. Sonst wären sie vermutlich beide gestürzt. In sichtlicher Verwirrung spürte sie seine harte muskulöse Brust, seine kraftvollen Schenkel an ihren. Verblüfft starrte sie in dunkle Augen, die sie interessiert musterten.

Sie war exquisit – goldblond, bildschön, wundervoll gebaut. Trotz der beiden schlaflosen Nächte und anstrengenden Ausschweifungen war er sofort hellwach. »Verzeihen Sie«, bat er mit seiner tiefen, sonoren Stimme.

»Schon gut«, entgegnete sie reserviert.

Aber er hielt sie immer noch fest, fasziniert von ihren ausdrucksvollen Augen und den üppigen Brüsten. »Sind Sie Französin?«

»Bitte, lassen Sie mich los.«

Wenn sein Lebenswandel auch zu wünschen übrig ließ – er blieb stets ein Gentleman. Also erfüllte er ihren Wunsch und trat zurück. Dabei fiel sein Blick auf den Katalog in ihrer Hand. Das Titelblatt zeigte einen Apparat aus Gaslampen und Spiegeln. In einer Vitrine hinter der Dame waren diese Geräte ausgestellt, am Kopf- und Fußende eines Operationstisches. »Davon möchte ich ein Dutzend Exemplare kaufen«, erklärte er lächelnd.

Verwundert hob sie die Brauen.

»Für die Klinik meiner Pächter«, log er.

»Dann müssen Sie ein sehr großes Krankenhaus besitzen.«

Misstraute sie ihm? Diesen kühlen Ausdruck hatte er noch nie in weiblichen Augen gesehen.

Wie mühelos er die Frauen beglücken konnte, war allgemein bekannt. »Nur ein kleines auf jedem Landgut«, improvisierte er.

Nun wich der Argwohn lebhaftem Interesse. »Beschäftigen Sie Ärzte oder nur Krankenschwestern? Nach meiner Ansicht sind Schwestern ...«

Bald unterhielten sie sich angeregt und er führte sie aus dem Getümmel zur Seite. Bereitwillig beantwortete er alle ihre Fragen, bestärkte sie in ihrer erstaunlichen Begeisterung für das Thema der Patientenbetreuung und versprühte seinen gesamten, oft erprobten Charme.

Ist sie im Bett auch so lebhaft, überlegte er. Wie sollte er das herausfinden? Würde er die zauberhafte Frau für sich gewinnen, wenn er ein Dutzend dieser komplizierten Apparate kaufte? Wenn ja, würde sich die Ausgabe lohnen.

Erst einmal lud er sie zum Dinner ein – zu einer kleinen Party im Familienkreis, die er spontan erfand –, und ihr Zögern schien eher auf moralischen Bedenken zu beruhen als auf Desinteresse. »Vielleicht kennen Sie meine Tante, Lady Markham«, fügte er hinzu. Wie ihre Kleidung und ihre Manieren verrieten, gehörte sie der gehobenen Gesellschaftsklasse an.

»Mein Vater kennt sie, weil ihr Mann an den Vertragsverhandlungen zwischen Griechenland und der Türkei beteiligt war.«

»Ihr Vater?«

»Pasha Duras.«

»Ah – der Freiheitskämpfer.« Pasha Duras hatte eine Zeit lang für die griechische Regierung gearbeitet. In Europa war sein Name allgemein bekannt. »Ich könnte Ihnen um neun eine Kutsche schicken.«

»Wird Ihre Tante da sein?«

Und wenn er sie aus dem Bett zerren musste … »Ja.«

»Nun, dann – nehme ich Ihre Einladung sehr gern an.« Ihr Lächeln überstrahlte die OP-Lampen. »Übrigens, ich heiße Venus.«

Wie passend, dachte er. Würde sie auch die amourösen Neigungen ihrer Namensvetterin zeigen? »Darf ich mich ebenfalls vorstellen – Jack Fitz-James.«

»Oh, der Marquess of Redvers«, bemerkte sie nun angewidert. »Ich fürchte, heute Abend bin ich anderweitig beschäftigt.« Abrupt kehrte sie ihm den Rücken und eilte davon.

Aber vor solchen Brüskierungen schreckte er nicht zurück. Da sie sich für die Weltausstellung interessierte, würde sie sicher noch eine Weile in London bleiben. Mindestens zwei Wochen. Lange genug, um sie in aller Ruhe zu verführen, sagte er sich, während er sie in der Menschenmenge verschwinden sah.

»Allem Anschein nach hast du eine neue Frau gefunden.« Ironisch hob Ned Darlington die Brauen, als sich der Marquess den türkischen Exponaten näherte, und kehrte einer Vitrine voller Waffen den Rücken. »Blond oder Brünett?«

Jacks Augen verengten sich. »Wieso weißt du das, zum Teufel?«

»Wie lange kenne ich dich schon?«, fragte Baron Darlington und lächelte nachsichtig.

»Offenbar zu lange.« Jack erwiderte das Lächeln. »Aber sie ist einfach fabelhaft.«

»Sind sie das nicht alle?«

»Sei nicht so zynisch, Ned. Wirklich, ich bin hingerissen. Sie ist Französin.«

»Aus deiner Faszination machst du niemals einen Hehl. Deshalb hast du ja auch so viel Erfolg bei den Frauen.«

»Dass ich sie mag, ist kein Geheimnis.« Lässig zuckte Jack die Achseln. »Die Dame heißt Venus.«

»Dann müsste sie deine leidenschaftlichen Gefühle teilen. Wann gehst du mit ihr ins Bett?«

»Nachdem sie mir einen Korb gegeben hat, wird's vielleicht ein paar Tage dauern.«

»Verlierst du etwa deine Anziehungskraft? Oder hat sie noch nichts von deinem Talent gehört, die Frauen zu beglücken?«

»Doch.« Grinsend entblößte Jack seine schneeweißen Zähne. »Das ist ja der Haken.«

»Also musst du sie eines Besseren belehren.«

»Genau.«

»Die Französinnen wissen, was sie wollen. Vielleicht entsprichst du nicht ihrem Stil. Hast du das schon bedacht?«

»Bevor ich meinen Namen nannte, führten wir ein sehr angenehmes Gespräch.«

»Und dann ließ sie sich von deinem schlechten Ruf in die Flucht schlagen«, seufzte Ned. »Wenn sie prüde ist, solltest du keine Zeit mit ihr verschwenden.«

»So leicht lasse ich mich nicht entmutigen.«

»Seit wann versuchst du uneinnehmbare Zitadellen zu erobern?«

»Keine Frau ist uneinnehmbar.«

Nachdenklich musterte der Baron seinen Freund. »Diese Behauptung fordert beinahe eine Wette heraus. Wäre ich nicht so felsenfest von der unwiderstehlichen Wirkung deiner Liebeskünste überzeugt, würde ich eine größere Summe riskieren.«

»Nun, sie muss mich einfach nur besser kennen lernen«, meinte Jack mit einem zuversichtlichen Lächeln.

»Wurdest du schon einmal abgewiesen?«

»Bis jetzt noch nicht.«

Klugerweise wettete Ned nicht auf Jacks Misserfolg bei der schönen Französin. Aber er erzählte einigen Freunden von den Absichten des Marquess. Die Gentlemen vertraten verschiedene Standpunkte und wagten teilweise hohe Einsätze.

Als Jack an diesem Abend den Brookes-Club betrat, war ihm der Klatsch über Venus Duras bereits vorausgeeilt, und er wurde mit diversen anzüglichen Kommentaren empfangen. Wie er der Wettliste entnahm, vertrauten nicht alle Gentlemen seinem Charme. Einige seiner Bekannten hatten auch auf die Tugend der Dame gewettet.

Den Großteil der nächsten Stunden verbrachte er am Spieltisch, wo er wie üblich gewann, und bewies wieder einmal, wie viel Alkohol er vertrug. Geschickt wich er allen Fragen aus, die sein Interesse an Miss Duras betrafen. Darauf ging er erst am späteren Abend ein, als die meisten Gentlemen angeheitert waren und die Diskretion zu wünschen übrig ließ.

»Heute besucht sie den Ball der Duchess of Groveland«, verkündete einer der Spieler und zog die Brauen hoch. »Warum bist du nicht dort, Jack?«

»Das Dinner hast du ohnehin schon versäumt«, warf ein anderer grinsend ein. Die Abneigung des Marquess gegen Mahlzeiten in größerer Gesellschaft war allgemein bekannt.

»Spielen wir – oder erörtern wir mein Liebesleben?«, fragte Jack gedehnt und blickte von seinen Karten auf.

»Beides«, erwiderte der junge Viscount Talmont fröhlich und bedeutete dem Geber, ihm noch eine Karte auszuhändigen. »Wusstest du, dass die unnahbare Miss Duras in den letzten vierzehn Tagen zwei Dukes und mehrere Earls abgewiesen hat?« Ohne Jacks kühlen Blick zu beachten, fuhr er fort: »Glaubst du etwa, du hast mehr Glück bei ihr?«

»Damit das klar ist, Alastair – ich biete ihr nicht meinen Titel an.«

»Was du nicht eigens betonen musst, Redvers. Aber ich empfehle dir, der Dame nicht sofort mitzuteilen, dass du ihr deine Gunst nur kurzfristig gewähren wirst.« Vielsagend blickte Lord Halverstam in die Runde.

»Auf solche Ratschläge kann ich verzichten. Da erleichtere ich dich lieber um dein Geld«, fügte Jack hinzu und musterte die Karten des Mannes, die auf dem grünen Filz lagen.

»Verdammt, Redvers«, murmelte Charles Givens. »Wie schaffst du das bloß? Ein Spiel nach dem anderen …«

»Oh, ich habe einfach nur Glück«, entgegnete Jack freundlich und griff nach den Chips, die in der Tischmitte lagen.

Bei den nächsten Partien konzentrierten sich alle – in verschiedenen Stadien der Trunkenheit – auf ihre Karten, ohne bessere Resultate zu erzielen.

Eine Stunde später hatte der Marquess weitere zwanzigtausend Pfund gewonnen. Nachdem er einen Blick auf die Wanduhr geworfen hatte, winkte er einen Lakaien zu sich und bestellte eine Flasche

Brandy. Einem anderen Diener vertraute er seinen Gewinn an, verabschiedete sich von seinen Freunden und stand auf. Warum er den Club schon so zeitig verließ, erklärte er nicht. An der Tür nahm er den Brandy entgegen, dann eilte er die Treppe hinab.

Er hatte der Duchess of Groveland versprochen, spätestens um Mitternacht auf ihrem Ball zu erscheinen und mit ihr zu tanzen. Nun blieben ihm nur mehr zehn Minuten, um sein Wort zu halten.

2

Während die intarsierte Uhr in der riesigen Eingangshalle von Groveland House Mitternacht schlug, schlenderte der Marquess durch die offene Tür. Vertraulich begrüßte er Peggys Butler und übergab ihm die Brandy-Flasche. »Melden Sie mich nicht an, Oliver. Ich will die Duchess überraschen.«

»Wie Sie wünschen, Mylord«, antwortete der würdevolle Butler und lächelte zurückhaltend. »Ihre Ladyschaft bezweifelte, dass Sie zum vereinbarten Zeitpunkt eintreffen würden.«

»Bin ich denn nicht immer pünktlich?«

»Darauf wies ich Ihre Ladyschaft hin. ›Auf Lord Redvers kann man sich stets verlassen‹, sagte ich.«

»Wie viel hat sie bei dieser Wette verloren?«

»Zehn Guineen, Mylord«, erwiderte der Butler sichtlich erfreut.

»Nur die Frauen pflegen sich zu verspäten – was, Oliver?«

»Sieht so aus, Mylord. Möchten Sie ein Glas von Ihrem bevorzugten Jahrgang?«

»Vielleicht in ein paar Minuten. Außerdem habe ich schon wieder meine verdammten Handschuhe vergessen.«

»Wenn ich Ihnen welche besorgen darf …«

Jack schüttelte den Kopf. »Nicht nötig. Diese widerlichen Dinger hasse ich ohnehin. Und Peggy wird's nicht stören.«

»Gewiss nicht, Mylord. Da Ihre Ladyschaft Sie für den besten Tänzer von London hält, wird sie sehr gern mit Ihnen tanzen – ob Sie nun Handschuhe tragen oder nicht.«

»Wenn das so ist, will ich meine Patentante pflichtschuldigst erfreuen.«

»Sehr wohl, Sir.« Der Butler verneigte sich formvollendet und schaute dem Günstling seiner Herrin nach, der die Treppe hinaufstieg. Dann schnippte er mit den Fingern, worauf ein Lakai zu ihm eilte, und befahl ihm, eine Flasche vom Lieblingschampagner des Marquess aus dem Keller zu holen.

Jack blieb in der Tür des Ballsaals stehen und beobachtete die zahlreichen Gäste, die sich im Dreivierteltakt wiegten. Im gleißenden Licht der Kristalllüster funkelten Juwelen, glänzten seidene Ballkleider, schimmerten nackte Schultern und kunstvolle Frisuren, mit Blumen oder Federn geschmückt. Unter Peggys grandioser Tiepolo-Decke hatte sich fast die ganze Londoner fashionable Gesellschaft versammelt.

Bald entdeckten die Gäste den attraktiven jungen Marquess auf der Schwelle des Saals. Seine hoch gewachsene Gestalt verdankte er der Verwandtschaft der Fitz-Jameses mit Charles II., ebenso wie den Hang zu Exzessen. Aber die dunklen Haare und Augen hatte er von der Familie seiner Mutter geerbt. Seit der Normanneninvasion sorgten die DeLanceys für die Schönheit aller aristokratischen Dynastien, in die sie eingeheiratet hatten. Für Jacks Eleganz war sein Schneider verantwortlich. Der Abendanzug aus feinem Tuch saß perfekt, betonte die breiten Schultern und schmalen Hüften. Und die Weste aus eierschalenfarbenem Damast lenkte den Blick des Betrachters trotz ihres dezenten Schnitts auf Jacks breite Brust. Im Gegensatz zur herrschenden Mode war er glatt rasiert und die gebräunten Wangen zeugten von seinen sportlichen Neigungen. Aber die größte Aufmerksamkeit erregten, neben Jacks lockerem Lebenswandel, seine Augen – ebenholzschwarze, sinnliche, hypnotische Zigeuneraugen.

Manche Leute meinten, er könnte durch einen hindurchschauen. Aber wer ihn besser kannte, sah viel öfter ein fröhliches Funkeln in diesen faszinierenden Augen.

»Darling! Also bist du doch noch gekommen!« Jubelnd übertönte die Stimme der Duchess das Stimmengewirr, das etwas leiser wurde, während die Gäste den berühmt-berüchtigten jungen Lord musterten und hofften, mit seiner Hilfe einige Wetten zu gewinnen. Die Arme ausgestreckt, eilte Peggy Hexton zu ihm, ein strahlendes Lächeln auf dem stark geschminkten Gesicht. In ihrer Jugend war sie eine Schönheit gewesen. Nun benutzte sie die auffälligen Kosmetika ihrer Generation und ließ ihr Haar mit Henna färben. Ihre graziöse Eleganz hatte sie längst verloren. Aber sie liebte das Leben. Enthusiastisch begrüßte sie jeden neuen Tag.

»Wie könnte ich auf deine Gesellschaft verzichten?«, erwiderte Jack und ergriff ihre Hände. »Wann wird mein Lieblingswalzer erklingen?«

»Dir gefällt jeder Walzer«, entgegnete sie leichthin und zog ihn auf das Tanzparkett. »Heute sollst du mit einer ganz besonderen jungen Dame tanzen.«

Bevor sie das Herz des Dukes erobert hatte, war sie Schauspielerin gewesen. Jetzt lag er schon seit vielen Jahren unter der Erde und sie hätte mehrmals wieder heiraten können. Aber sie zog ihre Freiheit vor. Wie Jack wusste, hatte sie ihren Mann sehr geliebt. Und obwohl er nicht allzu viel von solchen Gefühlen verstand, beneidete er sie um jenes Glück.

»Aber vorher musst du dich um *mich* bemühen«, mahnte sie bei der ersten Drehung.

»Was immer du befiehlst, liebste Tante.« Mutwillig zwinkerte er ihr zu.

»Und wenn ich dir befehle, Miss Duras zu besänftigen – und einiges wieder gut zu machen?«

»Das würde ich natürlich tun. Aber womit habe ich die Dame gekränkt?«

»Sie scheint dir zu zürnen.«

»Wo ist sie denn?« Bis jetzt hatte er die schöne Französin im Gedränge der Tanzpaare nicht entdeckt.

»Beim Dinner saß sie neben mir – eine bemerkenswerte Frau.«

»Wenn deine Stimme diesen Klang annimmt, läuten alle Alarmglocken in meinem Gehirn.«

»Welchen Klang meinst du?«

»Den seidenweichen Tonfall einer Kupplerin. Den würde ich sogar inmitten eines tosenden Hurrikans erkennen.« Oder am letzten Tag der Apokalypse, fügte er in Gedanken hinzu. Jede Anspielung auf die Ehe, mochte sie sich auch noch so harmlos anhören, beschwor eine Höllenvision herauf.

»Großer Gott, Jack, sie würde so gut zu dir passen. Auch sie will nicht heiraten. Hättest du ihr bloß beim Dinner zugehört! Da verkündete sie sehr charmant und unmissverständlich, was sie von der Ehe hält.«

»Machst du Witze?«, entgegnete er, während er die Herzogin geschmeidig über das Parkett wirbelte. »Die Frau, die nicht heiraten will, muss erst noch geboren werden.«

»Da würde sie dir widersprechen.«

Seit er Miss Duras auf der Weltausstellung begegnet war, musste er immer wieder an sie denken. Nun überlegte er, wie vergnüglich eine Liaison wäre, bei der die Möglichkeit einer Ehe von vornherein ausgeschlossen wurde. An seiner Fähigkeit, die Bekanntschaft zu vertiefen, zweifelte er keine Sekunde lang. »Dann solltest du mich der Dame erst einmal in aller Form vorstellen.« Lächelnd fragte er sich, wie viel seine Tante auf diese künftige Affäre gewettet hatte. »Geht's um Geld?«

»Vielleicht, um ein bisschen.« Dramatisch zog sie die hennarot gefärbten Brauen hoch, so wie früher, als sie auf der Bühne gestanden hatte.

»Hoffentlich hast du nicht zu viel riskiert«, seufzte er. »Mit schnellen Resultaten kann ich nicht dienen.«

»Oder mit gar keinen, wie manche Leute prophezeien«, murmelte sie. Spielerisch schlug sie mit ihrem Fächer auf seine Schulter.

»Hast du etwa auf die Tugend der Dame gesetzt?«

»Und wenn …?«

»Verräterin!«, schimpfte Jack, aber er grinste.

Peggy zog einen Schmollmund. »Natürlich habe ich's nicht getan. Dafür kenne ich dich zu gut.« Wie viel Mühe ihm die schöne, intelligente Miss Duras bereiten würde, erwähnte die Duchess nicht. Das würde er bald herausfinden. Höchste Zeit, dass der siegessichere charmante Junge einer Frau begegnete, die ihm eine Lektion erteilte … Und auf der anderen Seite könnte sein unkonventioneller Charme die extravagante Französin amüsieren.

Aber im Grunde ihres Herzens konnte Peggy der Versuchung, die beiden für immer zu verkuppeln nicht widerstehen.

Während die Gäste der Duchess gespannt auf die Begegnung zwischen dem Marquess und der Französin warteten, genoss die junge Dame den Abend. Von den Spekulationen, die sich mit ihrer Person verbanden, ahnte sie nichts. Sie tanzte für ihr Leben gern und beim Dinner hatte sie mit der warmherzigen Duchess Freundschaft geschlossen. Im Gegensatz zu den meisten Aristokraten schien Peggy zu verstehen, dass die Armen Respekt und Mitgefühl und die Chance verdienten, ihren Lebensunterhalt zu bestreiten. Sie hatte eine beträchtliche Summe für Venus' neuestes Wohlfahrtsprojekt gespendet, zwei Armenhospitäler, die gerade in Paris gebaut wurden. Außerdem sollten einige Diener der Duchess die neue Klinikausrüstung, die Venus auf der Weltausstellung gekauft hatte, von der Lagerhalle zum Hafen bringen. Dadurch ersparte sie sich die Kosten für mehrere Rollwagen.

Beim Dinner stellte eine Dame die unverschämte Frage, warum Miss Duras nicht verheiratet sei, und wurde von der Duchess schroff zurechtgewiesen. »Kümmern Sie sich nicht um Clara, meine liebe Venus«, bat Peggy leise. »Sie ist grün vor Neid, weil Sie so schön sind.«

Danach unterhielten sie sich über die Vor- und Nachteile der Ehe und sie meinten übereinstimmend, eine finanziell unabhängige Frau müsse nicht heiraten, nur weil es gewisse Konventionen erforderte. »Warten Sie einfach, bis Sie sich Hals über Kopf verlieben«, riet Peggy. Als Venus erwiderte, das sei unwahrscheinlich, zwinkerte ihr die Gastgeberin vielsagend zu. »Manchmal passiert's, wenn man's am allerwenigsten erwartet.«

Nach dem Dinner spielte das Orchester zum Tanz

auf und Venus wurde von zahlreichen Bewunderern belagert. Die meisten Männer, die mit ihr tanzten, erschienen ihr liebenswürdig und galant. Aber niemand weckte tiefere Gefühle. Das war noch keinem gelungen. Früher hatte sie sich manchmal gefragt, ob sie vielleicht anormal oder unweiblich war. Aber an diesem Abend befasste sie sich nicht mit solchen Gedanken und genoss den Ball in vollen Zügen.

Kurz nach eins ließ sie sich von einem Tanzpartner in den Speiseraum führen, wo ein Buffet mit Erfrischungen bereitstand. Nachdem sie an einem kleinen Tisch Platz genommen hatte, entfernte er sich, um ihr ein Glas Champagner zu holen. Venus lehnte sich in einem vergoldeten Lehnstuhl zurück, fächelte ihren erhitzten Wangen Kühlung zu und betrachtete die extravaganten bunten Eiskugeln auf dem Buffet. »Bring uns Ananassorbets, Darling!«

Als Venus die Stimme der Duchess hörte, drehte sie sich um – mit einem fröhlichen Lächeln, das sofort gefror, als sie den Mann an der Seite der Gastgeberin erkannte.

»So, und jetzt geh. Etwas später musst du meinen Wunsch erfüllen, so galant wie nur möglich.« Peggy stieß ihren Patensohn mit einem Elfenbeinfächer an. Dann setzte sie sich zu Venus. »Sie sehen genauso erhitzt aus, wie ich mich fühle. Amüsieren Sie sich?«

»*Bis jetzt war's sehr vergnüglich*«, hätte Venus beinahe geantwortet. Aber sie wollte nicht unhöflich sein. »O ja, das Orchester spielt ausgezeichnet.«

»Und Sie tanzen sehr gut.«

»Ich tanze für mein Leben gern.«

»Dann sollten Sie's mit Jack versuchen. Er ist der beste Tänzer, den ich zu bieten habe.«

»Lieber nicht.«

»Wirklich, meine Liebe, er ist völlig harmlos. Und er würde Sie mit seiner Tanzkunst begeistern. Ich lade ihn zu allen meinen Bällen ein.«

»Tut mir Leid, solchen Männern gehe ich lieber aus dem Weg.«

»Wahrscheinlich haben Sie noch nie einen Mann wie Jack gekannt. Kommen Sie, Darling, es ist doch nur ein Tanz.«

Venus zögerte. Wäre es unmanierlich, der Gastgeberin diese Bitte zu verweigern? Würde man sie für prüde halten? Und war der Marquess wirklich so verrucht, wie es die Klatschmäuler behaupteten? »Mal sehen«, erwiderte sie ausweichend und beobachtete unbehaglich, wie die Duchess ihrem Patensohn zuzwinkerte. Sicher wäre es schwierig, der energischen Frau Paroli zu bieten, wenn sie sich etwas in den Kopf gesetzt hatte.

Zufrieden mit dem bisherigen Erfolg ihres Manövers, unterhielt sie Venus mit humorvollen Beschreibungen einiger Gäste. Als Jack zurückkam und den Damen hohe Gläser mit Sorbets reichte, verkündete Peggy: »Gerade erzählte ich Miss Duras von Lady Claras sittenstrenger Tochter, die heute Abend glücklicherweise durch Abwesenheit glänzt.«

»Amen«, erwiderte Jack spöttisch.

»Lady Clara will Jack unbedingt für ihre Tochter einfangen«, erklärte die Duchess und lächelte den jungen Mann amüsiert an.

»Wie üblich findet Peggy meine Probleme erheiternd«, bemerkte der Marquess und rückte einen Stuhl neben seine Patentante.

»Nun, eines Tages musst du ja heiraten«, gab sie zu bedenken, und er warf ihr einen vernichtenden Blick zu.

»Offensichtlich hast du beschlossen, mich wieder einmal zu quälen. Sicher würde Miss Duras einen anderen Zeitvertreib vorziehen.«

»Nicht unbedingt«, erklärte Venus.

Ihr ironisches Lächeln entzückte ihn ebenso wie ihre Schönheit, die ihn an klassische Kunstwerke erinnerte. »Meine Damen, ich stehe Ihnen zur Verfügung«, erbot er sich.

»Übrigens, ich habe etwas Geld für Miss Duras' Krankenhäuser in Paris gespendet«, verkündete die Duchess. Da sie die Spannung zwischen den beiden bemerkte, wollte sie Venus aus der Verlegenheit helfen. »Du bist doch steinreich, Jack. Möchtest du nicht auch ein gutes Werk vollbringen?«

»Irgendwie klingt das wie ein Befehl, Peggy.«

»Das ist es auch. Sagen Sie ihm doch, wie viel Sie brauchen, Venus«, bat die Duchess.

»O nein, das ist nicht nötig – aber vielen Dank, Lady Groveland.«

»Unsinn!«, entgegnete Peggy. »Sie müssen Jack nicht so rücksichtsvoll behandeln. Am liebsten mag er Leute, die kein Blatt vor den Mund nehmen. So wie ich.« Ein Lächeln zog das Rouge auf ihren Wangen in Falten. »Außerdem brauchen Sie das Geld für Ihre Krankenhäuser.«

»Morgen früh schicke ich Ihnen einen Bankscheck, Miss Duras«, schlug Jack vor, um die schöne Französin endlich vor seiner autoritären Patentante zu retten.

»Über eine angemessene Summe«, mahnte die Duchess und schlug ihm mit ihrem Sorbetlöffel leicht auf die Hand.

»Natürlich, Peggy. Hast du uns jetzt lange genug herumkommandiert?«

»Wenn du Miss Duras aufs Tanzparkett führst, werde ich für den Rest dieser Nacht schweigen.«

»Dieses Angebot können wir nicht ablehnen.« Mit einem gewinnenden Lächeln wandte er sich zu Venus. »Außerdem ersparen wir uns auf der Tanzfläche Peggys Gesellschaft.«

»Nur kurzfristig!«, warf die Duchess ein.

»Zumindest für diese Nacht«, betonte er mit einem durchdringenden Blick, der ihrer Hartnäckigkeit Einhalt gebieten sollte. Wenn er eine Frau verführen wollte, brauchte er keine Hilfe.

»Also gut, für diese Nacht!«, stimmte sie widerstrebend zu. Wann immer sie sich ins Leben anderer Leute einmischen konnte, war sie ganz in ihrem Element.

»Darf ich bitten, Miss Duras?« Jack stand auf und reichte Venus seine Hand. »Im Interesse einer ruhigen, angenehmen Nacht«, fügte er hinzu, und seine Augen funkelten mutwillig.

Venus erkannte, dass die Gastgeberin auf diesem Tanz beharren würde. Und so kapitulierte sie. Zudem fand sie den Marquess sehr attraktiv. Sicher wäre es keine Tortur, mit ihm zu tanzen. »Ein überzeugendes Argument, Lord Redvers. Ich schwärme für ruhige, angenehme Nächte.«

Aber als er ihre Hand berührte, fürchtete sie, diese Nacht würde keineswegs so ruhig verlaufen, wie sie es erhoffte. Beide fühlten die gleiche, unerklärliche Erregung und Jack umfasste Venus' Finger etwas fester als beabsichtigt. »Verzeihen Sie«, entschuldigte er sich sofort, aber er lockerte seinen Griff nicht, legte seine andere Hand unter ihn Arm. Behutsam zog er sie auf die Beine und erweckte den Eindruck, sie wäre so zart und verletzlich wie Mondstrahlen.

Sekundenlang standen sie viel zu dicht voreinander, bis seine Vernunft siegte. Er riss sich zusammen, trat einen Schritt zurück und bemühte sich um einen möglichst beiläufigen Ton. »Kommen Sie, tanzen wir.«

Triumphierend schaute die Duchess den beiden nach.

Im Ballsaal bemerkte Jack, wie das Stimmengewirr plötzlich etwas leiser wurde.

Auch die zahlreichen neugierigen Blicke entgingen ihm nicht. Aber dann vegaß er die Gaffer, denn Venus Duras lächelte ihn an – eine Verführerin in geblümtem gelbem Musselin, deren Anblick seinen Puls beschleunigte. Wäre Peggy nicht so selbstgefällig, würde er ihr morgen zugestehen, sie habe ein richtiges Urteil gefällt.

»Allem Anschein nach mögen Sie mich«, murmelte Venus.

Hingerissen atmete er den Duft ihres Haars ein. »Ich würde Nein sagen, wenn ich's könnte …«

»Wenn Ihr Interesse nicht so offenkundig wäre.«

Auch sie wirkte selbstgefällig. Aber seltsamerweise störte ihn das nicht. »Das gehört zu den großen Vorzügen des Walzers – man muss sich eng aneinander schmiegen.«

»Sie tanzen sehr gut, Sir«, bemerkte sie so seelenruhig, als würde sie seine Erektion an ihrem Bauch nicht spüren. »Sind wir deshalb allein auf der Tanzfläche? Weil uns alle Gäste erwartungsvoll zuschauen?«

Gewissermaßen war sein kurzes Zögern eine Antwort.

»Sagen Sie's mir! So leicht kann man mich nicht schockieren.«

»Nun, sicher kennen Sie die oberflächlichen Interessen der *beau monde*.«

»Und?«

»Ich will Sie nicht schon wieder ärgern.«

»Schon wieder?«

Der Klang ihrer Stimme verhieß nichts Gutes. »Was wollen Sie wissen?«

»Oh, die Wahrheit würde mir genügen.«

Irritiert unterdrückte er einen Fluch und erwog die verschiedenen Interpretationen der Wahrheit. »Da läuft eine Wette …«

»Geht es um diesen Tanz?«, fragte Venus und warf einen kurzen Blick auf das faszinierte Publikum. »Ich fühle mich wie auf einer Bühne.«

»Macht's Ihnen was aus?«

»Meinen Sie, dass ich mich mit *Ihnen* auf dieser Bühne produziere?«

»Immerhin spielt's eine gewisse Rolle.«

»Das hängt vom Ausmaß des Skandals ab, den wir heraufbeschwören könnten.«

Seufzend erinnerte er sich an die lange Wettliste im Brookes. »Womit kann man Sie schockieren, Miss Duras?«

Angesichts seines Unbehagens musste sie lachen. »Guter Gott, Redvers, sagen Sie's einfach! Ist der Einsatz sehr hoch?«

»Nein, zum Teufel, ich habe gar nicht gewettet.«

»Wirklich nicht?«

»Vielleicht sollten wir in einer etwas privateren Umgebung darüber reden.«

»Ah, Sie wollen sich nicht vor der versammelten Londoner *Hautevolee* blamieren.«

Dank seines extravaganten Lebenswandels hatte er schon vor langer Zeit gelernt, die Spekulationen der Öffentlichkeit zu ignorieren. Aber vermutlich war Miss Duras nicht ganz so hartgesotten. »Ja«, log er. »Wenn Sie einverstanden sind – in Peggys Bibliothek wären wir ungestört.«

»Weil diese Leute nicht lesen?«

Er nickte. »Dort sind wir vor sensationslüsternen Beobachtern sicher.«

»Darf ich's wagen, mit Ihnen allein zu sein?« In ihrer Stimme schwang sanfte Koketterie mit.

»Das weiß ich nicht«, antwortete er wahrheitsgemäß. Normalerweise nahm er es mit der Ehrlichkeit nicht so besonders genau, wenn er eine Frau erobern wollte.

»Also muss ich mich in Acht nehmen.« Ihre Zungenspitze glitt über die volle Unterlippe. Sekundenlang fragte er sich, wer hier wen verführte.

Um den Ballsaal zu verlassen, dirigierte er Miss Duras in weiten Kreisen über die Tanzfläche zu einem Teil des Raums, der nicht ganz so dicht bevölkert war. Dann ergriff er ihre Hand und bahnte ihr einen Weg zwischen den Gästen hindurch. Widerstandslos folgte sie ihm und gönnte den neugierigen Zuschauern kaum einen Blick.

Draußen im Flur lachte sie leise. »Wenn ich jemals aus einem brennenden Gebäude fliehen müsste, würde ich mich Ihnen anvertrauen.«

»Sobald ich mich den Leuten nähere, weichen sie zurück«, erklärte er und bog um eine Ecke nach links.

»Das ist mir bereits aufgefallen. Neigen Sie zur Gewalttätigkeit?«

»Nur wenn ich provoziert werde.«

»Darin gleichen Sie meinem Bruder. Er behauptet, er sei an all seinen Duellen unschuldig.«

»In England sind Duelle verboten.«[2]

»Bitte! Ich bin kein Schulmädchen.« Soviel sie wusste, hatten Viscount Coleridge und Lord Ferrers erst vor kurzem ihre Differenzen auf dem Strand von Brighton beigelegt.

»Da ich nicht auf dem Kontinent leben möchte kann ich mir Duelle ersparen. Da sind wir.« Er blieb vor einer Tür stehen. Bevor er sie öffnete, schaute er sich um, dann ließ er Venus den Vortritt.

Ein edler italienischer Lüster verbreitete mildes Gaslicht. Im Kamin brannte ein schwaches Feuer. Für einen kleineren Raum hätte die Beleuchtung genügt. In der großen Bibliothek mit der hohen Decke erzeugte sie ein romantisches Halbdunkel. Alle Ecken lagen im Schatten, die wuchtigen Ledermöbel wirkten wie plumpe Geister.

Eine Zeit lang blieb Jack neben der Tür stehen. Da ihn so seltsame, ungewohnte Gefühle erfüllten, wusste er nicht, wie er mit Miss Duras umgehen sollte. Ließe sie sich mit seinen zahlreichen Verflossenen vergleichen, würde er mit ihr in einer finsteren Ecke auf ein weiches Sofa sinken und innerhalb weniger Sekunden ihr Verlangen wecken. Stattdessen fragte er höflich: »Wo möchten Sie sitzen?«

Seine Nähe jagte ihr einen sonderbaren Schauer über den Rücken und sie wandte sich zu ihm, als wollte sie die Ursache ihrer Gefühle ergründen. Für die plötzliche Hitze in ihrem Blut gab es keine Erklärung. So etwas hatte sie nie zuvor erlebt und deshalb keine Vergleichsmöglichkeiten. »Wollen *Sie* denn sitzen?« Ihre leise Stimme schien anzudeuten, dass ihr etwas ganz anderes vorschwebte.

In den Tiefen seiner schwarzen Augen spiegelte sich der Flammenschein. Unfähig, der Versuchung zu widerstehen, strich sie mit ihrer Fingerspitze über eine seiner seidigen dunklen Brauen.

Weil er fürchtete, er könnte sie erschrecken, umfasste er ihre erhobene Hand ganz vorsichtig. Dann hauchte er einen Kuss auf die Handfläche. Fast unhörbar stöhnte sie und seine Begierde wuchs. Mit seinem freien Arm umschlang er ihre Taille und zog sie behutsam an sich. Sie schwiegen. Nur ihre Atemzüge durchbrachen die Stille des Raums – seine tief und rhythmisch, ihre etwas mühsam, als wäre sie in einem inneren Aufruhr gefangen.

Er kannte sie nicht, wusste nichts von ihr – nur dass sie ihn bei der ersten Begegnung abgewiesen hatte. Deshalb wollte er sie nicht bedrängen. Langsam neigte er seinen Kopf zu ihr hinab, gab ihr genug Zeit, damit sie sich anders besinnen konnte.

Schließlich fanden sich ihre Lippen, die samtige Berührung ließ die Herzen schneller schlagen, und beide seufzten. In diesem Moment glaubten sie, die Erdachse würde vibrieren und ihre Körper mit einem köstlichen Beben erfüllen. Venus legte ihre Arme um Jacks Hals und schmiegte sich an seine harte, muskulöse Brust – eine unmissverständliche Einladung, obwohl sie sich solche Freiheiten normalerweise nie gestattete. Natürlich hätte sie's besser wissen müssen. Mit einem so berüchtigten Lebemann durfte sie sich nicht einlassen. »Wahrscheinlich liegt's an deinem Eau de Cologne«, wisperte sie an seinem Mund.

»Gut. Morgen werde ich darin baden.«

Sein Kuss erstickte ihr Gelächter. Als er seine Lippen von ihren löste, rang sie nach Luft. Diesen Laut kannte er, so wie alle Nuancen weiblicher Erregung. Ohne lange zu überlegen, hob er sie hoch, trug sie in eine dunkle Ecke und legte sie auf eine weiche Ledercouch. Da sie seinen Hals nicht losließ, sank er mit ihr in die Polsterung.

»Jetzt brauche ich noch mehr Küsse«, verkündete sie. Bereitwillig erfüllte er ihren Wunsch.

Das Sofa war breit und lang und so fanden sie beide bequem Platz, trotz voluminöser Unterröcke, der üppigen Volants und Rüschen an Venus' Musselinkleid. Zwischen zwei Küssen fragte sie sich nur sekundenlang, ob sie verrückt war. Was tat sie da, in einem fremden Haus, mit einem Mann, den sie kaum kannte? Hätten sie die zahlreichen Bewunderer in ihrem Leben nicht so kalt gelassen, wüsste sie vielleicht nicht, welch seltene, kostbare Emotionen jetzt in ihr aufstiegen. Und sie war emanzipiert genug, um zu erkennen, was sie wollte.

Seit Jahren unabhängig, folgte sie nur den Ratschlägen ihres Verstandes und traf stets ihre eigenen Entscheidungen. Aber so unkonventionell sie auch sein mochte – es bedurfte einer dramatischen, fieberhaften Leidenschaft, wenn sie ihre Skrupel restlos vergessen sollte. Als Jack das Oberteil ihres Kleids aufzuknöpfen begann, flüsterte sie sogar: »Vielleicht sollten wir nicht …« Sofort hielt er inne, trotz seines wilden Verlangens ein Gentleman. Doch das Pochen zwischen ihren Beinen war zu heftig und sie konnte ihre Fleischeslust nicht bezähmen. »Schon gut …«, murmelte sie und küsste ihn. Erleichtert atmete er auf und setzte seine Tätigkeit fort. Bis auf das Hemd und die Strümpfe zog er sie aus. Dann zischte sie erschrocken: »Die Tür!«

Behände sprang er auf. Von einem rot schimmernden sinnlichen Nebel umhüllt, beobachtete sie, wie er die Tür versperrte und in Rekordzeit zurückkehrte. Er war einfach umwerfend, von seinem glänzenden schwarzen Haar und den markanten Gesichtszügen bis zu den Füßen, die in Seidenstrümpfen steckten. Die Schuhe hatte er bereits abgestreift. Grinsend streckte er sich wieder neben ihr aus, ohne ihren bewundernden Blick zu beachten. An hingerissene Frauen war er gewöhnt. »Nun bist du sicher«, flüsterte er an ihren Lippen.

»Oder in großer Gefahr. Je nachdem, wie man's betrachtet.«

»Was so viel Freude bereitet, kann gar nicht gefährlich sein«, erwiderte er und schob einen Träger ihres Hemds von ihrer Schulter, küsste den Busenansatz und zog den Stoff noch tiefer hinab, um an einer Brustwarze zu saugen.

Ein paar Sekunden lang konnte sie nicht atmen, dann verlangte sie: »Mehr ...« Mit zitternden Händen öffnete sie die Schleife am Ausschnitt ihres Hemds, wollte das Prickeln in ihren Brüsten, das Jacks Mund entfacht hatte, auch woanders spüren – weiter unten.

Er befreite sie von ihrem Hemd, mit sanften Fingern, die Schmetterlingsflügeln glichen. Dann lag sie nackt vor ihm, bis auf die Seidenstrümpfe mit den weißen Strumpfbändern.[3]

Wie lange er sich noch gedulden konnte, wusste er nicht. Vermochte er das amouröse Spiel fortzusetzen, während sie ihn erwartungsvoll anlächelte, eine Sirene mit verlockenden milchweißen Schenkeln? Bisher hatte er seine ganze Willenskraft aufbieten müssen, um sein Verlangen zu bezähmen. Am liebsten wäre er schon auf dem Tanzparkett über sie hergefallen.

»Zieh dich aus«, drängte sie leise. Rastlos bewegte

sie die Hüften, ihre vollen Brüste wippten bei jeder Bewegung. In ihren Augen glühte ein smaragdgrünes Feuer. »Oder hast du was dagegen?«, fügte sie aufreizend hinzu.

Die Manschettenknöpfe, das Jackett und die Krawatte hatte er bereits abgelegt, die Schuhe unter die Couch geschoben. »Sicher ist das nur eine rhetorische Frage«, meinte er belustigt und streifte seine vergissmeinnichtblauen Hosenträger über die Arme nach unten.

»Das will ich hoffen.« Venus drehte sich zur Seite. Auf einen Ellbogen gestützt, beobachtete sie interessiert, wie er sich auskleidete.

»Schaust du immer so gern zu, Venus?« Zum ersten Mal, seit er sie im Speiseraum wiedergesehen hatte, dachte er an ihre Vergangenheit. Offensichtlich war er nicht der erste Mann in ihrem Leben. Sonst hätte er ihre Leidenschaft nicht so schnell entfesselt und in ihren Augen würde nicht diese betörende sinnliche Magie leuchten. Seltsamerweise fühlte er sich trotz seines eigenen ausschweifenden Lebenswandels schockiert. Nachdem er sein Hemd bis zu den Unterarmen hinabgezerrt hatte, hielt er inne. »Nun?«

Wie begehrenswert sie auf dem Sofa aussah … Aus ihrem Haar hatten sich die Nadeln gelöst und es fiel über ihre Schultern, eine dichte, duftende Wolke. Die verführerische Pose einer Odaliske betonte ihre üppigen Brüste. »In diesem Augenblick schaue ich sehr gern zu.« Als sie ihr Gewicht ein wenig verlagerte, hob sich der Schwung ihrer Hüfte noch verführerischer vom dunklen Leder ab. »Beeil dich …«

»Und wenn ich mich weigere?«

»Sei nicht so launisch! Dachtest du, ich wäre eine Jungfrau?«

Ärgerlich runzelte er die Stirn, obwohl ihr Tadel berechtigt war – obwohl er Jungfrauen mied wie die Pest. »Du bist kein Blümchen Rührmichnichtan, was?«

»Andernfalls wäre ich wohl kaum dein Typ. Brechen wir unseren ersten Streit vom Zaun?« Belustigt hob sie die Brauen.

Sie war so schön, so reizvoll. Solche Frauen hatte er bisher nur auf Gemälden gesehen. »Verzeih mir, ich habe mich etwas albern benommen.« Sein Hemd glitt zu Boden.

»Also streiten wir nicht?«

»Vielleicht werden wir uns ein bisschen balgen, sobald ich ausgezogen bin.«

»Was für erfreuliche Aussichten …«

»Ich kann dir noch viel mehr versprechen.« Mit einem anzüglichen Grinsen knöpfte er seine Hose auf.

»Muss ich jetzt erröten und deine moralischen Bedürfnisse befriedigen?«

Jack schüttelte den Kopf. Mittlerweile verstand er nicht mehr, warum er sich vorhin so merkwürdig verhalten hatte. »Du bist vollkommen. Das meine ich ernst.«

»Oh, ich wusste gar nicht, dass Wüstlinge irgendetwas ernst meinen.«

»Und ich kenne keine aufrichtigen Frauen.«

»Dann müssen wir heute Nacht alle beide was lernen.«

»Soll das eine Lektion werden?«, neckte er sie und stieg aus seiner Hose.

»Ich bezweifle, dass ich dir etwas beibringen

kann.« Spielerisch fügte sie hinzu: »Und wenn ich's versuchte, wärst du mir böse.«

»Keineswegs, diese Idee finde ich sogar sehr verlockend.«

»*Du* bist verlockend, wenn du so dastehst in deiner seidenen Unterhose, die nichts von deinen Reizen verbirgt.« Die Hosenbeine aus chinesischer Seide reichten nur bis zu seinen Oberschenkeln. Unter dem dünnen Stoff zeichnete sich seine Erektion deutlich ab. »Komm doch näher.«

»Sicher gibt's auf dieser Welt keinen einzigen Mann, der eine solche Einladung ablehnen würde.«

»Und nur wenige Frauen, die deinem Charme widerstehen könnten.«

Statt ihr beizupflichten, erwiderte er galant: »Solange *du* mich unwiderstehlich findest, bin ich zufrieden.«

»Zufriedenheit gehört nicht gerade zu den Gefühlen, die ich erregen möchte«, entgegnete sie und winkte ihn zu sich.

»Vielleicht fieberheiße Ekstase?«

»Wie klug du bist …«

Völlig unbefangen, ohne auch nur die geringste Verlegenheit zu zeigen, äußerte sie ihre Wünsche. Nachdem so viele kokette, heuchlerische vornehme Damen sein Bett geteilt hatten, fand er die Freizügigkeit seiner neuen Gespielin sehr erfrischend. Während er zum Sofa ging, schob er einen Finger in das Gummiband seiner Unterhose, um sie nach unten zu ziehen.

»Lass mich das machen«, bat Venus und ihre samtige, ein wenig heisere Stimme schürte seine Lust.

Vor der Couch blieb er stehen, beinahe überwältigt

von chaotischen Emotionen, als würde in wenigen Minuten der erste Liebesakt seines Lebens beginnen. Die betörende Wirkung, die Venus ausübte, zerrte an seinen Nerven. Normalerweise empfand er in solchen Situationen nur Ungeduld und Begierde. Sie richtete sich auf, die goldblonden Locken zerzaust. Mit leicht verschleierten grünen Augen betrachtete sie ihn. Als sie durch den dünnen Seidenstoff hindurch die Umrisse seines erigierten Penis streichelte, hielt er den Atem an und begann von tausend rückwärts zu zählen.

Mühsam kämpfte er um seine Selbstkontrolle und sagte sich, Venus sei nur eine von vielen hundert Frauen. Und für ihn war es nun wirklich nicht das erste Mal. Aber während sie die Unterhose über seine Hüften hinabstreifte, verspürte er den wilden, verzweifelten Drang, zwischen diesen weißen Schenkeln zu versinken ohne Vorspiel, ohne erotische Finessen.

»Es ist wohl besser, wenn ich das erledige«, würgte er hervor und schob dann ihre Hand fast unsanft beiseite.

»Wie ungeduldig du bist«, flüsterte sie verständnisvoll. »Sehr gut …« Entzückt sah sie die weiße Seide auf dem Teppich landen. »Dann muss ich wohl nicht mehr lange warten.«

Nur ganz kurz fragte er sich, warum er sie so glutvoll begehrte. Aber er konnte nicht mehr klar denken. Und so legte er sich zwischen ihre gespreizten Schenkel. Plötzlich stemmte sie beide Hände gegen seine Brust.

»Oh, das hätte ich fast vergessen. Du brauchst ein Kondom.«[4]

Von seinem brennenden Verlangen völlig beherrscht, ignorierte er ihre Worte, stieß ihre Hände beiseite und versuchte in sie einzudringen.

»Nein!«, rief sie. Mit beiden Fäusten trommelte sie gegen seine Brust. »Hör auf!«

Da registrierte sein halb benebeltes Gehirn das ungeheuerliche Ansinnen. Bis sein Körper begriff, was Venus wollte, dauerte es etwas länger – und dann noch ein paar Sekunden, bis er seine Gedanken ordnen konnte. »Ich werde meine Lust nicht in dir stillen«, keuchte er.

»Damit begnüge ich mich nicht.«

»Aber du kannst dich auf mich verlassen.« Krampfhaft rang er nach Luft, von wachsenden Qualen gepeinigt. Ich werde sterben, dachte er, oder explodieren – oder etwas Unverzeihliches tun ...

»Tut mir Leid, das ist mir zu riskant.«

Fluchend setzte er sich auf die Armstütze des Sofas. »Treibst du irgendein gottverdammtes Spiel mit mir?«

»Hast du noch nie was von Kondomen gehört?« fauchte sie, genauso frustriert wie Jack. »Ein Mann wie du, der alles in sein Bett zerrt, was ihm über den Weg läuft?«

»Und warum trägt ein heißblütiges kleines Biest wie du keine eigenen Kondome bei sich?«

»Geh doch zum Teufel!« Mit ihren fünfundzwanzig Jahren hatte sie genug von der Welt gesehen, um sich von niemandem einschüchtern zu lassen. Und sie entstammte einer Familie, die vor keiner Herausforderung zurückschreckte. Erbost setzte sie sich auf und griff nach ihrem Hemd. »Ich hätte wissen müssen, dass ein Mann von deiner Sorte nur an sein eigenes Vergnügen denkt. Selbstsüchtiger Bastard!«

»Nicht so selbstsüchtig wie du. Wir könnten beide ohne Probleme einen Höhepunkt genießen. Die Kunst des rechtzeitigen Rückzugs beherrsche ich schon seit zehn Jahren.«

»Daran zweifle ich«, entgegnete sie verächtlich und schlüpfte in ihr besticktes Seidenhemd. »Wie viele Kinder sind aus deinen amourösen Abenteuern hervorgegangen?«

»Kein einziges. Hättest du diskrete Erkundigungen eingezogen, wärst du darüber informiert.«

»Glaubst du etwa, ich hätte schon tagelang geplant, dich zu erobern?«, fragte sie entgeistert. Dann zog sie einen seiner Schuhe unter der Couch hervor und schleuderte ihn in seine Richtung.

Geschickt fing er den Schuh auf und ließ ihn zu Boden fallen. »Jedenfalls bist du nicht davongelaufen. Und wie viel Zeit ist zwischen dem Dinner und der Szene auf diesem Sofa verstrichen?«

»Ooooh!«, kreischte sie und ballte die Hände. »Am liebsten würde ich dich ohrfeigen, du selbstgefälliger Schurke! Wenn du's unbedingt wissen musst – seit meinem letzten Liebesakt ist ein Jahr vergangen. Also bilde dir bloß nicht ein, dein unwiderstehlicher Charme hätte mich umgarnt. Ich hatte einfach nur Lust auf ein bisschen Erotik.«

»Dann will ich dir einen Vorschlag machen.« In seinen Augen, die eben noch voller Zorn gefunkelt hatten, erschien wieder ein sanfter, verführerischer Glanz.

»Dafür interessiere ich mich nicht!«, fauchte sie und nahm einen ihrer Unterröcke von der Lehne eines Sessels.

»Da du ein Jahr lang keinen Höhepunkt erlebt hast, würde ich dir gern helfen – ohne Beischlaf.«

In seiner tiefen Stimme schwang eine betörende Verheißung mit. Und die Versuchung, die Begierde zu stillen, die in Venus' Körper vibrierte, war übermächtig. Lässig warf sie den Unterrock auf die Sessellehne zurück. »Und was hättest *du* von diesem Gefallen, den du mir erweisen würdest?«

»Nichts – falls du mit mir kein Mitleid empfindest, aber …«

»Ein *Aber* gibt's immer«, spottete sie.

»Vielleicht überlässt mir einer von Peggys Gästen ein Kondom.« Jack blickte auf seine immer noch augenfällige Erektion hinab. »Dann könnten wir uns gleichzeitig vergnügen …«

Mit diesen Worten schürte er ihr Verlangen. Der Gedanke, manuell befriedigt zu werden, war verlockend, das zweite Angebot provokant. So lange ist es her, dachte sie. Sonst würde sie seine dreisten Offerten gar nicht in Erwägung ziehen, mochte er auch noch so charmant lächeln und ihr seinen bewundernswerten Penis so herausfordernd präsentieren. Eigentlich müsste sie Nein sagen. Er war viel zu sehr von sich eingenommen – und viel zu attraktiv, viel zu verwöhnt von Frauen, die ständig Ja sagten. Deshalb sollte sie ihn abweisen. Stattdessen antwortete sie: »Unter einer Bedingung.«

»Schau mich doch an!«, bat er grinsend. »Ich bin mit allem einverstanden.«

Unwillkürlich erwiderte sie sein freimütiges Lächeln. »Also wollen wir einander Freude bereiten.«

»So was Ähnliches – wenn ich auch zum ersten Mal über einen Liebesakt verhandle.«

»Wie interessant!«, meinte sie ironisch. »Für mich ist's das tausendste Mal.«

»Du kleines Biest …«

»Nicht klein!«, protestierte sie honigsüß.

Langsam ließ er seinen Blick über ihre hoch gewachsene Gestalt mit den großen Brüsten wandern. »Nein, sicher nicht klein«, stimmte er gedehnt zu.

Während eines kurzen Schweigens kämpften beide mit ihren Prinzipien und ihrer Lust. Führten sie tatsächlich Verhandlungen, als ginge es um einen Pachtvertrag?

Doch der Marquess war es einfach nicht gewöhnt, die Befriedigung seines Verlangens hinauszuzögern. Da hatte sich Venus durch ihre einjährige Enthaltsamkeit gewisse Vorteile verschafft. Und so gab er seine Grundsätze als erster preis. »Einigen wir uns?«

»Auf ein Kondom?«

»Ja.«

Als sie nickte, stand er auf und griff nach seiner Hose.

Venus berührte seine seidene Unterhose, die am Boden lag. »Die wirst du brauchen.«

»So lange bleibe ich nicht weg.«

Sie holte tief Atem. »Vielleicht habe ich keine Lust mehr, wenn du zurückkommst.«

»Dann werde ich dich eines Besseren belehren«, kündigte er an und knöpfte hastig seine Hose zu.

»Nun, ich weiß nicht recht …«

Ehe sie verstummen oder protestieren konnte, zog er ihr das Hemd über den Kopf und hob sie hoch, trug sie zu einem Sofa vor dem Kamin und legte sie auf weiche Kissen.

»Stell dir vor, wie ich dich hier beglücken werde«, flüsterte er, schob seine Finger in ihre feuchte Hitze und neigte sich hinab, um an einer Brustwarze zu lecken. »Ein Dutzend Mal werde ich dich ins Paradies entführen …« Aufreizend strichen seine Fingerspitzen über ihr sensitives Fleisch. Schon nach wenigen Sekunden vergaß sie ihre Bedenken und Zweifel.

Kurz vor ihrem Orgasmus ließ er von ihr ab, befreite sich von ihrer Umarmung und versprach ihr neue Freuden, die sie bei seiner Rückkehr erleben würde.

»Sperr die Tür hinter mir zu. Ich klopfe zwei Mal.« In aller Eile kleidete er sich vollständig an und sie überlegte, ob sie seine Nonchalance charmant oder beleidigend finden sollte.

Aber letzten Endes wollte sie genießen, was er ihr anbot. Deshalb beschloss sie, seine Vergangenheit und seinen Ruf zu vergessen. Wenn er ihr einen Höhepunkt geschenkt hatte, würde ihr noch Zeit genug bleiben, um sich zu entrüsten.

»Warum lächelst du?«, fragte Jack.

»Komm möglichst schnell zurück und ich sag's dir.«

Sie versperrte die Tür, dann schlenderte sie zu einem Tischchen, auf dem eine Karaffe stand, und goss sich einen Sherry ein. Das Glas in der Hand, sank sie auf das Sofa. Während sie ihrer erotischen Erfüllung entgegenfieberte, nippte sie an ihrem Drink. Sie war gewiss nicht unerfahren. Aber keiner ihrer Liebhaber hatte eine so heiße Begierde entzündet wie Jack. Wäre sie in nachdenklicher Stimmung gewesen (im Augenblick beherrschten heftige Gefühle ihren Verstand), hätte sie die Ursachen seiner bezwingenden Anziehungskraft erforscht. Abgesehen von seinen offenkundigen Reizen … Sie lächelte schwach. Obwohl die meisten Frauen höflich beteuerten, die Größe eines männlichen Organs spiele keine Rolle, wusste Venus, dass es sehr wohl darauf ankam. Und in dieser Hinsicht ließ Jack FitzJames nichts zu wünschen übrig.

3

In der Eingangshalle blieb der Marquess vor einem Spiegel stehen und prüfte seine äußere Erscheinung. Sah er derangiert aus? Wenn man nicht zu genau hinschaut, wirke ich einigermaßen präsentabel, entschied er und betrat den Ballsaal durch eine der seltener benutzten Türen. Während er um die Tanzfläche herumging, wich er allen Konversationen und den Avancen weiblicher Gäste mit einem höflichen Lächeln aus. Als er die Schwelle des Spielsalons erreichte, ließ er seinen Blick zielstrebig durch den getäfelten Raum wandern und überlegte, welcher der anwesenden Gentlemen ihm am ehesten helfen würde.

Die meisten Männer, die seiner Gesellschaftsschicht angehörten, suchten bei Liebesabenteuern nur ihr eigenes Vergnügen. Ihre Position und ihr Reichtum gestatteten ihnen diesen Egoismus und das nutzten sie weidlich aus. Aber einige Aristokraten pflegten aus Rücksicht auf ihre Gesundheit gewisse Vorkehrungen zu treffen und jetzt hielt er nach ihnen Ausschau.

Leider konnte er sein Problem nicht auf diskrete Weise lösen. Da kannte er die Klatschsucht dieser Männer zu gut. Er hoffte nur, Venus Duras wäre unkonventionell genug, um die Gerüchte zu ignorieren, die nach dieser Nacht kursieren würden. Schließlich entdeckte er Lord Alvers und fluchte leise. Am Tisch dieses Gentlemans saßen viel zu viele Freunde. Aber da Jack fest entschlossen war, seine Lust zu stillen, musste er beschaffen, was er brauchte.

Wenige Sekunden später stand er hinter Lord Alvers, neigte sich hinab und flüsterte ihm sein Anliegen ins Ohr.

Grinsend drehte sich der junge Earl um. »Hast du's so eilig?«

Sein Lächeln fand keine Erwiderung. »Gibst du mir's oder nicht?«

»Vielleicht …«

»Würdet ihr George für ein paar Minuten entschuldigen?«, bat Jack die anderen Spieler. Unsanft zog er den jungen Mann von seinem Stuhl hoch, packte ihn am Arm und zerrte ihn beiseite. In einer ruhigen Ecke erklärte er: »Ja, ich bin in Eile. Also gib mir die Kondome. Und kein Wort zu unseren Freunden da drüben, falls du Wert auf den guten Ruf deiner Schwester legst!«

»Moment! Was soll das heißen, verdammt? Der gute Ruf meiner Schwester …«

»Darüber diskutiere ich nicht, und falls auch du Stillschweigen bewahrst, muss niemand davon erfahren. Los, rück endlich die Kondome heraus.«

»Zu deinem eigenen Wohl will ich hoffen, dass du's nicht mit meiner Schwester getrieben hast«, murmelte der junge Earl, zog aber bereits zwei Kondome aus der Tasche seines Jacketts.

Mit seiner Schwester hatte Jack noch kein einziges Mal geschlafen. Doch das wusste George nicht und er würde sicher nicht den Mut aufbringen, sie danach zu fragen. »Vielen Dank, meine Lippen sind versiegelt«, beteuerte Jack lächelnd. »Wärst du so freundlich, Sally herzliche Grüße von mir auszurichten?«

Seine Beute in der Hand, verließ er den Spielsalon. Auf dem Weg durch den Ballsaal musste er mehrere Gäste abwimmeln, die ihn ansprachen. Mit langen Schritten näherte er sich der Bibliothek und klopfte zwei Mal an die Tür.

Dahinter rührte sich nichts. Rastlos trat er von einem Fuß auf den anderen. Hatte sich Venus etwa inzwischen anders besonnen und das Weite gesucht? Nach ein paar Minuten rief sie leise: »Wer ist da?«

Sofort glättete sich seine Stirn. »Der Lieferant!«, antwortete er fröhlich.

Als sie die Tür öffnete, lächelte sie. »Wie schnell du zurückgekommen bist …«

»Dazu hatte ich auch allen Grund.« Vielsagend musterte er ihren nackten Körper, während er durch die halb offene Tür schlüpfte. Dann zeigte er ihr die beiden kleinen Päckchen, die auf seiner Handfläche lagen. »Mehr konnte ich mir leider nicht beschaffen. Ich wollte keine Szene machen.«

»Werden wir vermisst?«

»Niemand schien unsere Abwesenheit zu bemerken.«

»Sehr gut.«

»Da sich über dreihundert Gäste im Ballsaal tummeln, kann man mühelos verschwinden, ohne Aufsehen zu erregen.«

Normalerweise tue ich so etwas nicht, wollte sie erklären, fürchtete aber, das würde unaufrichtig klingen. Immerhin stand sie nackt in Peggy Hextons Bibliothek, während unter demselben Dach ein großer Ball stattfand.

Von wachsender Ungeduld erfasst, überlegte Jack, ob er betonen sollte, man würde sie bald vermissen.

Aber dann würde er sich womöglich um den Lohn seiner Mühe bringen.

»Deine Krawatte sitzt schief.« Venus trat näher und rückte sie zurecht. »Das hätte mir auffallen müssen, bevor du weggegangen bist.«

Lachend nahm er sie auf die Arme. »Wenn ich irgendwann einmal eine pflichtbewusste Ehefrau brauche, gebe ich dir Bescheid.«

»Und sollte *ich* einmal eine Ehe in Erwägung ziehen, werde ich mich sicher nicht an dich wenden.« Ihre grünen Augen schienen Funken zu sprühen. »Wie ich feststelle, hegst du sofort Hintergedanken, wenn eine Frau dir einen kleinen Gefallen erweist.«

»Im Lauf der Jahre wird man vorsichtig.« Leidenschaftlich begann er sie zu küssen.

Sobald er den Kopf hob, flüsterte sie atemlos: »Probieren wir eins von diesen Päckchen aus ...«

Jack bettete sie wieder auf die Sofakissen vor dem Kamin. Dann legte er die beiden Päckchen auf die Armstütze. »Welch ein Glück, dass du nicht die Flucht ergriffen hast ...«

»Daran dachte ich. Aber die Versuchung besiegte alle Skrupel. Wahrscheinlich hörst du das sehr oft.«

»Nicht öfter als du, darauf möchte ich wetten.« Mittlerweile hatte er sich bis auf sein Hemd und die Hose ausgezogen. Wie die verkörperte Verlockung lag Venus auf dem Sofa und erwartete ihn, vom Feuerschein vergoldet, zur Liebe bereit.

»Wird uns niemand stören?«

Die Angst, die in ihrer Stimme mitschwang, schürte die Glut seiner Sinne. »Das würde niemand wagen.« Ungeduldig entfernte er seine Manschettenknöpfe aus Perlmutt.

»Deinetwegen?« Sie erinnerte sich, wie ihm im Ballsaal alle Gäste Platz gemacht hatten.

»Weil es niemanden was angeht, dass wir zusammen sind.« Das feine Leinenhemd glitt von seinen Schultern und Armen. »Dieses Rendezvous ist einzig und allein unsere Sache.«

»Ein höchst angenehmes Rendezvous.«

»Dafür will ich sorgen. Verzeih, dass es so lange gedauert hat.« Sein verheißungsvolles Lächeln ließ sie erschauern. Nun landete seine Hose bei den anderen Kleidungsstücken auf dem Teppich.

Wieder einmal raubte ihr der Anblick seiner nackten Gestalt den Atem. »Ich weiß dein Verständnis zu schätzen«, erwiderte sie und hoffte, ihre Stimme würde halbwegs normal klingen.

»Offensichtlich hatte ich keine Wahl.«

»Und ich auch nicht, wie sich herausgestellt hat.« Er glich einem dionysischen Gott – hoch gewachsen, bronzebraun, mit perfekt geformten Muskeln und einer hinreißenden Erektion. »Würdest du mich schamlos finden, wenn ich dir gestehe, dass ich *das* …«, sie streckte ihren Zeigefinger aus, »… sofort brauche?«

»Solange du mich nicht für flegelhaft hältst, wenn ich dir zustimme …«

Lachend schüttelte sie den Kopf. »Ich würde eher sagen, dass du überaus höflich bist.«

Als er eines der beiden Päckchen öffnete, ragte seine harte Männlichkeit noch höher empor. Einladend spreizte sie die Schenkel. Durch ihre Adern schien flüssiges Feuer zu strömen.

»Das habe ich noch nie für eine Frau getan«, betonte er, während er das Kondom über seinen geschwollenen Penis streifte. »Damit spürt man nämlich nicht viel. Jetzt siehst du, wie sehr ich dich begehre.«

»Was auf Gegenseitigkeit beruht, Marquess of Redvers.«

Warum sie ihn plötzlich mit seinem Titel ansprach, verstand er sehr gut. Sie wollte eine gewisse Distanz wahren. »Vielleicht liegt's am Ananaseis, dass wir so hemmungslos sind.«

»Wenn's bloß so einfach wäre …«

»Es soll gar nicht einfach sein.« Trotz seiner übermächtigen Erregung wünschte er sich keinen kurzen, schlichten Liebesakt. »Soll ich langsam vorgehen?« Lässig glitt er zwischen ihre Beine. Seine Unbefangenheit faszinierte sie.

»Willst du das?«, wisperte sie und berührte seinen pulsierenden Penis.

»Das war meine letzte höfliche Frage.«

»Wovor?«

»Bevor ich mich in hellem Wahnsinn verliere.«

»Mir zuliebe musst du nicht höflich sein.«

»Wo warst du nur in meinem ganzen bisherigen Leben?«

»Vielleicht habe ich auf diesen Augenblick gewartet.«

»Und jetzt bin ich endlich bei dir«, flüsterte er, heiser vor Sehnsucht. Mit sanften Händen schob er ihre Schenkel noch weiter auseinander und drang langsam in sie ein. Da er einen überdurchschnittlich großen Penis besaß, wollte er erst einmal erkunden, ob sie fähig war, ihn zur Gänze in sich aufzunehmen. Aber obwohl das Gummihäutchen die Reibung verstärkte, verschmolz er mühelos mit ihr.

Als er innehielt, vibrierten alle Nervenenden in der erwartungsvollen Ruhe, auf die der Sturm zu folgen pflegte. Kann man vor Lust sterben, fragte sie sich erstaunt. Alle Emotionen konzentrierten sich auf jenes glühende Zentrum ihres erotischen Empfindens und sie hob ihren Unterleib, damit er noch tiefer in ihren Schoß hineinglitt.

Diese Ermutigung brauchte er nicht. Sein Blut schien zu brennen, rauschte und pochte in seinen Ohren. Kraftvoll umfasste er ihre bebenden, erhitzten Hüften. Sobald er nicht mehr weiter vordringen konnte, zog er sich ein wenig zurück.

Protestierend seufzte sie und er füllte sie sofort wieder vollends aus. Ihr leiser Schrei hallte in den Schatten des nächtlichen Halbdunkels wider.

Jacks gedämpftes Stöhnen verriet nun die fieberhafte Glut, die auch ihn beherrschte. Seine Hände glitten unter ihre Schenkel, um den Druck zu verstärken.

Da kam Venus ihm entgegen, umfasste seine harten, muskulösen Hinterbacken und stieß erneut einen Schrei aus.

Mit diesem erregenden Jubel erhärtete sie seine Erektion noch. Ihr Eifer schürte seine Leidenschaft, bald bewegten sie sich in einem ungestümen Rhythmus, der beide zu einem überwältigenden Höhepunkt führte.

Zu schnell, dachte Jack enttäuscht.

»Ich will noch mehr«, hauchte Venus – ein willkommenes Echo seines Missfallens.

Begierig presste er seinen Mund auf ihren und sie erwiderte seine Küsse mit gleicher Glut. In ihrer Wollust waren beide unersättlich.

Wenige Sekunden später spürte sie, wie er wieder in ihr anschwoll.

Um seinen Lippen auszuweichen, drehte sie den

Kopf zur Seite und flüsterte: »Schnell, nimm das andere Kondom!«

Für einen Mann, der noch nie Befehle empfangen hatte, zögerte er nur kurz. Rasch zog er sich zurück und sprang von der Couch, entfernte das benutzte Kondom und wischte sich mit seinem Hemd ab. Kurz danach hatte er das zweite Kondom über seine Erektion gestreift, die sehr imposant wirkte, obwohl er eben erst einen Höhepunkt erlebt hatte.

Deshalb muss er bei den Frauen so beliebt sein, dachte Venus. Dieser Gedanke störte sie nur kurzfristig, denn sie brauchte seine Kraft und Ausdauer, um Erfüllung zu finden.

Bisher hatte sie hemmungslose Leidenschaft stets mit dichterischer Freiheit oder den Gebilden einer ausschweifenden Fantasie gleichgesetzt. Aber nun wusste sie, dass es solche Gefühle gab, denn sie hungerte geradezu nach einem neuen Liebesakt mit diesem berüchtigten Wüstling. Und sie schämte sich nicht einmal.

Vielleicht würde sie ihre Prinzipien später überdenken – nach einem weiteren Orgasmus, wenn sie nicht mehr vor Verlangen brannte. Da sie wusste, wie selten man solche Freuden genoss und wie knapp die Zeit war, wollte sie in ihrer Sinnenlust schwelgen. »Muss ich etwa aufstehen und dich holen?«, fragte sie ungeduldig.

Jack lachte leise. »Lass mich doch ein paar Minuten Atem schöpfen.«

Zerknirscht entschuldigte sie sich.

Doch die Worte erstarben zu einem schmachtenden Stöhnen, als er sie umarmte und küsste. Behutsam sank er wieder zwischen ihre Beine. »Runde zwei«, flüsterte er und glitt in ihre einladende Wärme.

»Gerade noch rechtzeitig«, seufzte sie, die Augen halb geschlossen, schlang sie die Beine um seine Hüften, und die feuchte Hitze hüllte ihn in ein Nirwana, das er nie zuvor erforscht hatte. Sie war eine Verführerin, deren Gier keine Grenzen kannte.

Eine Liebhaberin, ganz nach seinem Herzen, dachte er und passte sich ihrem fieberhaften Rhythmus an. Fordernd steigerte sie das Tempo, ohne jene affektierte Koketterie, an die er gewohnt war. Eine solche Frau hatte er noch nie umarmt. Er fand ihre Freizügigkeit erfrischend, aber auch beunruhigend. Plötzlich biss sie ihn in den Hals und sein leichtes Unbehagen verflog sofort, von neuer Ekstase verdrängt.

Bald verrieten Venus' beschleunigte Atemzüge ihre Bereitschaft, den Gipfel der Lust zu erreichen. Jack bewegte sich immer schneller, ignorierte ihre Fingernägel, die sich schmerzhaft in seinen Rücken gruben.

In einem wilden Tanz vereint, bemühte sich jeder, den anderen zu beglücken. Ringsum schien die Welt zu versinken, von einer anderen bezwungen, in der nur noch ihre stürmischen Gefühle regierten. Schließlich umschlangen sie einander, zuckend und stöhnend, in einem überirdischen, verzehrenden Orgasmus gefangen.

»Unglaublich …« Die Augen geschlossen, lag er auf ihr und rang erschöpft nach Luft. »Lauf – nicht weg …«, würgte er mit einem schwachen Lächeln hervor.

»Das könnt ich gar nicht – selbst wenn ich's wollte …« Immer noch köstlich, prickelten die Nachwirkungen des Höhepunkts in ihrem Körper. Ihre Fingerspitzen strichen über seine breiten Schultern.

Grienend hob er die Lider. »Ich würde dich ohnehin nicht fort lassen.«

»Aber du solltest gehen.« Ihre Wimpern flatterten. »Weil wir keine Kondome mehr haben.«

»So?«

»Jetzt sei nicht unvernünftig …«

»Mach dir keine Sorgen.«

»Immerhin bin's *ich*, die sich sorgen muss.«

»Nicht bei mir.«

Er war zu gelassen, zu unbeschwert – wahrscheinlich gleichgültig, eine Konsequenz seiner bewegten Vergangenheit. »Irgendwie beruhigt mich das nicht«, erwiderte sie und stemmte sich gegen seine Brust. »Steh auf!«

Langsam verengten sich seine Augen. »Gehorchen dir deine anderen Liebhaber, wenn du diesen Ton anschlägst?«

»*Steh auf!*«

Obwohl er ihre Angst übertrieben fand, verkniff er sich einen Protest, zuckte die Achseln und gehorchte. »Du bist zu nervös«, meinte er beiläufig. Nachdem er das benutzte Kondom beiseite gelegt hatte, holte er die Karaffe und zwei Gläser von dem Tischchen. »Glaub mir, ich habe nicht vor, mir in deinem Schoß Befriedigung zu verschaffen.« Er setzte sich auf den Teppich und lehnte sich an das Sofa. »Ein Drink gefällig? Leider gibt's nur Sherry.«

»Du bist zu unbekümmert, Redvers. Und ich weiß nicht, ob ich was trinken will.«

»Sag's mir, wenn du noch einmal befriedigt werden möchtest.«

»Ich glaube nicht …«

Aber er sah, dass sie ihre verführerische Pose beibehielt. Als er ihr ein gefülltes Glas reichte, griff sie danach. »Nun? Gerätst du in Versuchung?«, fragte er und prostete ihr zu.

»Das kann ich mir nicht leisten«, erklärte sie im Tonfall einer Lehrerin, die mit einem aufsässigen Schüler sprach.

»So wenig Vertrauen ...«

»Angesichts deines Leumunds ist meine Skepsis berechtigt.«

»Ich habe keine Kinder.«

»Wie kannst du das wissen?«

»Wenn ich welche hätte, würden die Mütter Geld von mir verlangen.«

»Wie zynisch du bist ...«, seufzte Venus und er widersprach ihr nicht. »Keine Bange, ich würde niemals Geld von dir fordern.«

»Deshalb sorge ich mich nicht. Ich will dir nur klar machen, dass deine Angst unbegründet ist.« Aufreizend streichelte er ihre Knie, dann wanderten seine Finger nach oben.

»Das ist hoch genug.«

Höflich hielt er inne. »Spürst du immer noch dieses Pochen zwischen den Beinen?«

»Nein.« Aber sie antwortete etwas zu schnell und sie wich seinem Blick aus.

»Mal sehen ...« Seine warme Handfläche glitt über die Innenseite eines Schenkels.

»Lass das lieber.« Venus lächelte gezwungen. »Nur zur Sicherheit ...«

»Dabei kann gar nichts passieren. Entspann dich. Wie fühlt sich das an?«, fragte er und schob seine Hand noch weiter hinauf.

»Ich spüre nichts«, log sie. Obwohl sie wusste,

dass sie ihm solche Berührungen nicht erlauben dürfte, war sie seiner erotischen Macht hilflos ausgeliefert.

»Und jetzt?« Ganz sanft liebkoste er mit seinem Mittelfinger ihre Schamlippen und spürte, wie sich die Muskeln in ihren Schenkeln verkrampften. »Gib mir das Glas«, bat er und nahm es aus ihrer zitternden Hand. Zielstrebig setzte er die betörenden Zärtlichkeiten fort. »Wie feucht du bist …«, bemerkte er etwas später und kniete sich neben die Couch. »Soll ich dir nicht zu einem Orgasmus verhelfen?«

Von ihrer offenkundigen Begierde gedemütigt, von tiefer Scham erfasst, brachte sie kein Wort hervor. Aber sie rückte ihm entgegen – unfähig, sich noch länger gegen seine erprobte Hand zu wehren. Er schien genau zu wissen, wie und wo er sie berühren, wie schnell oder wie langsam er seine Finger bewegen musste.

Als sie tief in ihr heißes Fleisch eindrangen, stöhnte sie, presste sich an seine Hand, ersehnte noch stärkere Reize. Er schob ihre Beine weiter auseinander und leckte über ihre bebenden Schamlippen. Dann fand seine Zunge die geschwollene Klitoris.

Leise schrie sie auf. Seine Lippen umschlossen die harte, erigierte kleine Knospe und er begann daran zu saugen, seine Finger immer noch tief in ihrer Vagina. Während unbeschreibliche Gefühle auf Venus einstürmten, schien die Zeit stillzustehen. Ihr Unterleib pochte und vibrierte, das Verlangen steigerte sich zu fieberhafter Ekstase. Wie betörend sein Mund mit ihrer Klitoris spielte … Nur noch wenige Sekunden von einem Orgasmus entfernt, rang sie nach Luft. Offenbar wusste Jack genau, auf welche Weise er sie über die Schwelle führen konnte, denn er biss vorsichtig in das empfindsame Fleisch. Von süßen Wellen durchströmt, glaubte sie zu sterben.

Nach einer langen Atempause hob sie die Lider und sah Jack in einem Lehnstuhl vor dem Kamin sitzen. »War das nicht völlig ungefährlich?«, fragte er liebenswürdig.

»Schau nicht so selbstgefällig drein!«

»Oh, ich triumphiere keineswegs – *au contraire!* Vor Begierde bin ich halb von Sinnen. Und ich weiß nicht, wie lange ich's noch ertrage, höflich zu bleiben.«

»Tut mir Leid. Ich würde dir gern helfen, aber …« Sein erigierter Penis, der bis zum Nabel hinaufreichte, zog ihren Blick auf sich.

»Vielleicht sollten wir eine Vereinbarung treffen.« Er sah, was Venus betrachtete, und sein Verlangen wuchs. Bald würde er sich nicht mehr wie ein Gentleman benehmen.

»Nein, das ist mir zu riskant.«

»Wie kann ich dich von meiner Vertrauenswürdigkeit überzeugen?«

»Das wird dir nicht gelingen.« Aber sie glaubte ihn in sich zu spüren, während sie im Feuerschein die geschwollenen Adern seiner Erektion anstarrte. Die Fleischeslust besiegte allmählich ihren Verstand.

»Wahrscheinlich würden dich ein paar Zeugenaussagen nicht beeindrucken.«

»Würdest du die Damen aus dem Ballsaal hierher holen?«, fragte sie lächelnd, und er schnitt eine Grimasse.

»Zum Teufel mit dir! Eigentlich müsste ich meinen Drang bezähmen.«

»Ist es meine Schuld, dass du's nicht schaffst?«

»Ja.« Jack genoss den Ruf, eine fabelhafte Selbstkontrolle zu besitzen. Nach der Ansicht mehrerer Damen, die ihn nicht reizten, konnte er sich sogar viel zu gut beherrschen. Aber in Venus Duras' Gesellschaft ließ ihn diese Fähigkeit im Stich. Zum ersten Mal in seinem Leben fragte er sich, ob manche Frauen magische Methoden anwandten. »Verdammt!«, stöhnte er und sprang auf. »Jetzt haben wir genug geredet.«

»Was machst du?«, fragte sie und stützte sich auf einen Ellbogen.

»Ich werde mein Glied in deine heiße kleine Grotte stecken.«

»Wie charmant!«, meinte sie sarkastisch.

»Wenn's dir missfällt, höre ich sofort auf.«

Um ihn anzuschauen, musste sie ihren Kopf in den Nacken legen. Hoch aufgerichtet stand er vor ihr.

»Lass dir bloß nicht einfallen, mich zu vergewaltigen! Das dulde ich nicht …«

Mit einem feurigen Kuss brachte er sie zum Schweigen, bevor er sich zwischen ihren Beinen niederließ. »Vertrau mir«, flüsterte er, verschmolz mit ihr und seufzte erleichtert.

Nur wenige Sekunden später erreichte sie zu ihrer eigenen Bestürzung einen beschämenden Höhepunkt, wie eine wollüstige Hure. Guttural schrie sie auf. Sie fühlte sich gedemütigt und ihre ganze Selbstsicherheit verflog. »O Gott«, wisperte sie verwirrt.

»Still!«, bat er und küsste sie zärtlich. »Alles ist erlaubt.« Die Hände unter ihren Hüften, drang er noch tiefer in sie ein. Bald verspürte sie neue Begierde, obwohl ihr Verstand diesen entwürdigenden Hunger tadelte.

Aber im roten Nebel der Leidenschaft verschwanden alle Bedenken. In der Liebeskunst erfahren und geübt, bewegte sich Jack unendlich sanft und verführerisch in ihr. Von brutaler Kraft beim Liebesakt hielt er nichts. Er befreite Venus von ihrer Angst, bezwang seine eigenen Skrupel und führte sie noch zweimal zum Höhepunkt, bevor er auf ihrem Bauch Erfüllung fand.

»Hätte ich's bloß nicht gestattet«, hauchte sie in der Ruhe nach dem Sturm. Aber ihre Stimme klang sanft und zufrieden.

»Und ich hätte es nicht tun dürfen. Verzeih mir.«

»Wäre ich nicht so träge, würde ich genug Energie aufbringen, um dir Vorwürfe zu machen.«

»Schimpf eben nächstes Mal mit mir«, schlug er grinsend vor, an die Armstütze des Sofas gelehnt.

Sofort war sie hellwach und setzte sich auf. »O nein, mein Lieber, das riskiere ich nie wieder.«

»Obwohl ich dir so exquisite Freuden schenke?«

»Darauf muss ich verzichten. Noch einen Sieg wirst du nicht erringen.«

»Um meinen Sieg geht's nicht – nur um deine und meine Leidenschaft.«

»Halt den Mund!«, fauchte Venus, als sie spürte, wie sich ihr Blut von neuem erhitzte.

»Aber es schien dir jedes Mal zu gefallen.« Im Vertrauen auf seine Fähigkeit, sie noch sehr oft zu erobern, schenkte er ihr ein tolerantes Lächeln.

»*Das* gefällt mir«, gestand sie in charmanter Offenherzigkeit und zeigte auf seinen immer noch erigierten Penis.

»Mademoiselle, wir beide sind stets zu Ihren Diensten.«

»Welch ein angenehmer Gedanke! Aber ...« Sie

sah sich um. »Wie spät ist es eigentlich? Ich müsste gehen.«

»Eine Zeit lang werde ich dich noch hier festhalten.«

»Was?«, rief sie erschrocken.

»Ich habe noch einiges mit dir vor.«

»Nein, das kommt gar nicht in Frage.« Sie sprang auf und hob eine Hand, als könnte diese Geste weitere erotische Angriffe abwehren.

»Heute Nacht riskiere ich nichts mehr. So erfreulich ich deine Liebeskünste auch finde, die möglichen Konsequenzen wären viel zu schlimm.«

»Wie schwer du zu überzeugen bist ... Vorhin habe ich bewiesen, dass ich mich zurückhalten kann, und du brauchst auch künftig nichts zu befürchten.«

»Tut mir Leid, ich will sichergehen – aus offensichtlichen Gründen.«

»Dann tut's mir auch Leid.« Langsam stand er auf.

»Nein, Jack!« Sie schlüpfte unter seinem ausgestreckten Arm hindurch, wich zurück und suchte hinter dem Sofa Zuflucht. Wachsam beobachtete sie ihn.

»Ich bin absolut verlässlich«, beteuerte er und trat einen Schritt vor.

»Jack, nein, ich mein's ernst!« Mit bebenden Händen umklammerte sie die Lehne des Sofas und bekämpfte die Gelüste, die erneut in ihr aufstiegen. Im Flammenschein sah er atemberaubend aus – groß, breitschultrig und stark und so wundervoll erregt.

Geschmeidig übersprang er das Sofa und landete dicht neben Venus. »Sagst du immer noch Nein?«

»Du darfst dir nicht einfach nehmen, was du willst.« In ihren Augen schien ein wildes Feuer zu glühen. »Hast du keine Manieren?«

»Die brauche ich nicht. Ich kriege immer, was ich will.«

»Diesmal nicht!«, zischte sie, empört über seine Unverschämtheit.

»Warum stellen wir nicht fest, wie sich deine heiße kleine Grotte fühlt?« Er grinste herausfordernd. »Irgendwie habe ich den Eindruck gewonnen, dass sie mich mag.«

»Arroganter Schuft!« Mit aller Kraft schlug sie in sein Gesicht.«

»Oh, dein Temperament ist genauso hitzig wie das süße Zentrum deiner Lust«, murmelte er und packte ihre Hände. »Mal sehen, ob du an einem weiteren Liebesakt interessiert bist.« Gnadenlos drehte er sie herum, sodass sie ihm den Rücken kehrte, und presste sie an die Lehne des Sofas. Mit einer Hand umfasste er ihren Arm, die andere schob er zwischen ihre Beine. »Mmmm – ganz nass ...«

Ein paar Sekunden lang wand sie sich in seinem Griff. Doch die Gefühle, die dabei entstanden, waren zu berauschend, und so hielt sie inne.

Jack hörte ihr unterdrücktes Stöhnen, zog seine Hand zwischen ihren Schenkeln hervor und strich mit feuchten Fingern über ihre vollen Brüste. »Allem Anschein nach bist du immer bereit«, flüsterte er ihr ins Ohr und drückte seine harte Männlichkeit zwischen ihre Hinterbacken. »Das muss an deinem französischen Blut liegen.«

»Und wie lautet deine Ausrede?«, fauchte Venus.

»Vermutlich hängt es mit dem Erbe meiner längst verblichenen DeLancey-Ahnen zusammen. Und tu nicht so, als hättest du was dagegen, denn ich weiß es besser.« Seine Erektion glitt zwischen ihre Schenkel. »Spürst du, wie sehr ich dich begehre?«

So hart, so lang … Heiße Sehnsucht überwältigte ihre Sinne.

»Beug dich nach vorn.« Er versetzte ihr einen sanften Klaps und ihr rosiges Hinterteil hob sich. Einladend öffneten sich die glänzenden Schamlippen wie die Türflügel des Paradieses.

Zunächst drang er nur mit der geschwollenen Spitze seines pulsierenden Organs in sie ein und es wurde von ihren seidigen Schamlippen umschlossen. Nicht nur Leidenschaft erfasste Venus, sondern auch ein ohnmächtiger Zorn, der ihren Körper versteifte.

»Sag mir, dass du's willst«, befahl er leise, weil er in seinem wilden Drang nicht allein bleiben wollte.

»Zur Hölle mit dir!« Sie zitterte vor Verlangen und suchte es zu bezähmen, aber sie stemmte sich ungeduldig gegen ihn. Obwohl sie seine anmaßende Kühnheit verfluchte, wünschte sie, er möge sich vollends mit ihr vereinen.

»Sag mir, wonach du dich sehnst!« Mühsam widerstand er der Verlockung. Bevor er sich seiner Begierde hingab, brauchte er ihre Kapitulation.

»Nach dir«, wisperte sie nach einer langen Pause und hasste sich selbst.

»Gut.« Und dieses eine Wort beseitigte alle Differenzen. Er zog sich zurück, um kraftvoll in sie einzudringen, so tief wie möglich. In immer schnellerem Rhythmus bewegte er sich, von einer glühenden Ekstase getrieben, die alle Grenzen seiner jahrelang gesammelten erotischen Erfahrungen überschritt. Auf die Lehne des Sofas gestützt, schmolz Venus dahin – unersättlich, voller Gier nach der Erfüllung, gefangen in einem Aufruhr der Gefühle, der Scham, Verstand und Willensstärke restlos verdrängte.

Einmal, zweimal, dreimal genoss sie einen intensiven Höhepunkt, ehe Jack sich selbst von der süßen Qual erlöste, fest an ihren Rücken geschmiegt. Befriedigt – zumindest vorerst – küsste er die zarte Haut an ihrem Nacken und seine Lippen erschienen ihr wie Flammen. »Die ganze Nacht will ich dich lieben«, flüsterte er atemlos.

Sie protestierte nicht. Stattdessen seufzte sie tief auf.

Sehr viel später lagen sie endlich zufrieden auf dem Sofa. Im Kamin glühten die Kohlen und verbreiteten ein schwaches rötliches Licht. Den Kopf auf der Armstütze, hielt er Venus' Hüften zwischen den Schenkeln fest. Ihr Rücken schmiegte sich an seine Brust, ihr seidiges Haar berührte sein Kinn. An seinem Arm spürte er, wie gleichmäßige Atemzüge ihren Körper hoben und senkten.

Vor einiger Zeit hatte er einen Blick zur Uhr geworfen, die auf dem Kaminsims stand. Obwohl es schon sehr spät war, rührte er sich nicht von der Stelle. Inzwischen würden die meisten Gäste das Haus verlassen haben – zweifellos ein Vorteil. Aber die wenigen, die immer noch hier blieben, waren sicher betrunken und damit unberechenbar.

»Heute Morgen schicke ich dir Blumen«, flüsterte Venus und drehte sich zu ihm. »Die hast du verdient.«

»Und ich dachte, vielleicht würde dir irgendwas mit Smaragden gefallen, die zu deinen zauberhaften Augen passen.«

»Kein Wunder, dass du so beliebt bist, mein himmlischer Jack …«

»Flirte nicht mit mir!«, mahnte er.

»Warum denn nicht?« Herausfordernd presste sie sich an ihn.

»Weil ich genug kokette Frauen kenne. Also verschone mich mit diesem Getue.«

»Und wenn mir ein kleiner Flirt Spaß machen würde?« Mit großen kindlichen Augen schaute sie ihn an. »Werden wir streiten?«

»Natürlich nicht.«

»Liebst du mich heute wieder?«

Er antwortete nicht sofort – schon seit Jahren bestrebt, feste Bindungen zu vermeiden.

»Darf ich diese Frage nicht stellen, Jack? Steht dieses Privileg nur Männern zu?«

»Keineswegs«, erwiderte er sanft. »Ja, ich werde dich lieben. Mit dem größten Vergnügen.«

»Bei dir oder bei mir?«

»Wo wohnst du?«

»Meine Familie besitzt ein Haus am Belgrave Square. Dort bin ich ganz allein.«

»Keine Anstandsdame?«

Ihr perlendes Gelächter ärgerte ihn. »Schon lange nicht mehr … Warum sollte ich eine brauchen?«

»Weil sich's geziemen würde.«

»Wie prüde das klingt! Wo du doch mit so vielen vornehmen Damen schläfst, gleichsam vor den Augen ihrer Ehegatten.«

»Bei einem Mann ist das was anderes.«

»Vielleicht in *deiner* Welt. Ich lebe so, wie ich's will.«

»Und du genießt die Liebe so, wie's dir gefällt?«

»Ausgerechnet du stellst diese Frage … Übrigens, hast du deine Wette gewonnen?«

»Ich habe nicht gewettet.«

»Wer dann?«

Jack zögerte. »Das verrate ich dir lieber nicht.«
»Betrifft es mich?«
Diesmal zögerte er noch länger. »Gewissermaßen.«
»Dann wüsste ich gern, mit wem ich's zu tun habe.«
»Bitte, bedräng mich nicht.«
Ungeduldig setzte sie sich auf. »Sag's mir endlich – damit ich weiß, worüber die Londoner *Hautevolee* heute Morgen lachen wird.«
»Ich dachte, du tust immer, was dir gefällt.«
»Ja, sicher. Aber ich will einfach nur gut gerüstet sein.«
»Vermutlich werden dich zahllose Verehrer belagern.«
»Daran bin ich schon gewöhnt.«
»Diesmal werden dich *lüsterne* Bewunderer umringen.«
»Wegen der Wette?«, fragte Venus.
»Damit hatte ich nichts zu tun.«
»Großer Gott, Jack, weich mir nicht dauernd aus! Erklär mir, was los ist!«
»Einige Leute dachten, niemand könnte dich erobern.«
»Und du hast ihnen widersprochen?«
»Ja.«
»Also, dann hast du deine Wette gewonnen. Was ist daran so schrecklich?«
»Es war nicht meine Wette.«
»Wer hat denn gewettet?« Mit einem koketten Lächeln fügte sie hinzu: »Wem muss ich vernichtende Blicke zuwerfen?«
Sollte er ihr die Wahrheit erzählen? Dann wäre sie wenigstens gewarnt.

»Ein paar Gentlemen im Brookes«, erwiderte er seufzend. »Die Namen wurden in eine Wettliste eingetragen.«

»Und alle ihre Freunde und Bekannten wissen Bescheid.« Plötzlich nahmen ihre Augen einen kühlen Ausdruck an. »Da konntest du natürlich nicht widerstehen.«

»Was heute Nacht geschah, habe ich nicht geplant.«

»Trotzdem ist es passiert.«

Zumindest besaß er genug Anstand, um zerknirscht den Blick zu senken.

»Solche Männer wie dich kenne ich. Aber am Spieltisch, bei einem Drink, wirst du die Geschichte deines Triumphs zum Besten geben. Wie pubertär!«, zischte sie und schwang die Beine über den Rand des Sofas.

»So ist es nicht«, protestierte er und umfasste ihren Arm.

»Doch. Das hätte ich wissen müssen. Aber ich danke dir für eine grandiose Liebesnacht. Sollten mich irgendwelche Damen nach deiner Leistung fragen, werde ich dich empfehlen.« Erbost schüttelte sie seine Hand ab und sprang auf.

»Lass dir alles erklären«, bat er. Aber er würde nicht mehr tun als sich entschuldigen. Zu oft war er in den letzten zehn Jahren jungen Frauen ausgewichen, die ihn zum Traualtar schleppen wollten. Und so ermahnte er sich zur Vorsicht. Gekränkte Damen konnten einen Mann sehr schnell die persönliche Freiheit kosten. Immerhin kannte er mehrere Gentlemen, die wegen geringfügiger Eskapaden verheiratet waren. Da hatte er in dieser Nacht viel mehr gewagt …

»Du musst mir nichts erklären«, entgegnete Venus und begann sich anzukleiden.

»Wenn ich dich begleiten soll …«

»Besser nicht«, lautete die knappe Antwort.

Missgelaunt beobachtete er, wie sie sich anzog. Er fühlte sich nicht schuldig – weder an den Wetten, die er nicht veranlasst hatte, noch an Venus' freizügiger Sinnlichkeit. Während sie vollständig bekleidet vor dem Spiegel stand und ihr Haar hochsteckte, fragte er: »Muss ich wirklich die ganze Verantwortung auf mich nehmen?«

»Ich will nicht mehr mit dir reden.«

»Selbstverständlich werde ich niemandem von dieser Nacht erzählen, falls dir das irgend welche Sorgen bereitet.«

»Dann verlierst du deine Wette.«

»Verdammt, es ist nicht meine Wette!«

»Schon gut. Wahrscheinlich stimmt das sogar«, fügte sie hinzu und befestigte ein Löckchen hinter ihrem Ohr. »Es tut mir nur Leid, dass ich dir begegnet bin.«

»Diesen Eindruck hast du vor einer Stunde nicht erweckt.«

Wütend fuhr sie zu ihm herum. »Ja, gewiss, du bist ein ausgezeichneter Liebhaber, Redvers. Möchtest du das hören? Ich finde dich sogar einzigartig. Aber mein Leben dreht sich nicht nur um Sex, so wie deines. Also werde ich sehr gut ohne dich zurechtkommen. Allen anderen Damen wünsche ich viel Glück mit dir.«

Ohne ein weiteres Wort verließ sie die Bibliothek. Krachend fiel die Tür hinter ihr ins Schloss und der Lärm hallte durch das ganze Haus.

Wäre Jack nicht so schlimm verärgert gewesen,

hätte er über ihr Desinteresse am äußeren Schein gelächelt.

Offenbar hegte Venus Duras nicht die Absicht, heimlich und leise aus dem Groveland House zu schleichen.

4

Die Duchess of Groveland hielt am Rand der Tanzfläche Hof, auf der sich trotz der späten Stunde immer noch viele Paare tummelten. Doch es war üblich, bis zum Morgengrauen zu tanzen. Allerdings hatten sich die meisten Gäste schon verabschiedet. Venus eilte zur Hausherrin, um sich zu bedanken und ihr eine gute Nacht zu wünschen.

»Bitte, warten Sie, ich begleite Sie hinaus.« Für ihr Alter erstaunlich agil, erhob sich Peggy Hexton aus ihrem Lehnstuhl. Bevor sie zu sprechen begann, wartete sie, bis sie im Flur allein waren. »Falls es nötig ist, möchte ich mich für das Verhalten meines Patensohns entschuldigen.« Sie hatte Venus' innere Anspannung sofort gespürt, obwohl die Französin nach außen hin ruhig und gefasst wirkte. Schließlich war sie jedoch für mehrere Stunden mit Jack verschwunden gewesen.

»Das ist wirklich überflüssig.«

»Also hat er Sie nicht gekränkt?«

»Kein bisschen«, log Venus, während sie zur Treppe schlenderten.

»Da bin ich maßlos erleichtert. Wenn Jack unserer Freundschaft geschadet hätte, würde ich es zutiefst bedauern. Ihre Krankenhäuser interessieren mich sehr, meine Liebe. Und es gefällt mir, dass Sie nicht nur an die neueste Mode denken, wie so viele hohlköpfige Damen.«

»Wer sich nur mit der fashionablen Welt befasst, führt sicher ein ziemlich ödes Leben.« Langsam stieg

Venus die Stufen hinab, damit die ältere Frau mit ihr Schritt halten konnte.

»Das finde ich auch. Aber hin und wieder tanze ich recht gern. Was mein Hilfsangebot betrifft – heute Nachmittag werden meine Diener Ihre neue Klinikausrüstung zum Hafen transportieren. Sagen wir, um zwei?«

»Herzlichen Dank. Um zwei Uhr wär's mir sehr angenehm.«

»Seien Sie ihm nicht böse.« Irgendwie hatte Peggy den Eindruck gewonnen, ihr Patensohn und die unkonventionelle Französin würden großartig zusammen passen.

»Verzeihen Sie, Duchess – wenn ich einen Grund hätte, ihm zu zürnen, können Sie mich nicht daran hindern.« Am Fuß der Treppe angekommen, wandte sich Venus mit einem liebenswürdigen Lächeln zu ihrer Gastgeberin. »Nochmals vielen Dank für den schönen Abend. Um zwei erwarte ich Ihre Diener.«

»Und dann ging sie davon, kühl und gelassen«, berichtete die Duchess. Nachdem sie Jack in der Bibliothek aufgespürt hatte, sank sie in einen Sessel vor dem Kaminfeuer, ein Glas Portwein in der Hand, und musterte ihn durchdringend.

»Bemüh dich nicht, Peggy, ich werde dir nicht mein Herz ausschütten.« Nur mit seiner Hose und dem teilweise zugeknöpften Hemd bekleidet, rekelte er sich auf dem Sofa, immer noch missgelaunt. Die halbe Flasche Portwein, die er seit Venus' Aufbruch konsumiert hatte, besserte seine Stimmung nicht.

»In diesem Zimmer habt ihr euch geliebt. Das rieche ich. Die Einzelheiten interessieren mich nicht. Ich will nur wissen, womit du Venus beleidigt hast.«

»Das ist ja mein Problem – ich habe nichts verbrochen. Nur Leute von deiner Sorte, meine liebe spielsüchtige Tante, mussten unbedingt drauf wetten. Einen solchen Anreiz brauche ich nicht, um eine Frau zu begehren.«

»Hast du ihr von den Wetten erzählt?«, fragte sie ungläubig.

»Es ließ sich nicht vermeiden. In ein paar Stunden würde sie's ohnehin erfahren. Ich dachte, ich sollte sie warnen.«

»Und jetzt ertränkst du deine Sorgen im Portwein.«

»Nein!«, knurrte er.

»Es sieht aber so aus.«

»Da irrst du dich.«

»Sie ist dir weggelaufen. Das kannst du nicht ertragen.«

»So eitel bin ich nun auch wieder nicht.«

»Und warum schmollst du wie ein kleiner Junge, der sein Lieblingsspielzeug verloren hat?«

»Nur zu, Peggy – stoß mir das Messer ins Herz und dreh es herum!«, schlug er verbittert vor.

»Warum magst du sie?«

»Ich mag sie nicht«, murmelte er missmutig.

»Lass mich die Frage anders formulieren. Was reizt dich an ihr?«

Stöhnend schnitt er eine Grimasse. »Am liebsten würde ich dich bitten, schleunigst zu verschwinden.«

»Aber ich habe Recht, nicht wahr?«

»Also gut, sie ist nicht so wie andere Frauen. Bist du jetzt zufrieden?«

»Sie fasziniert dich.«

»So könnte man's nennen.«

»Heute sehe ich sie wieder.«

»Und du wirst natürlich alles in Ordnung bringen. O Peggy, du bist so verdammt romantisch.«

»Das bin ich schon ewig und ich habe es nie bestritten.«

»Tut mir Leid, ich halte nichts von romantischen Gefühlen.«

»Dafür interessieren sich die Männer nie – bis es zu spät ist.«

»Um Himmels willen, Peggy, spiel nicht die Kupplerin. Ich bin vielleicht fasziniert, aber nicht geisteskrank. Bevor ich freiwillig heirate, fliege ich eher zum Mond. Bitte, misch dich nicht ein. Versprich es mir.«

»Wenn's sein muss, verspreche ich's«, entgegnete sie widerstrebend.

Obwohl die Sonne bereits aufging, lag die Bibliothek immer noch im Schatten. Sonst hätte Jack die gekreuzten Finger seiner Patentante gesehen.

Für meine schlechte Laune ist dieser Frühlingsmorgen viel zu schön, dachte Venus, als sie vor dem Eingang ihres Hauses am Belgrave Square aus der Kutsche stieg. Heute müssten graue Wolken kalten Regen herabschicken …

Aber die Natur ignorierte die Gefühle der armseligen Menschen. In warmem, goldenem Glanz stieg die Sonne am Himmel empor. Rosenduft erfüllte die Luft, an den jungen Blättern der Bäume funkelten Tautropfen. Und nicht einmal die trübe Stimmung konnte Venus daran hindern, die prächtigen Blüten der Wistarien zu bewundern, die am Spalier hochkletterten.

Die Tür schwang auf, als hätte jemand die Herrin

bereits erwartet, und der Butler stand auf der Schwelle. »Guten Morgen, Miss Duras«, grüßte er und verneigte sich ehrerbietig. »Haben Sie den Ball im Groveland House genossen?«

»O ja, Charles«, erwiderte sie und wandte sich von den farbenfrohen Blumen ab. »Danke.«

»In Ihrem Schlafzimmer wartet heiße Schokolade.«

»Ich brauche auch ein Bad.«

»Sehr wohl, Miss Duras.«

»Und ein herzhaftes Frühstück. Ich bin halb verhungert.«

»Vielleicht die Spezialität unseres Kochs, Rühreier mit Kaviar? Und gestern hat er frische Pilze aus Frankreich bekommen.«

»Sehr gut. Dazu hätte ich gern provenzalische Würstchen.«

»Und danach Erdbeeren mit Sahne?«, schlug Charles vor, der ihren Geschmack kannte.

»Ausgezeichnet«, meinte sie lächelnd. »Was würde ich nur ohne Sie tun? Stets erraten Sie, was ich mir wünsche.«

Als die Zofe ihre Herrin nach dem Bad abgetrocknet hatte, wurde das Frühstück auf einem kleinen Tisch am offenen Fenster serviert. Charles hatte dafür gesorgt, dass Venus auch ihren Lieblingshefekuchen mit Creme fraîche bekam, den sie zuerst aß. Danach verspeiste sie heißhungrig die Pilze mit den Würstchen und die Rühreier. Genüsslich ließ sie die Kaviarperlen über ihre Zunge gleiten. Zwischendurch trank sie zwei Tassen mexikanische Schokolade. Zum Abschluss ließ sie sich die Erdbeeren mit Sahne schmecken.

Ebenso wie das erfrischende Bad und der schöne

Frühlingsmorgen half ihr auch die köstliche Mahlzeit, ihren Zorn zu überwinden. Und nach der dritten Tasse Schokolade sah sie den vergangenen Abend in etwas milderem Licht. Immerhin war sie von einem Mann beglückt worden, der genau wusste, was sich eine Frau wünschte. Bei dieser Erinnerung lächelte sie schwach.

Nachdem sie ein Jahr lang enthaltsam gelebt hatte, fühlte sie sich endlich wieder voll und ganz befriedigt.

Sie seufzte. Bedauerlicherweise musste man sich dabei dauernd mit dem männlichen Ego auseinander setzen.

Nachdem sie ihrer Zofe erklärt hatte, um eins müsse sie geweckt werden, sank sie ins Bett und schlief sofort ein.

Aber es war ein rastloser Schlaf. Viel zu oft tauchte in ihren Träumen ein dunkelhaariger Mann mit lächelnden Augen auf, der sie zärtlich und verführerisch liebkoste. Stöhnend wand sie sich umher, glaubte seine aufreizenden Hände zu spüren, seinen Körper, der ihr unbeschreibliche Freuden schenkte – bis sie die Stimme ihrer Zofe hörte und verwirrt die Augen öffnete. Da merkte sie, dass sie in ihrem eigenen Bett lag, und verfluchte Jack Fitz-James' viel gerühmte, erprobte Talente.

Jack tat kein Auge zu. Oder zumindest kam es ihm so vor, als Ned zu Besuch kam und ihn damit endgültig weckte.

»Verschwinde«, murmelte Jack.

Unbarmherzig zog Ned die Vorhänge der Schlafzimmerfenster auseinander und ließ hellen Sonnenschein hereinströmen. »Raus aus den Federn! Wir wollten uns doch ein paar erstklassige Pferde im Tattersall anschauen.«

»Geh ohne mich hin …« Gedämpft drang die Stimme unter dem Kissen hervor, das der Marquess über seinen Kopf gezogen hatte.

»Lord Simon verkauft seine Rennpferde. Und du wolltest den großen Rappen haben. Zumindest hast du das lauthals verkündet. Natürlich können wir ihn auch Blandford überlassen.«

Mit diesem Vorschlag entlockte Ned seinem Freund einen gemurmelten Fluch.

»Heißt das ja oder nein?«, fragte Lord Darlington fröhlich. Natürlich wusste er, dass Jack lieber hundert Meilen weit auf allen vieren kriechen würde, als Edward Dunlow ein Pferd zu vergönnen, das er selbst besitzen wollte. »Maurice wird dir eine Tasse pechschwarzen Kaffee bringen. Aber lass dir nur Zeit. Wir müssen erst in zwanzig Minuten aufbrechen.«

»Irgendwann werde ich dich erwürgen.« Jetzt erklang die Stimme klar und deutlich, denn Jack hatte das Kissen in Neds Richtung geworfen.

»Pass auf meine Frisur auf, verdammt!«, kreischte Ned und strich sein glänzendes blondes Haar hinter die Ohren. Mit eitler Sorgfalt pflegte er seine langen Locken und hielt sich für einen Amateur-Poeten im Stil Lord Byrons. Allerdings wollte er mit seinen Gedichten eher die Damen beeindrucken, als sich ernsthaft um künstlerische Leistungen zu bemühen.

Mittlerweile vollends erwacht, stieg der Marquess seufzend aus dem Bett – immer noch todmüde. Doch der Tattersall würde nicht warten. Und so schleppte er sich zur Ankleidekammer. »Danke, dass du mich an den Rappen erinnert hast«, gähnte er und streckte sich. »Wenn's bloß nicht so verdammt früh wäre …«

»Schon nach eins.« Ned folgte ihm. »Seit wann brauchst du mehr als zwei Stunden Schlaf?«

»Offenbar seit der letzten Nacht.«

»Ist das mein Stichwort für die Frage: ›Und warum?‹ Wie ich gehört habe, bist du gestern Abend mit Miss Duras verschwunden – für längere Zeit.«

Jack stieß die Tür des Ankleidezimmers auf. »Großer Gott, kennt man in dieser Stadt keine anderen Interessen?«

»Du unterhältst uns halt alle so gut, mein Junge. Was sollen die Klatschmäuler denn anfangen, wenn du nur noch angeln würdest?«

»Vielleicht werde ich's tun«, stöhnte Jack, ging zu der Spezialdusche, die er hatte einbauen lassen, und drehte den Wasserhahn auf. »Ich ziehe aufs Land.«

»Damit würdest du für faszinierende Wetten im Brookes sorgen«, meinte sein Freund lachend. »Besonders aufregend wäre die Frage, wie lange du's auf dem Land aushalten wirst.«

Jack warf ihm einen vernichtenden Blick zu, betrat die Duschkabine und ließ sich von heißem Wasser berieseln, das aus ein paar hundert Öffnungen strömte. Wollte er Lord Simons Rappen wirklich kaufen? Er war so furchtbar müde – und er ärgerte sich nach wie vor über die Ereignisse im Groveland House.

Wahrscheinlich hatte er zu viel getrunken. Niemals würde er sich ein besonderes Faible für die schöne Miss Duras eingestehen. Sonst könnte er sein komfortables Leben aufs Spiel setzen.

»Bist du unter der Dusche eingeschlafen?«

Neds brüske Frage unterbrach Jacks Gedanken.

»Ab und zu brauche sogar ich meinen Schlaf«, murrte er und hielt sein Gesicht in den Wasserstrahl.

»Erst nach der Auktion. Dann gehen wir zu Madame Robuchon und schauen nach, ob sie ein paar nette neue Mädchen hat. In ihrem Etablissement kannst du dich ausschlafen. Ah, da kommt Maurice mit deinem Kaffee.«

Kurz bevor die ersten Angebote vorgeführt wurden, erreichten die beiden Freunde die Pferdebörse. Sie mussten fast eine Stunde warten, bis sie den Rappen begutachten konnten, den Jack erwerben wollte.

Weil dieses Pferd im letzten Jahr ein Dutzend Preise gewonnen hatte, war es heiß umkämpft. Weniger begüterte Interessenten zogen sich bald zurück. Schließlich versuchten nur noch Jack und Lord Blandford einander zu überbieten und trieben die Versteigerungssumme innerhalb weniger Minuten in Schwindel erregende Höhen empor.

Wie viel Jack für das Rennpferd bezahlen musste, kümmerte ihn nicht. Im vergangenen Jahrhundert hatte ihm die East India Company ein riesiges Vermögen eingebracht. Außerdem profitierten die Fitz-Jameses auch von der Großzügigkeit Charles II., der seine Geliebte maßlos verwöhnt hatte. Die Familie kannte keine finanziellen Sorgen – nicht zuletzt, weil sie die größten Ländereien von Gloucester besaß. Zusätzlich hatte Jack in die Eisenbahn investiert. Ohne die Nerven seiner Bankiers zu strapazieren, konnte er hundert Blandfords kaufen.

Da er den Kampf beenden wollte, überbot er die letzte Offerte des Earls um zehntausend Pfund und Edward Dunlows Gesicht färbte sich puterrot. »Verdammt, Redvers, ich brauche dieses Pferd für meinen Stall!«

»Dann hätten Sie eben etwas länger durchgehalten«, erwiderte Jack seelenruhig.

»So wie Sie auf dem Groveland-Ball bei dieser Französin? Wie lange haben Sie die Dame geritten?«

»Gestern Abend ging ich ziemlich früh nach Hause, Blandford. Falls Sie diesbezüglich noch Fragen haben – nennen Sie mir Ihren Sekundanten.«

Nicht gerade für seinen Mut berühmt, zog es der zwergenhafte, spindeldürre Earl eher vor, wenn seine Lakaien für ihn kämpften. »Fahren Sie zur Hölle, Redvers!«

»An einer weiteren Konversation bin ich nicht interessiert. Vielleicht bei unserer nächsten Begegnung – falls ich dann genug getrunken habe.«

»Würde die französische Dame auch andere Verehrer willkommen heißen?«, stieß Blandford hervor.

»Versuchen Sie doch Ihr Glück! Sie ist durchaus fähig, ihre eigenen Entscheidungen zu treffen.« Trotz dieser lässigen Antwort musste Jack den Impuls bezwingen, den elenden Kerl niederzuschlagen. Natürlich würde er dem lächerlichen kleinen Bastard niemals erlauben, Venus anzurühren.

Zum Glück näherte sich in diesem Augenblick ein Auktionsbeamter. Sonst hätte Jack überlegen müssen, was seine sonderbaren, besitzergreifenden neuen Gefühle bedeuten mochten.

5

Venus hatte nicht erwartet, dass die Duchess ihre Diener begleiten würde. Aber als der Rollwagen auf den Belgrave Square fuhr, saß Peggy neben dem Fahrer auf dem Kutschbock. In einem schlichten Kleid aus naturfarbenem Leinen, mit einem praktischen Strohhut, ohne die übliche Schminke, erweckte sie den Eindruck, sie würde sich an den Transportarbeiten beteiligen. Erfreut begrüßte Venus die alte Lady, die Arbeit für keine Schande hielt – in Londoner Gesellschaftskreisen eine Seltenheit.

»Fahren Sie doch mit«, schlug Peggy vor und rückte beiseite, um ihr Platz zu machen. »Dirigieren Sie Will zum Lagerhaus.«

Ohne lange zu überlegen, ließ Venus ihren verblüfften Butler vor der Haustür stehen und kletterte mit der Hilfe eines Lakaien auf den hohen Sitz. Lächelnd nahm sie neben der Duchess Platz. »Freut mich, Sie wiederzusehen, Peggy. Ich wusste gar nicht, dass Sie sich auch betätigen wollen.«

»Oh, zur Abwechslung tu ich sehr gern was Produktives. Mit der Zeit werden Tee- und Dinnerpartys langweilig.«

»Allerdings«, stimmte Venus zu. Nachdem sie dem Kutscher den Weg beschrieben hatte, diskutierten die beiden Damen über die zwei Krankenhäuser in Paris, die Venus finanzierte. Interessiert erkundigte sich Peggy nach Einzelheiten. Einfach nur Geld zu spenden und sich im Bewusstsein ihrer guten Werke zu sonnen, genügten ihr nicht. Als Venus erklärte, wie viele Patienten täglich in den Kliniken behandelt wurden, war die Duchess tief beeindruckt.

»Mein Gott, was das kosten muss ... Hat Jack Ihnen schon den Scheck geschickt?«

»Nein, aber es ist auch gar nicht nötig. Sicher wollte er nur höflich sein. Zum Glück ist meine Familie sehr gut situiert.«

»Zusätzliche Geldquellen kann man stets gebrauchen, meine Liebe. Ich werde einige meiner Freunde veranlassen, Sie zu unterstützen. Und wenn Sie so freundlich wären, meinem Verwalter ein paar Anweisungen zu geben – ich möchte in London ein ähnliches Projekt durchführen.«

»Oh, es ist wundervoll, wenn man mit ansieht, wie ein kleines Kind gesund wird – wenn eine junge Mutter mit fachkundiger Hilfe ihr Baby zur Welt bringt – oder wenn ein schwer verletzter Arbeiter, der ohne Betreuung Invalide bleiben würde, wieder gehen kann. Meine Aktivitäten bereiten mir sehr viel Freude, wenn meine Eltern auch finden, ich dürfte mich nicht so anstrengen.«

»Nun, Sie sind jung und stark. Warum sollten Sie nicht tun, was Ihnen gefällt, solange Sie's mühelos verkraften? Ich denke gern an meine Bühnenkarriere. Damals mussten wir hart arbeiten, meistens unter schwierigen Bedingungen. Selbst für Cyrils Geld hätte ich das alles niemals aufgegeben.«

»Jack erzählte mir, Sie hätten den Duke aus Liebe geheiratet. Wie schön ...«

»Ja, Cyril war ein großartiger Mann. Und ich muss mich glücklich schätzen, weil ich ihn in dieser schnöden Welt gefunden habe.«

»Sind Sie schon lange allein?« Venus wollte nicht fragen, wie der Duke gestorben war, denn es widerstrebte ihr, schmerzliche Erinnerungen zu wecken.

»Zehn Jahre. Und ich vermisse ihn jeden Tag ... Seine Familie war außer sich vor Zorn, als er mich zur Frau nahm. Doch das hat er entschlossen ignoriert.«

»Zweifellos war er sehr glücklich mit Ihnen.«

»Vierzig Jahre lang liebten wir uns ... Aber jetzt erzählen Sie mir von *Ihrer* Familie. Ihren Vater und Ihren Großvater kennt jeder. Haben Sie Geschwister? Soviel ich weiß, stammt Ihre Mutter aus Kent.«

Während der restlichen Fahrt zum Lagerhaus sprachen sie über ihre Familien. Peggys Sohn nahm gerade an einer Wüstenexpedition in Ägypten teil, ihre Tochter war mit einem Diplomaten verheiratet, der zurzeit in Wien arbeitete.

»Im Herbst kommen beide nach England zurück. Bleiben Sie so lange hier, meine Liebe?«

Venus schüttelte den Kopf. »Nur mehr vierzehn Tage – höchstens einen Monat ... Ich kam nur hierher, um einige der neuen Geräte zu kaufen, die auf der Weltausstellung gezeigt werden. Sobald alles erledigt ist, fahre ich nach Paris.«

»Sicher würden Sie sich sehr gut mit Julia verstehen, obwohl sie etwas älter ist als Sie, Venus. Sie glaubt felsenfest an das Recht der Frauen auf Unabhängigkeit. Woher sie diese radikalen Ideen hat, weiß ich allerdings nicht. Was meinen Sohn betrifft – sollte er auch nur die geringste Neigung zeigen, eine Familie zu gründen, würde ich Sie in London festhalten und mit ihm verkuppeln. Aber sein Vater hat mich erst mit vierzig geheiratet. Deshalb glaubt Geoffrey vermutlich, er hätte noch zehn Jahre Zeit. Julia hat mir wundervolle Enkelkinder geschenkt, für die ich sehr dankbar bin. Die Geburt des Erben, der eines Tages den Duke-Titel tragen soll, werde ich wohl nicht mehr erleben.« Die Duchess seufzte leise.

Um dem Gespräch eine erfreulichere Wende zu geben, erkundigte sich Venus nach Peggys Enkeln und erfuhr, wie prächtig sie sich entwickeln würden.

Den Nachmittag verbrachten die beiden Damen im Hafen und beaufsichtigten die Diener, die mehrere Kisten aus dem Lagerhaus schleppten, auf den Rollwagen verfrachteten und schließlich an Bord des Duras-Schiffs brachten. Danach lud die Duchess ihre neue Freundin zu einem Imbiss ein. »Dafür müssen Sie sich nicht umkleiden. Wir werden ganz allein sein. Und Sie kennen meinen Garten noch nicht.«

Selbst wenn Venus keine großzügige Spende von Peggy erhalten und deren Diener nicht beansprucht hätte, wäre es ihr schwer gefallen, die Einladung der freundlichen Frau abzulehnen. »Werde ich wirklich keinem Mitglied der fashionablen Welt begegnen?«, fragte Venus und versuchte, einen Fleck aus ihrem Rock zu wischen.

»Nur meiner fashionablen Wenigkeit.« Die Duchess zeigte auf ihr eigenes staubiges Kleid und lächelte so strahlend wie vor vielen Jahren auf der Drury Lane-Bühne.

»Dann begleite ich Sie sehr gern. Aber ich muss Sie warnen. Ich bin furchtbar hungrig. Wahrscheinlich werde ich Ihnen alle Sandwiches und Törtchen wegessen.«

»Meine Liebe, Sie schockieren mich!«, rief Peggy in gespieltem Entsetzen. »Eine Frau, die Appetit hat! Alle Damen in meinem Bekanntenkreis knabbern wie Vögelchen an den Speisen. Mögen Sie Zitronenquarkkuchen?«

»Mir schmeckt alles, was mit Quark zu tun hat.«

»Irgendwie müssen wir verwandt sein.« Peggy tätschelte Venus' Hand. »Kommen Sie, Will soll uns möglichst schnell zum Groveland House fahren.«

Die Duchess führte ihren Gast in einen sonnigen Toilettenraum mit blassblauer Damasttapete und hellen Empire-Möbeln. Dort sollte Venus sich frisch machen. Zehn Minuten später würden sie sich im Garten treffen.

Deshalb fand Peggy nicht viel Zeit, um Jack eine Nachricht zu schicken und ihn zu einem Imbiss einzuladen. Im Interesse des Glücks, das zwei junge Menschen genießen sollten, ignorierte sie alle moralischen Grundsätze. Mochte es ein Wink des Schicksals oder eine übersinnliche Erkenntnis sein – jedenfalls wusste sie, dass ihr lasterhafter Patensohn und die außergewöhnliche Miss Duras füreinander bestimmt waren. Deshalb log sie ungeniert und bat Jack, er möge kurz vorbeischauen und sie in einer Erbschaftssache beraten, die ihre Enkel betraf. Um dergleichen kümmerte er sich in Abwesenheit ihres Sohnes.

»Spüren Sie ihn auf, ganz egal, wo er steckt«, befahl sie dem Lakaien, der neben dem Schreibtisch stand. »Wenn er nicht daheim ist, fragen Sie bei Madame Robuchon nach ihm. Dort hält er sich um diese Tageszeit am liebsten auf.«

Über die Gepflogenheiten junger Gentlemen war sie bestens informiert. Der Duke hatte vor der Ehe zwei Jahrzehnte lang das Leben eines Junggesellen geführt. Und ihr Sohn war in die Fußstapfen seines Vaters getreten. Also wusste sie, wie reiche junge Männer ihre Freizeit verbrachten. Was die neuesten

Klatschgeschichten betraf, wurde sie von ihrer Zofe Molly auf dem Laufenden gehalten, die ihr jeden Tag schon beim Lunch erzählen konnte, wer mit wem gefrühstückt hatte.

Nun beauftragte Peggy die Zofe, die ihre Vertraute war: »Sobald Jack auftaucht, lassen Sie ihn in den Garten führen.«

»O Mylady, er wird so wütend sein!«, jammerte Molly.

»In Miss Duras Gegenwart wird er sich beherrschen.«

»Hoffentlich … Sie kennen sein Temperament, Mylady.«

»Und ich weiß auch, wie bedrückt er letzte Nacht war, als Miss Duras ihn verlassen hatte – wenn er's auch nicht zugibt. Warum soll ich ihm nicht einen Stups in die richtige Richtung geben?«

»Wie mutig Sie sind, Mylady … Mag der Marquess bekümmert gewesen sein oder nicht – ich fürchte seinen Zorn.«

»Da ich ihn seit seiner frühesten Kindheit kenne, weiß ich, wie ich ihn behandeln muss.« Die Duchess zupfte ihre hennaroten Locken zurecht. »Sorgen Sie nur dafür, dass er in den Garten kommt. Und wenn eine angemessene Zeitspanne verstrichen ist, holen Sie mich unter irgendeinem Vorwand ins Haus. Bei seiner Ankunft darf er natürlich nicht erfahren, dass Miss Duras mich besucht.«

»Meine Lippen sind versiegelt, Mylady.«

»Passen Sie bloß auf, dass auch die übrige Dienerschaft Stillschweigen bewahrt.« Peggy stand vom Schreibtisch auf, glättete ihre Röcke und rauschte aus dem Zimmer, in der dramatischen Pose einer versierten Schauspielerin.

Hinter einer schlangenförmigen Ziegelmauer voll wuchernder Kletterrosen lag ein friedlicher, idyllischer Garten. Ein großer Magnolienbaum, vor langer Zeit von einem Groveland gepflanzt, überschattete einen kleinen Tisch.

Wohlig räkelte sich Venus auf einer weichen Chaiselongue, deren Bezug aus cremefarbener Tussah-Seide* einen perfekten Rahmen für ihre goldblonde Schönheit und das farngrüne Musselinkleid bildete. Als sie Peggy die Terrassenstufen herabsteigen sah, winkte sie ihr zu.

Fröhlich erwiderte die Duchess den Gruß und überquerte ihren gepflegten Rasen. »Ich habe Oliver erklärt, nach der harten Arbeit an diesem Nachmittag würden wir unseren besten Champagner verdienen.«

»Den hat er mir schon eingeschenkt.« Venus hielt ihr halb volles Glas hoch. »Und Ihr Butler bestand auch darauf, dass ich schon mal den Zitronenquarkkuchen probiere. Wie Sie sehen, habe ich gehorcht«, fügte sie hinzu und wies auf ihren leeren Teller.

»Sagen Sie mir doch, womit ich Ihnen morgen helfen kann.« Peggy setzte sich und goss Champagner in ihr Glas. »So gut wie heute Nachmittag habe ich mich schon lange nicht mehr amüsiert. Vielleicht erklären Sie mir, was ich für mein eigenes Wohlfahrtshospital kaufen müsste.«

»Mit Vergnügen. Demnächst werde ich die Weltausstellung wieder besuchen, um weitere Apparate zu erwerben.«

---

* Wildseide, entsteht durch eine Schmetterlingsart, die sich von Eichenblättern ernährt.

»Wundervoll! Lassen Sie sich noch was eingießen.« Die Duchess hatte beschlossen, bei dieser Mahlzeit auf Dienstboten zu verzichten. Wenn ihr Patensohn erschien – und sie bezweifelte nicht, dass der Lakai ihn finden würde –, brauchte sie kein Publikum.

Als er die Terrasse betrat, hatten die Damen eine Flasche Champagner geleert und den ganzen Quarkkuchen sowie die Hälfte der Lachssandwiches verspeist. Nun erörterten sie gerade das soeben erlassene Armengesetz. Da die Duchess ihren Sessel so postiert hatte, dass sie die Terrassentür sehen konnte, erhob sie sich sofort und winkte ihren Patensohn heran.

Venus drehte sich um. Beim Anblick des Neuankömmlings stieg ihr das Blut in die Wangen.

Sobald Jack den Gast seiner Patentante sah, blieb er zögernd auf einer Stufe stehen. Sekundenlang überlegte er, ob er umkehren sollte. Eine Erbschaftssache – also wirklich ... Jetzt stellte sich heraus, warum Peggys Lakai so hartnäckig gewesen war und Jacks Vorschlag abgelehnt hatte, er würde die Duchess am Abend besuchen.

Zum Teufel mit Peggys Ränkespiel, dachte er irritiert. Natürlich konnte er nicht einfach davonlaufen. Das wusste sie. Was für eine peinliche Situation ...

Aber er machte gute Miene zum bösen Spiel, ging zu den Damen und verneigte sich formvollendet. Nachdem die Duchess ihm Platz angeboten hatte, setzte er sich widerstrebend. Auch den Champagner lehnte er nicht ab. Um die unangenehme Szene zu überstehen, würde er einige Gläser brauchen.

In bester Laune machte Peggy Konversation, schwatzte über die Erlebnisse am Hafen und schwärmte von den anmutigen Proportionen des Duras-Schiffs. Dann verbreitete sie sich über die Vorzüge eines Wohlfahrtshospitals und füllte Jacks Glas immer wieder nach.

Während dieses Wortschwalls versuchten Venus und Jack, aneinander vorbeizuschauen. Von verwirrenden Gefühlen, beklemmenden Erinnerungen und unwillkommenen Wünschen gefangen, ließen sie sich nur zaudernd von der eifrigen Gastgeberin in ein Gespräch verwickeln.

In ihrem hellen Musselinkleid, mit offenem Haar, sah Venus wie ein unschuldiges Mädchen vom Land aus. Und viel zu verführerisch, dachte Jack erbost und verfluchte die Tücke seiner Patentante. Wer konnte einer solchen Versuchung widerstehen? Er hob sein Glas und ließ sich noch etwas Champagner einschenken, als wollte er sich sinnlos betrinken, um Venus' verlockende Reize nicht mehr wahrzunehmen.

Warum riecht Jack nach dem Parfüm einer Frau, überlegte Venus entrüstet. Obwohl es ihr nicht zustand, sich darüber zu ärgern, schürte sie ihren Zorn in der Hoffnung, er würde sie vor ihrer unerwünschten Sehnsucht schützen. Er sah viel zu gut aus. Lässig saß er da, die langen, kraftvollen Beine ausgestreckt, und schien gar nicht zu ahnen, wie attraktiv er wirkte. Aber sie würde ihrem Verlangen nicht nachgeben ...

Mollys Stimme durchbrach die wachsende Spannung, die in der Luft lag. »Mylady, eine Nachricht für Sie!«, rief sie von der Terrasse herüber und schwenkte ein Papier.

»Was ist bloß in Molly gefahren?«, schimpfte die Duchess in gespielter Empörung. »Wie oft habe ich ihr schon gesagt, sie soll nicht so schreien! Nun muss ich mich wohl oder übel für einen Augenblick entschuldigen ...« Seufzend stand sie auf. »Schenk Miss Duras noch ein bisschen Champagner ein, Jack. Ihr Glas ist leer. In einer Minute bin ich wieder da.«

Während Peggy über den Rasen davoneilte, erhob sich der Marquess, um Venus' Glas nachzufüllen. »Vermutlich wusstest du nichts von Peggys Machenschaften.« Ihr Unbehagen war offenkundig gewesen.

»Gar nichts. Und ich habe auch keine Ahnung, was sie bezweckt. Nein, danke ...« Abwehrend streckte sie ihre Hand aus. »Ich will keinen Champagner mehr.«

»Dann werde ich den Rest eben allein trinken.« Die Flasche in der Hand, setzte er sich wieder.

»Fühlst du dich nicht wohl?«, murmelte Venus ironisch und freute sich, weil ihn die Situation ebenso zu verwirren schien wie sie selbst.

»Natürlich nicht! Peggy hat mich unter einem Vorwand hierher gelockt – mit der Nachricht, sie würde meine Hilfe bei irgendwelchen Erbschaftsangelegenheiten brauchen. Aber ich werde ihr schon noch die Meinung geigen.«

»Glaubst du, das nützt was?«

Unwillkürlich lachte er. »Wohl kaum.«

»Meinetwegen brauchst du nicht länger hier zu bleiben. Ich werde sie bitten, sie möge ihre und unsere Zeit künftig nicht mehr verschwenden.« Viel zu lebhaft erinnerte sie sein Gelächter an die letzte Nacht! Wenn er doch endlich verschwinden und ihr weitere Versuchungen ersparen würde ...

Eigentlich müsste ihm ihr Vorschlag zusagen. Aber seltsamerweise empfand er keine Erleichterung. »Vielleicht vergeude ich meine Zeit gar nicht.«

»Doch, ganz sicher. Ich möchte niemanden veranlassen, neue Wetten abzuschließen.«

»Von der letzten Wette hat keiner meiner Bekannten profitiert. Ich habe alles abgestritten. Falls irgendwer an meinem Wort zweifelt, kann er mich ja zum Duell fordern.«

»Was man nicht wagen wird.«

»Bestimmt nicht.«

»Wie ritterlich, Redvers! Jetzt sollte ich dir danken. Aber du riechst nach Parfum. Schon am Nachmittag.«

»Stört dich das?«, fragte er und musterte sie über den Rand seines Champagnerglases hinweg.

»Schau mich nicht so an! Ja, es stört mich.«

»Ich habe nur einen Freund begleitet. Aber ich nahm nicht an seinen Amüsements teil.«

»Erspar mir deine Erklärungen! Wie du deine Zeit verbringst, kümmert mich nicht.«

»Aber dir missfällt das Parfüm.«

»Weil es auf deinen ruchlosen Lebenswandel hinweist. Verfolgst du noch andere Interessen?«

»Würde das eine Rolle spielen?«

»Keineswegs. Ich verstehe gar nicht, warum wir dieses Gespräch führen.«

»Wahrscheinlich, weil ich dich wieder lieben möchte – obwohl mich alle Alarmglocken in meinem Gehirn davor warnen. Und wenn es nicht zu anmaßend klingt – ich glaube, du willst es auch.«

»O nein!« Aber ihre Wangen färbten sich rosig und sie wich seinem Blick aus.

»Ich sage nicht, was wir tun *werden* – nur was wir *wollen*. Natürlich möchte ich diesen einzigartigen Gefühlen ebenso wenig nachgeben wie du.«

Einzigartig? Sie holte tief Atem, als könnte sie

damit das seltsame Flattern in ihrem Magen bekämpfen. Dieses Wort war ein Echo ihrer ungehorsamen Emotionen und erfüllte ihr Herz mit erwartungsvoller Freude – obwohl sie sich dagegen wehrte. »Natürlich nicht«, stimmte sie Jack zu.

Seine Augen verengten sich. Diesen Tonfall kannte er. Sollte er seinem Instinkt folgen? Nicht daran gewöhnt, seine Wünsche zu missachten, fluchte er leise. »Normalerweise unterdrücke ich nicht, was ich empfinde.«

»Ich glaube, du solltest gehen.«

»Oder wir gehen zusammen.«

»Unmöglich …«

Aber er hörte, wie unsicher ihre Stimme klang. »Ich besitze ein Haus am Fluss, nicht weit von hier entfernt«, sagte er langsam und wählte seine Worte sehr sorgsam, als würde er eine Rechtfertigung für diesen Vorschlag brauchen. »Ein bisschen antiquiert und sehr rustikal. Dort würde uns niemand sehen.«

»Oh, ich hasse dich, weil du eine so glühende Leidenschaft in mir weckst.«

»In meinem Cottage am Fluss darfst du nach Herzenslust mit mir schimpfen«, versprach er und lächelte schwach.

»Wie viele Frauen hast du schon dorthin gebracht?«

Diese Frage schien er zu überhören. »Hätte ich bloß die Flucht ergriffen, als ich dich zum ersten Mal sah … Leider ist's mir nicht gelungen.«

»Charmant …«

Seufzend zuckte er die Achseln. »Verzeih mir meine Offenheit. Meistens verstelle ich mich in solchen Situationen. Das ist viel einfacher.«

»Findest du's so kompliziert, mit mir zu schlafen?«

»Es zerrt ganz schrecklich an meinen Nerven.«

Selbstvergessen starrte sie in seine Augen. »Ja, ich verstehe, was du meinst«, wisperte sie.

»Solche – schockierenden Gefühle kannten wir beide bisher nicht ...«

Ihr Herz schlug wie rasend. »Und deshalb sind wir blutige Anfänger ...«

»Da oben steht Peggy an einem Salonfenster und späht zwischen den Vorhängen hindurch, zusammen mit Molly«, erklärte er und wies mit dem Kinn in die Richtung des Hauses. »Wollen wir uns gleich hier lieben und die beiden erfreuen?«

»Verschone mich mit deinen exhibitionistischen Neigungen, Redvers!«

»Nenn mich Jack«, murmelte er.

Es dauerte mehrere Sekunden, bis sie antwortete. »Jack ...«, flüsterte sie gedehnt, als versuchte sie alle Empfindungen auszuschöpfen, die sich mit dem Klang dieses Namens verbanden.

Lächelnd stand er auf und reichte ihr die Hand.

6

Als sie zur Haustür gingen, trat niemand außer Oliver an sie heran, der dem Marquess seinen Hut und den Spazierstock übergab.

»Erklären Sie Ihrer Herrin, die sich im Salon versteckt, sie wird meinen Zorn ein andermal zu spüren bekommen«, befahl Jack.

»Sehr wohl, Mylord, das werde ich ihr ausrichten«, versprach der Butler, ohne eine Miene zu verziehen.

»Ich dagegen danke ihr für den wundervollen Imbiss«, sagte Venus.

»Wenn es Ihnen geschmeckt hat, wird sich Ihre Ladyschaft sicher freuen, Miss Duras.« Gewandt sprang Oliver für die abwesende Duchess ein.

»Und in Zukunft soll sie sich in Acht nehmen«, mahnte Jack. »Wenn sie sich noch einmal in meine Angelegenheiten einmischt, komme ich nicht zu ihrem nächsten Ball.«

»Das werde ich ihr mitteilen, Mylord.«

Jack ergriff Venus' Hand und zog sie zur Tür. »Darauf wird sie nicht hören. Aber vielleicht zaudert sie ein bisschen und wir gewinnen Zeit genug, um ihr zu entfliehen.«

»Meinst du, sie lässt uns verfolgen?«

»Bei Peggy kann man nie wissen … Sie führt ein ziemlich melodramatisches Leben. Und es wäre besser, wenn wir mein Haus am Fluss unbemerkt erreichen.«

Doch die Duchess beabsichtigte gar nicht, den beiden nachzuspionieren. Um Venus' Ruf zu schützen, bedurfte es strengster Diskretion. Nachdem die Kutsche ihres Patensohns davongefahren war, unterhielt sie sich angeregt mit Molly. Hoch zufrieden gratulierten sie einander zur Versöhnung des Paars, die sie so raffiniert in die Wege geleitet hatten.

»Glaubst du wirklich, wir sollten das tun?«, fragte Venus. Während der Wagen durch die Londoner Straßen fuhr, kamen ihr Bedenken. »Inzwischen bin ich mir nicht mehr sicher.«

Jack saß ihr im luxuriösen Inneren der Kutsche gegenüber. Dazu hatte er sich entschlossen, um einen gewissen Abstand zu wahren. Statt zu antworten, verkündete er: »Jetzt brauche ich einen Drink.« Er griff unter seinen Sitz und klappte ein Fach auf, das mit mehreren Flaschen in einem stabilen, gepolsterten Gestell gefüllt war.

Ein wenig verärgert über seine Missachtung ihres Unbehagens, bemerkte sie: »Du scheinst dafür zu sorgen, dass dein Vorrat zur Neige geht.«

»Manchmal fahre ich ganz spontan aufs Land.«

»Ist der Weg so weit?«

»Wäre es dir lieber, ich würde nichts trinken?«

»Hast du gehört, was ich sagte?«

»Deine Frage, ob wir uns anders besinnen sollten?« Er nickte.

»Nun?« Sie lehnte sich in die schwarze Lederpolsterung zurück und musterte ihn mit schmalen Augen.

»Deshalb brauche ich einen Drink«, erklärte er und benutzte einen kleinen Korkenzieher, um eine Brandyflasche zu öffnen. »Auch ich fühle mich etwas unsicher.«

»Und da hilft dir der Alkohol?«

»Zumindest zögert er die Entscheidung hinaus.« Er bot ihr die geöffnete Flasche an. »Möchtest du einen Schluck?«

»Hast du was anderes?«

Ruckartig hob er den Kopf, als hätte sie eine Peitsche knallen lassen. Dann grinste er. »Da siehst du, wie nervös ich bin. Jetzt geheimnisse ich schon in eine ganz harmlose Frage ein zweideutiges Ansinnen hinein ... Natürlich habe ich was anderes. Verschiedene Weine, zum Beispiel einen verdammt guten Rotwein und einen Rheinwein, der so köstlich schmeckt, als würde die Sonne im Mund zergehen.«

»Du hast mich überzeugt. Schenk mir bitte ein bisschen Rheinwein ein.« Plötzlich fand sie es wundervoll, dass sie einen weltgewandten Mann in Verlegenheit bringen konnte.

»Wenn du mich so anschaust, Darling«, murmelte er heiser, »werden wir mein ländliches Versteck gar nicht rechtzeitig erreichen ...«

»Fühlst du dich jetzt besser – wieder auf vertrautem Terrain?«

»Du?« Jack nahm eine Flasche aus dem Fach und entkorkte sie.

»Ja ... Frag mich nicht, warum.«

»Das hatte ich auch gar nicht vor.«

»Missfällt es dir, über uns beide zu reden?«

»Irgendwie schon ...« Er griff nach einem Silberbecher, füllte ihn und drückte ihn in Venus' Hand. Wann immer eine Frau die Wörter ›uns‹ oder ›wir‹ aussprach, erfasste ihn kaltes Grauen. »Angelst du?«

»Nur selten. Früher nahm mich mein Bruder manchmal mit.«

»Ich angle sehr oft.«

Hätte er erzählt, er würde Boudoirs dekorieren, wäre sie nicht erstaunter gewesen. Andererseits ging er dieser Tätigkeit auf seine eigene spezielle Weise nach. »Das hätte ich nicht gedacht«, erwiderte sie in höflichem Ton und nippte an ihrem Wein.

»Ich hab's vom Wildhüter meines Vaters gelernt. Mit diesem Mann verbrachte ich viel mehr Zeit als mit Papa. Ein Vorteil … Hättest du meinen Erzeuger gekannt, würdest du das verstehen.«

»War er so schwierig?«

»Glücklicherweise starb er schon in jungen Jahren.«

Weitere Einzelheiten wollte er offenbar nicht verraten und so wechselte sie höflich das Thema. »Welche Fische angelst du am liebsten?«

»Bachforellen.«

»Mit natürlichen oder künstlichen Ködern?«

»Mit natürlichen …«

Nun kam er ihr wie ein lebhafter kleiner Junge vor – und sehr liebenswert. Niemals hätte sie erwartet, ein Gespräch über Fischköder könnte so angenehm und interessant verlaufen. Während er eifrig schilderte, wie er Fliegen fing und am Haken befestigte, erschien er ihr völlig verwandelt.

»Gehen wir danach angeln?«, schlug er vor und goss ihr noch etwas Wein ein. Sein Lächeln erwärmte ihren ganzen Körper.

»Oder vorher«, neckte sie ihn.

»Das ist unwahrscheinlich.« Würde er überhaupt so lange warten können, bis sie den Fluss erreichten?

»Habe ich denn gar nichts zu sagen?«

»Nicht das Geringste.«

Seine Worte entfachten Schwindel erregende Gefühle, eine exquisite Vorfreude. Wie hatte sie sich jemals gegen ihr erotisches Interesse an Jack wehren können? »Also muss ich kapitulieren?«

Langsam wanderte sein Blick über ihren Körper. »Wenn ich mich recht entsinne, warst du nicht besonders unterwürfig.«

»So wie ich mich jetzt fühle, frage ich mich, ob du mit mir mithalten kannst.«

Aus seinen Augen schienen Funken zu sprühen. »Jedenfalls wird's mir verdammt viel Spaß machen, das zu versuchen«, erwiderte er und wandte sich hastig zum Fenster.

»Wie weit ist es noch?«, fragte sie, als hätte sie seine Gedanken gelesen.

»Wie lange kannst du dich noch gedulden?«

»Da bin ich mir nicht ganz sicher. Wann erreichen wir dein Haus?«

»Erst in einer guten halben Stunde.«

Stöhnend verdrehte sie die Augen.

»Aber so lange müssen wir nicht ausharren.«

Zu ihrer eigenen Bestürzung stieg heiße Lust in ihr auf. »Hast du etwa ...«

»Nein, aber ich brauche auch gar keine Kondome. Habe ich letzte Nacht ein einziges Mal die Beherrschung verloren?«

Nachdem er die beiden Kondome benutzt hatte, war er absolut verlässlich gewesen. Doch die gewohnte Vorsicht hielt Venus zurück. »Ach, ich weiß nicht recht ...«

»Im nächsten Dorf könnte ich welche kaufen.«

»Ja, das wäre mir lieber.«

»Gewiss«, stimmte er höflich zu.

Trotzdem konnte sie nicht warten. Noch ehe sie das Dorf erreichten, saß sie rittlings auf seinem Schoß, seine Erektion tief in ihrem Schoß. Von ihrem Orgasmus überwältigt, nahm sie die Häuser und Geschäfte, die an ihr vorbeizogen, gar nicht wahr.

»Was ist bloß über mich gekommen?«, wisperte sie etwas später, als sie neben ihm saß. Wie ein rosiger Schimmer beherrschten die Nachwirkungen des Höhepunkts immer noch ihr Bewusstsein. »In meiner wilden Leidenschaft bin ich so hemmungslos und unvernünftig. Sag mir, dass alles in Ordnung ist.«

Zärtlich streichelte er ihre schönen Beine in den Seidenstrümpfen, die auf seinen Schenkeln lagen. »In bester Ordnung«, beteuerte er und küsste ihre nach wie vor erhitzte Wange. Auch er zweifelte an seinem Verstand. Vor dem Gipfel der Lust war er fast unfähig gewesen, sich rechtzeitig zurückzuziehen. Das hatte er erst im allerletzten Augenblick geschafft.

»Ob mir diese Emotionen gefallen, ist mir nicht ganz klar«, seufzte sie und streichelte sein Gesicht. »Oder ich möchte sie immer wieder spüren, bis zu meiner Abreise.«

»Nun, so lange du weißt, was du willst …«, neckte er sie.

»Wenn ich's bloß wüsste! Ich fühle mich so unsicher. Manchmal denke ich, das *will* ich – heute und morgen, immer …«

Bei dem Wort ›immer‹ zuckte Jack zusammen.

»Wie leicht ich dich erschrecken kann …«, meinte sie lächelnd.

»Offenbar habe ich vergessen, dass ich dich nicht mit anderen Frauen vergleichen darf.«

»Mit den Frauen, die dir eheliche Fesseln anlegen wollen?«

»Zum Beispiel ...« Jack begann seine Hose zuzuknöpfen.

»Sagtest du nicht, die Fahrt würde noch eine halbe Stunde dauern?«

Grinsend öffnete er die Knöpfe, die er soeben geschlossen hatte.

»Wie liebenswürdig du auf meine Wünsche eingehst, Redvers ...«

»Nicht ganz uneigennützig, Liebling.«

Beiden fiel der Kosename auf. Venus hielt erfreut den Atem an und Jack erschrak – vor allem über den zärtlichen Klang seiner eigenen Stimme.

»Diesmal werde ich die Schuhe ausziehen«, erbot sie sich leichthin. Warum er sie Liebling genannt hatte, mochte sie nicht ergründen. Mit flinken Fingern löste sie die Bänder an ihren Fußknöcheln. Dann half er ihr, die grünen Glacélederschuhe abzustreifen, die Strumpfbänder und Seidenstrümpfe.

Ungeduldig setzte er sie wieder auf seinen Schoß, schob ihren Rock und die Unterröcke hoch. »Wenn wir den Fluss erreichen, wirst du gar nichts mehr anhaben. Dann gehen wir schwimmen.«

»Wollen wir auch angeln?«, flüsterte sie, während er mit ihr verschmolz.

»Irgendwann ...«, erwiderte er und bewegte sich langsam.

»Wieso weißt du so genau, auf welche Weise du mich erfreuen kannst?«, hauchte sie und passte sich harmonisch seinem Rhythmus an.

»Reines Glück ...« Doch mit Glück hatte es nichts zu tun. Er hob seine Hüften und Venus' leises Stöhnen erwärmte seine Wange.

»Vielleicht lasse ich dich erst in ein paar Tagen nach London zurückfahren«, flüsterte sie atemlos.

»Vielleicht will ich gar nicht mehr nach London …« Jack umfasste ihre Taille und drückte ihren Körper nach unten.

»Oh, mein Gott …« Ihre Stimme erstarb.

Vor seinem strohgedeckten Cottage half er ihr aus der Kutsche. Nachdem er sie in den Salon geführt hatte, ging er hinaus, um den Fahrer zu entlassen. Normalerweise schlief Sam über dem Stall. Aber Venus hatte erklärt, sie wäre lieber mit Jack allein, und so erfüllte er ihren Wunsch und schickte den Kutscher ins Dorf. Wenige Minuten später kehrte er zurück und sah sie an einem bleiverglasten Fenster stehen.

»Jetzt verstehe ich, warum du so gern hierher kommst, Jack. Der Fluss ist wunderschön. Und die friedliche Stille … In dieser Idylle bist du völlig ungestört.«

»Zu zweit gefällt's mir noch besser«, entgegnete er, trat hinter Venus und schlang die Arme um ihre Taille. »Du bist die perfekte Ergänzung meines Paradieses.«

Träumerisch lehnte sie sich an seine Brust. »Welch ein Glück, dass ich an jenem Tag die Weltausstellung besucht habe …«

»Und ich danke dem gütigen Schicksal, das mir den Weg zu dir wies. Obwohl du mir einen Korb gegeben hast.«

»Weil ich mich nicht mit dem berüchtigten Lord Redvers einlassen wollte. Wie konnte ich ahnen, dass du ganz anders bist?«

Lässig zuckte er die Achseln. »Was die *Hautevolee* behauptet, muss nicht immer stimmen.«

Venus drehte sich in seinen starken Armen herum.

»Also verdienst du deinen zweifelhaften Ruf gar nicht?«

»Nicht ganz. Alle Junggesellen regen die Fantasie der Klatschmäuler an.«

»Insbesondere ein reicher, attraktiver Junggeselle, den die Frauen vergöttern …« Aufmerksam schaute sie in seine Augen und versuchte zu ergründen, was wirklich hinter den Klatschgeschichten steckte. Durch die Fenster drang goldenes Nachmittagslicht ins Zimmer und verlieh seinen markanten Gesichtszügen etwas weichere Konturen, eine seltsame jugendliche Reinheit. »Wie alt bist du?«, fragte sie unvermittelt.

»Alt genug.«

»Bitte, eine etwas präzisere Antwort.« Ihre langen, dichten Wimpern bebten und erinnerten ihn an eine Botticelli-Schönheit.

»Vierundzwanzig.«

Erleichtert atmete sie auf. »Gerade hast du erschreckend jung ausgesehen. Ich hoffte, ich hätte dein Alter nicht falsch eingeschätzt.«

»Zweifelst du an meiner Reife?«

»Nur im konventionellen Sinn.«

»Bin ich reif genug, um dich in mein Schlafzimmer einzuladen? Die Aussicht ist spektakulär.«

»Mach dich nicht über mich lustig! Wenn du jünger wärst, würde ich mich unbehaglich fühlen.«

»Ist es dafür nicht ein bisschen zu spät?«, fragte er belustigt. »Wenn ich jünger wäre – würdest du mir dann erklären, ich müsste dich sofort nach London zurückbringen?«

»Bist du wirklich vierundzwanzig?«

»Peggy wird für mich bürgen. Aber du kannst dir erst nach unserer Rückkehr Gewissheit verschaffen.

Glaubst du, deine Skepsis wird irgendwas an unseren Liebesspielen ändern?«, flüsterte er, neigte sich hinab und strich mit seiner Zungenspitze über ihre Unterlippe. »Komm, schau dir mein Schlafzimmer an, und wir werden's herausfinden.« Mit sanfter Gewalt drängte er sie zu einer Tür.

»Eigentlich müsste ich Nein sagen …«

»Wenn du's könntest«, unterbrach er sie und gab ihr einen sanften Klaps aufs Hinterteil.

»Bin ich schamlos?«, flüsterte sie und warf einen koketten Blick über die Schulter.

»Das will ich hoffen.« Sein Lächeln war bezaubernd. »Wenn Mademoiselle bereit wäre, einen unschuldigen jungen Mann ins Reich der Liebe einzuführen, würde sie einen gelehrigen Schüler in mir finden.«

Venus fuhr herum und hob ihre Fäuste.

Lachend packte er ihre Handgelenke und küsste ihre Fingerknöchel. »Dir zuliebe würde ich zum ersten Mal einen unschuldigen Burschen spielen.«

»Das glaube ich dir aufs Wort«, fauchte sie und riss sich los. »Jetzt benimm dich oder ich fahre nach Hause.«

»Dann würdest du sehr viel versäumen.«

Die Verheißung, die in seiner Stimme mitschwang, betörte ihre Sinne, die den Verstand wieder einmal besiegten.

»Ja, das dachte ich mir«, flüsterte er und strich mit einem Finger über die Röte, die an ihrem Hals emporkroch.

»Du bist viel zu selbstgefällig.« Innerhalb weniger Sekunden hatte sich das Pochen zwischen ihren Schenkeln zu einem drängenden Rhythmus gesteigert.

»Und zur Liebe bereit.«

»Natürlich, das ist deine Spezialität.«

»Soll ich dir mein Bett zeigen?«, schlug er vor und streckte seine Hand aus.

Über seine unverschämte Arroganz pikiert, zögerte sie.

»Du kannst später mit mir schimpfen«, fügte er hinzu. »Jetzt will ich dich erst einmal beglücken.«

»Oder ich dich.«

»Noch besser.«

In majestätischer Pose betrat sie sein Schlafzimmer und er folgte ihr. Ihre herausfordernde Kühnheit und ihre Glut, die seiner in nichts nachstand, entzückten ihn.

»Eins will ich noch wissen.« Venus blieb am Fußende des breiten, kunstvoll geschnitzten Eichenbetts stehen. »Im Grunde ist es belanglos – also musst du nicht lügen.«

»Du bist die erste Frau, die ich hierher gebracht habe.«

»Wie zungenfertig … Danach habe ich noch gar nicht gefragt.«

»Aber das Feuer in deinen Augen hat mir verraten, was du denkst. Es ist die reine Wahrheit. Nur Ned hat mich hierher begleitet, um zu angeln. Sonst niemand. Das musst du mir glauben. Bitte, Venus – wie lange muss ich mich noch gedulden?«

Seufzend lehnte sie sich an einen Bettpfosten. »Diese unerklärliche Begierde beunruhigt mich.«

»Ja, mich auch, aber – es ist sinnlos, dagegen anzukämpfen.«

»Ich kann einfach nicht genug von dir bekommen. Und das stört meinen Seelenfrieden.«

»Dieses Gefühl teile ich. Ist dir jetzt leichter ums

Herz?« Langsam ging er zu ihr. »Wenn du jetzt weißt, dass du mit deiner Leidenschaft nicht allein bist?«

»O ja, das ist viel besser.« Hingebungsvoll schlang sie die Arme um seine Taille. »Außerdem hast du mich zu nichts gezwungen. Ich konnte jederzeit gehen. Doch das wollte ich gar nicht.«

»Sollen wird dieses fantastische Reich der Liebe noch genauer erforschen?«

»Zum ersten Mal in einem richtigen Bett«, ergänzte sie vergnügt.

»Probieren wir's aus.«

Während er sie entkleidete, küsste er sie pausenlos. Dann lag sie auf dem Bett und beobachtete, wie er sich auszog. Als selbstbewusste, emanzipierte, finanziell unabhängige junge Dame dachte sie gar nicht daran, ihm zu helfen.

Das nahm er ihr nicht übel. In sinnlichen Dingen war sie genauso selbstsüchtig wie er. Unbefangen, offen und ehrlich bekannte sie sich zu ihrer Leidenschaft. Wie ähnlich wir uns sind, dachte er, als er seinen Gürtel öffnete. Seltsamerweise erschreckte ihn diese Erkenntnis nicht, sie gefiel ihm sogar.

Da Venus nicht an einer Ehe interessiert war, durfte er seine übliche Vorsicht außer Acht lassen. Und dass sie wie füreinander geschaffen waren, brauchte ihn nicht weiter zu irritieren.

»Was für ein herrlich weiches Bett ...« Venus streckte sich wohlig. »Vielleicht bleibe ich hier liegen, bis wir das Cottage verlassen.«

»Klingt gut.«

Bewundernd musterte sie seinen halb nackten, wohlgeformten Körper. »Ich hoffe, du wirst mir die Zeit möglichst angenehm vertreiben.«

Er blickte von seinen Hosenknöpfen auf, die er gerade öffnete, und grinste. »Dazu lasse ich mich wahrscheinlich überreden.«

»Übrigens, du hast mir versprochen, wir würden angeln.«

»Und schwimmen.« Jack schlüpfte aus der Hose. »Später trage ich dich zum Fluss. Da ist's am Abend still und einsam. Du musst dich nicht anziehen, bevor wir nach London zurückfahren.«

»Hmmm … Von einem so charmanten Mann verwöhnt zu werden … Ich fühle mich wie die Favoritin eines Sultans.«

»Jedenfalls bist du *meine* Favoritin. Ich müsste Peggy für ihren Weitblick danken.«

»Ja, ich auch. Und ich dachte, ich würde dich verabscheuen.«

»Als ich dich heute im Garten meiner Tante sah, wäre ich fast davongelaufen.«

»Und jetzt sind wir hier.«

»Von wilder Leidenschaft erfasst, wenn ich mich so freimütig ausdrücken darf.«

»Dagegen ist nichts einzuwenden. In diesem Augenblick kenne ich nur einen einzigen Gedanken – ich will dich sofort haben. Und in fünf Minuten noch einmal – und immer wieder. So haben schon viele Frauen mit dir geredet, nicht wahr? Wie muss dich das langweilen …«

»Aus deinem Mund kann ich solche Worte gar nicht oft genug hören.« Jack betrachtete ihr lächelndes Gesicht, das goldblonde Haar, das auf den Kissen ausgebreitet lag. In diesem Moment hielt er sich für den glücklichsten aller Männer.

»Genüge ich deinen Ansprüchen?«

»In jeder Hinsicht. Aber das ist wohl offensichtlich«, fügte er mit einem kurzen Blick auf seine Erektion hinzu.

»Wenn ich dich erfreue, kommt es auch mir zugute.«

»O Gott, du wirst mir meine letzten Kräfte rauben. Nicht, dass ich mich beklage …« Genüsslich streckte er sich neben ihr aus, schlang seine Finger in ihre und starrte zur weiß getünchten Zimmerdecke hinauf. »Als wir uns gestern kennen lernten – wer hätte gedacht …«

»Dass wir einen Tag später hier liegen würden, von schamloser Lust getrieben.«

Er lachte leise. »Eigentlich wollte ich sagen – dass uns die gleichen Wünsche bewegen.«

»Wie kultiviert du das formuliert hast … Was mich betrifft – nie zuvor habe ich einen Mann so heiß begehrt.«

»Hm …« Nachdenklich erwog Jack das Ausmaß seiner Gefühle. Liebeslust gehörte schließlich zu seinem Alltag.

»Jetzt erwarte ich eine höfliche Antwort.« Auf einen Ellbogen gestützt, schaute sie ihn herausfordernd an.

»Soeben habe ich versucht, diese Lust zu unterscheiden …«

»Von all den anderen Frauen?«

Er schüttelte den Kopf und seine dunklen Locken bildeten einen reizvollen Kontrast zum blütenweißen Kissen. »Von den zahllosen anderen Gefühlen, die du in mir erregst.« Die Stirn gerunzelt, strich er über ihren Arm. »Was ich jetzt empfinde – so erstaunliche Emotionen waren noch nie beteiligt.«

»Erschrick nicht! Ich *will* nichts von dir. Davon abgesehen …« Lächelnd umfasste sie seine prallen

Hoden. Dann neigte sich hinab und küsste die glänzende Spitze seiner erigierten Männlichkeit.

Hastig drückte er sie ins Kissen und legte sich zwischen ihre Beine. »Dieses Vorspiel genügt.«

»Oh, du weißt einfach *immer*, wann du die Initiative ergreifen musst. Dafür bewundere ich dich.«

»Aber ohne jede Finesse … Eigentlich müsste ich mich entschuldigen.«

»Nicht nötig – vorausgesetzt, du schenkst mir in dreißig Sekunden einen Höhepunkt.«

»Süßes, wildes kleines Biest …«, murmelte er heiser.

»Hoffentlich kannst du meine Forderung erfüllen.«

»Oder?«, fragte er und zog die Brauen zusammen.

»Oder ich warte, bis du's schaffst. Meine fleischlichen Gelüste scheinen sich ganz und gar auf dich zu konzentrieren.«

Sofort entspannten sich seine Züge, nachdem sie seinen ungewohnten besitzergreifenden Anspruch befriedigt hatte. Er schaute zur Uhr hinüber, die leise auf dem Kaminsims tickte. »Habe ich nach den dreißig Sekunden noch ein bisschen Spielraum?«

»Was immer du willst«, antwortete sie gefügig.

»Dann will ich, dass du bis in alle Ewigkeit unter mir liegst.«

»Was für ein verlockender Gedanke«, wisperte sie und hauchte einen Kuss auf seine Lippen.

»Vielleicht lasse ich dich nie wieder gehen.«

»So, wie ich mich jetzt fühle, wäre ich vielleicht sogar damit einverstanden.« Aufreizend bewegte sie ihre Hüften. »Haben wir jetzt genug geredet?«

»Dreißig Sekunden!«, erinnerte er sie belustigt. »Auf los geht's los!«

Die Arme um seinen Hals geschlungen, öffnete sie die Schenkel noch weiter, nahm ihn in sich auf und seufzte zufrieden. Wie erwartet, erfüllte er ihren Wunsch. In der vorgeschriebenen Zeit verhalf er ihr zu einem magischen Orgasmus. Und zehn Sekunden später bewegte er sich wieder in ihr – so exquisit, dass sie überlegte, wie lange er wohl gebraucht haben mochte, um diese Kunst zu erlernen. Aber dann verdrängte ihre neu erwachte Leidenschaft alle klaren Gedanken und sie schwamm durch eine Schleierwolke voller Ekstase. Irgendwann schwebte sie auf der anderen Seite hinaus und er schaute auf sie herab.

Seine dunklen Zigeuneraugen glühten. »Noch mehr?«

Immer noch benommen von den exzessiven Gefühlen, schüttelte sie den Kopf. »Nein …«

»Bist du sicher?« Aufreizend drückte er seine Hüften nach unten und sie stöhnte in süßer Qual. »Nur noch ein kleines bisschen«, flüsterte er und glitt tiefer in sie hinein. »Wie fühlt sich das an?«

Als würde ich aus meiner Schleierwolke hinabfallen, dachte sie. Ihr Blut erhitzte sich erneut, ihr Körper verschmolz mit seinem, und sie schien jede Kontrolle über ihre Sinne zu verlieren. »Jetzt solltest du aufhören«, hauchte sie. Einen weiteren Orgasmus würde sie vielleicht nicht mehr ertragen.

»Danach …« Seine treibende Kraft dehnte ihre Vagina fast schmerzhaft, in seinen starken Armen vibrierte eine heftige Anspannung. »Wenn wir beide den Höhepunkt erreicht haben …« Behutsam biss er in ihr Ohrläppchen und sie spürte ein köstliches Prickeln in der zarten Haut.

Während eine neue, heiße, schier unersättliche

Sehnsucht in ihr aufstieg, hob sie ihm ihren Körper entgegen. Was immer er in ihr erregte – es war so unglaublich schön, so vollkommen. Das wollte sie ihm sagen.

Aber er wusste es schon, denn die Liebeskunst war seine Spezialität.

Und für einen Augenblick hasste sie alle Frauen, die er vor ihr beglückt hatte, mit einer sinnlosen, wilden Eifersucht, die ein Mann wie Jack niemals verstehen würde. In seinem Bett strebte er nicht nach Lob oder Schmeicheleien – er folgte einfach nur seinen Bedürfnissen.

Plötzlich umfasste er ihre Hüften, hielt sie eisern fest und die nächsten drängenden Bewegungen schalteten alle klaren Gedanken aus.

Venus empfand nur noch heiße Begierde, das Entzücken wuchs über alle Maßen und ihr Herz schlug wie rasend.

Getrieben von einem verzehrenden Geben und Nehmen, pulsierten die eng umschlungenen Körper in einem aufwühlenden Rhythmus, bis sich der erste bebende Schauer zu einem stürmischen Orgasmus steigerte.

Wenig später schlief Venus in Jacks Armen ein. Er breitete eine Steppdecke über ihren Körper und dankte der Glücksgöttin, die diese hinreißende Frau zu ihm geführt hatte. Bis zu Sams Rückkehr würden sie zwei Tage lang ihre ungestörte Zweisamkeit genießen. Danach wollte Jack neue Pläne schmieden. Schon jetzt stand fest, dass er Venus nicht gehen lassen wollte.

Noch nicht.

Nach einer Weile ließ er sie vorsichtig los, stand auf und schenkte sich einen Brandy ein. Er setzte sich in einen Lehnstuhl am Fenster und betrachtete den Fluss, der ruhig dahinströmte, den Garten am Ufer, in dem Mohnblumen wucherten. Wie immer besänftigte die idyllische Szenerie seine rastlose Seele.

An diesem Tag herrschte auch in seinem Haus eine angenehme, friedliche Atmosphäre. Lächelnd wandte er sich zu seinem schlummernden Gast. Ihre Beine waren nicht zugedeckt – lange, schlanke, wohlgeformte Beine, die sie voller Leidenschaft um seine Hüften geschlungen hatte.

Bei dieser Erinnerung erwachte ein neues Verlangen. Wann durfte er sie wecken? Oder wäre es unverschämt, sie zu lieben, während sie schlief?

Ihre Schönheit überwältigte ihn. Wenn er auch viele schöne Frauen kannte – keine hatte ihn so fasziniert. Vielleicht lag es an ihrer offenherzigen Art, einem Wesenszug, den die anderen Frauen in seinem Leben nicht besaßen.

Mit allen Fingern fuhr er durch sein Haar und schaute wieder zum Fluss hinab, als könnte ihn das schimmernde Wasser von seinem Unbehagen befreien. Diese unwiderstehliche Sehnsucht irritierte ihn. Nachdem die Landschaft ihn nicht beruhigt hatte, erfüllten drei weitere Brandys diesen Zweck etwas erfolgreicher. Noch bevor Venus erwachte, kehrte seine übliche Gelassenheit zurück. »Willst du schwimmen?«, fragte er.

»In ein paar Minuten«, erwiderte sie schläfrig. Ihr goldenes Haar lag zerzaust auf den Schultern. Über der zerknüllten Steppdecke zeigten sich ihre vollen Brüste und ihre halb geschlossenen Augen mit schweren Lidern verrieten tiefe Zufriedenheit.

Wie von einem betörenden Magneten angezogen,

stellte Jack sein Glas beiseite, stand auf und ging zum Bett. Er setzte sich zu Venus, berührte ihre rosige Wange. Liebevoll streichelte er ihre Lippen. »Ich kann einfach nicht genug von dir kriegen.«

Unter seiner Hand spürte er ihr wissendes Lächeln. Zärtlich ergriff sie einen seiner Finger und knabberte daran. »Nun, dann musst du eben bekommen, was du dir wünschst.«

»Alles?« Forschend erwiderte er ihren Blick.

»Was auch immer ...«, flüsterte sie. »Nicht nur du bist maßlos.«

»Überall?«

»Wo du willst?«

Lächelnd streichelte er ihre Arme. »Ist das Wirklichkeit – oder nur ein Traum?«

»Das kümmert mich nicht, solange er kein Ende nimmt.« Venus begutachtete seine Erektion. »Soll die nächste Phase des Traums sofort anfangen?«

»Was schwebt dir vor?«, fragte er belustigt.

Sie schlug die rot bestickte Steppdecke zurück und schob ihren Mittelfinger in die seidige Öffnung zwischen ihren Schenkeln. »Steck etwas da hinein, das mir gefällt ...«

»Lass mich!« Ungeduldig stieß er ihre Hand weg und ersetzte ihren Finger durch seinen. In langsamem Rhythmus begann er sie zu reizen.

Plötzlich spürte sie die knisternde Luft fast greifbar auf ihrer Haut. Alle ihre Sinne erwachten. Beglückt überließ sie sich ihren Gefühlen.

Aber es hatte zu lange gedauert, bis sie erwacht war. Bald hob er sie hoch, setzte sie auf seinen Schoß und drang in sie ein. Dann legte er ihre Beine um seine Hüften, stand auf und trug sie durch das Zimmer.

»O nein!«, klagte sie. »Im Bett war's so schön.« Doch ihr Protest verstummte sofort, denn er lehnte sie an die Tür, presste ihren Rücken gegen das massive Eichenholz und bewegte sich in verlockendem Rhythmus, bis ihr Unterleib vor Verlangen schmerzte – bis sie Erfüllung fand.

Als er sie aus dem Haus trug, klammerte sie sich an ihn, die Arme um seinen Hals geschlungen, den Kopf an seiner Schulter, die Leidenschaft immer noch wie ein unauslöschliches Fieber in ihrem ganzen Körper. »Die Nachbarn ...«, murmelte sie, nicht gewillt, sich neugierigen Blicken auszuliefern.

»Hier gibt es keine Nachbarn. Fünf Meilen weit gehört der Fluss mir. Also kannst du beruhigt die Augen öffnen.« Jack küsste ihr Ohrläppchen. »Schau doch!«

Zunächst folgte sie der Aufforderung nicht – nicht aus Scheu, sondern wegen mangelnder Konzentration. Bei jedem Schritt drang seine Erektion noch tiefer in sie ein, mit einer Kraft, die alle ihre Sinne beherrschte.

Außer dieser Ekstase gab es nichts. Auf dem langen Weg zum Ufer erreichte sie zweimal den Gipfel der Lust.

Schließlich blieb Jack stehen und gönnte ihr eine Atempause. Sie spürte eine kühle Brise und öffnete die Augen.

Am Rand einer kleinen Bucht, von Weiden gesäumt, wuchs üppiges Gras, leuchtend grün wie im Paradies. Rosa Astilben* blühten in verschwenderischer Fülle.

---

* Staudige Pflanzengattung der Familie Steinbrechgewächse

»Vielleicht wirst du frieren«, warnte er, als er mit ihr zu Boden sank, ohne sich von ihr zu trennen.

»Nein, mir ist ganz heiß.« In diesem Augenblick hätte sie nicht einmal die Kälte der Arktis wahrgenommen.

»Wunderbar ...«, flüsterte er und bewegte sich wieder in ihr, mit einer exquisiten Hingabe, die ihr Tränen in die Augen trieb.

Es müsste Worte geben, um diese unfassbaren Gefühle zu beschreiben, überlegte sie. »Gut« – das genügte nicht. Doch in der Glut ihres Verlangens fiel es ihr schwer, logisch zu denken ...

Den ganzen Nachmittag und am Abend schenkte er ihr immer wieder neue erotische Freuden. Sie liebten sich am Fluss im sanften Licht des Sonnenuntergangs, später unter dem aufsteigenden Mond, wild oder zärtlich. Noch nie war sie so liebevoll geküsst worden, noch nie hatte er eine Frau so ausdauernd liebkost.

In später Nacht wanderten sie über das taufeuchte Gras zum Cottage zurück. Arm in Arm standen sie in der Tür, betrachteten die Sterne, und es widerstrebte ihnen, dem Idyll ein Ende zu bereiten.

7

Am nächsten Morgen bereitete er das Frühstück vor. Die Speisekammer war reich gefüllt. In einem kleinen Keller bei der Hintertür lagerten frische Eier, Milchflaschen, zwei knusprige Brotlaibe und Butter. Als Venus fragte, wieso irgendjemand wissen könne, dass er hier sei, erklärte er, einige Angestellte würden jeden Morgen nach dem Rechten sehen.

»Kommst du so oft hierher?«

»Mehrmals pro Woche.«

»Zum Fischen?«

»Meistens.«

Im Wohnzimmer hatte sie bereits zwei Bücherregale, Aquarelle und Papiere auf einem Schreibtisch und ein Spinett neben dem Kamin entdeckt. Dieser Mann steckte voller Überraschungen.

Während er auf einem nickelplattierten kleinen Herd kochte, trank sie die heiße Schokolade mit aufgeschäumter Milch, die er für sie zubereitet hatte. Sie trug seinen Schlafrock, dessen gestepptes rotes Leinen am Boden schleifte. Die Ärmel hatte sie mehrmals hochkrempeln, den Gürtel zweimal um ihre Taille schlingen müssen.

Jack war nur mit einer fadenscheinigen hellbraunen Köperhose bekleidet. Nach dieser langen Liebesnacht fragte sich Venus, warum sie beim Anblick seiner breiten, bronzebraunen Brust schon wieder sinnliche Gefühle verspürte. »Ich wünschte, du würdest etwas mehr anziehen.«

»Dafür ist mir zu heiß.« Als er sich zu ihr umdrehte, fiel eine zerzauste dunkle Locke über ein Auge, und er strich sie mit dem Handrücken beiseite. Seine Finger waren noch feucht von den Eiern, die er in eine Pfanne schlug. »Das meine ich in jedem erdenklichen Sinn. Natürlich ist's *deine* Schuld, dass ich dich trotz unserer stundenlangen leidenschaftlichen Aktivitäten immer noch begehre.«

»Wenn ich schwanger werde ...«

Das Ei, das er gerade aufschlug, stieß gegen den Rand der Pfanne und glitt auf die Herdplatte.

»Tut mir Leid«, flüsterte sie.

»Für mein Ungeschick musst du dich nicht entschuldigen«, erwiderte er und wischte das Ei mit einem feuchten Lappen weg. Dann schaute er Venus ausdruckslos an. »Falls das passiert, gib mir Bescheid.«

»Verzeih mir, dass ich's erwähnt habe. Aber normalerweise bin ich übervorsichtig.« Sie lächelte. »Erst jetzt, am helllichten Tag, kann ich wieder klar denken – obwohl du in mir neue Gelüste erregst, wenn du so halb nackt herumläufst.«

»Iss erst mal.« Jack wandte sich wieder zum Herd. »Später gehe ich ins Dorf und besorge Kondome.«

»Ich begleite dich.«

»Wenn dich der weite Weg nicht stört ... Wir hätten den Wagen hier behalten sollen.«

»Wann kommt dein Kutscher zurück?«

»In zwei Tagen.«

»Warst du dir meiner so sicher?«, fragte sie belustigt. »Bin ich deine Gefangene?«

»Eher hältst du *mich* gefangen.«

»Wie nett ...«

»Ob ich nett bin, weiß ich nicht – jedenfalls hingerissen … Und jetzt mach dich nützlich und schneid ein paar Scheiben Brot ab.«

Ein paar Minuten später trug er das Frühstückstablett auf eine geflieste kleine Terrasse, die eine schöne Aussicht auf den Fluss bot. Zwischen zwei Stühlen stand ein verwitterter Teakholztisch. Sie aßen in der warmen Frühlingssonne und unterhielten sich über ihre wenigen gemeinsamen Bekannten. Dann besprachen sie ihre Pläne für diesen Tag. Sie wollten ins Dorf wandern, angeln und schwimmen. In dieser angenehmen häuslichen Atmosphäre gewannen beide den Eindruck, sie würden sich schon sehr lange kennen.

Während sie nach der Mahlzeit Kaffee tranken, erklärte Jack: »Übrigens möchte ich ein Hospital für meine Pächter in Castlereagh bauen und ein paar von diesen neuen Geräten kaufen. Dabei könntest du mich beraten. Auch auf meinen anderen Landgütern würden die Leute Krankenstationen brauchen.«

»Fühl dich bloß nicht dazu genötigt.«

»Keineswegs. Ich bin nur nie auf die Idee gekommen, auf meinen Ländereien Krankenhäuser zu errichten.«

»Natürlich helfe ich dir sehr gern.«

»Wunderbar!« Auf diese Weise konnte er Venus' Gesellschaft genießen und gleichzeitig seine Pflichten als Gutsherr erfüllen. »Wenn wir nach London zurückkehren, möchte ich deine Erfahrungen nutzen.«

»*Welche* Erfahrungen?«

Die Männerstimme, die ganz in der Nähe erklang, war viel zu vertraut, und Jack seufzte tief auf. Sekunden später schlenderte Ned Darlington um die Ecke des Cottages, immer noch im Abendanzug und etwas derangiert, was auf eine durchzechte Nacht hinwies.

»Hoffentlich bist du allein«, bemerkte Jack brüsk.

»O ja, keine Bange. Würde ich deine geheime Einsiedelei mit fremden Leuten betreten? Wenn's auch so aussieht, als hättest du dein strenges Reglement bezüglich weiblicher Gäste etwas gelockert …« Lächelnd und etwas wacklig verneigte er sich vor Venus. »Ah, vielen Dank – ja, ich würde sehr gern etwas essen«, fügte er gedehnt hinzu, schob eine Bank zum Tisch und setzte sich. »Sie müssen Venus sein.«

»Meine Liebe, das ist Ned Darlington, mein ältester, unhöflichster Freund«, stellte Jack ihn widerstrebend vor. »Ned, bedauerlicherweise muss ich dich mit Miss Duras bekannt machen – an die du dich bei unserer nächsten Begegnung nicht erinnern wirst.«

»Meine Lippen sind versiegelt«, beteuerte Ned und sperrte seinen Mund mit einem imaginären Schlüssel zu.

»Sieh bloß zu, dass du dich an dein Versprechen erinnerst, wenn du wieder nüchtern bist«, mahnte der Marquess.

»In diesem ungewohnten Zustand werde ich mich frühestens morgen befinden. Heute Abend feiert Lily ihre Debüt-Party. Um dieses langweilige Fest zu überstehen, brauche ich ein oder zwei Flaschen. Und dich auch. Deshalb bin ich hierher gekommen – um dich aufzuspüren. Du hast es Lily versprochen«, betonte er und griff nach Jacks Kaffeetasse.

»Heute Abend?«

»Allerdings«, bestätigte Ned und leerte die Tasse.

»Bist du sicher?«, stöhnte Jack.

»Das ist so sicher wie das Amen im Gebet. Gestern

schickte Maman einen Lakaien zu mir, um mich drauf hinzuweisen. Sie schrieb das Datum ganz groß auf einen Zettel und ließ meinem Kammerdiener ausrichten, ich müsste anständig gekleidet und pünktlich erscheinen. Heute Abend. Mein Ehrenwort.«

»*Merde.*«

»Genau das finde ich auch. Aber Lily freut sich so auf ihr Debüt. Also tu deine Pflicht, mein Freund – nachdem du dumm genug warst, ihr den ersten Tanz zu versprechen.«

»Um wie viel Uhr?« Ärgerlich überlegte der Marquess, wann er das idyllische Flussufer verlassen musste, wo er sich eben noch in trauter Zweisamkeit seines Lebens erfreut hatte.

»Vermutlich fängt das Dinner um acht an. Die meisten Gäste gehören zur Familie. Aber Maman rechnet mit dir.«

Jack wandte sich zu Venus. »Möchtest du mich zur Debüt-Party von Neds Schwester begleiten? Leider kann ich nicht absagen.«

»Lieber nicht«, erwiderte sie. An einem so familiären gesellschaftlichen Ereignis wollte sie nicht gemeinsam mit Jack teilnehmen. »Sicher ist die Gästeliste komplett.«

»Würde deine Mutter einen zusätzlichen Gast begrüßen, Ned?«

Ned blickte von seiner gebutterten Brotscheibe auf. »Ganz bestimmt. Ich sag's ihr.«

»Damit wäre dieses Problem gelöst.«

»Ich weiß nicht recht …«, begann Venus zögernd. »Wirklich, Jack, es wäre mir angenehmer, du würdest mich nach Haus bringen.«

»Erklär deiner Maman, sie soll uns nicht vor acht

erwarten«, forderte Jack seinen Freund auf. Mit schmalen Augen musterte er Venus. »Du kommst mit. Oder ich gehe nicht hin.«

»Wenn du Lily im Stich lässt, wird sie sich die Augen ausweinen«, drohte Ned und lächelte Venus gewinnend zu.

»Bitte, Venus, du darfst das arme Mädchen nicht enttäuschen«, mahnte Jack.

Zornig starrte sie ihn an. »Musst du ständig deinen Willen durchsetzen?«

»Das schafft er immer wieder«, verkündete Ned mit vollem Mund.

»Sprechen wir später darüber«, schlug Venus vor. Ihre Augen schienen Jack zu durchbohren.

»Falls ihr streiten wollt, verschwinde ich lieber.« Hastig sprang Ned auf. »Ich hasse zeternde Frauen. Nichts für ungut. Also, bis heute Abend, Jack. War mir ein Vergnügen, Miss Duras.« Den Teller mit zwei restlichen Spiegeleiern, zwei Scheiben Brot und eine Gabel in den Händen, ergriff er die Flucht.

»Darüber will ich gar nicht streiten«, bemerkte Venus, sobald Ned außer Hörweite war.

»Ich auch nicht.«

»Offenbar erwartet das junge Mädchen, dass du sie heute Abend hofierst. Da wäre ich nur im Weg.«

»Unsinn! Lily ist die kleine Schwester meines Freundes und betrachtet mich als Onkel.«

»Daran zweifle ich, wenn sie dir ihren ersten Tanz reserviert hat.«

»Glaub mir, du irrst dich. Lily ist ein Wildfang, reitet wie der Teufel und mistet den Stall aus. Meistens trägt sie Zöpfe. Ich flehe dich an, komm mit mir und rette mich vor einem langweiligen Abend. Danach kehren wir hierher zurück.«

»Danach?« Venus' Finger trommelten auf die raue Tischplatte. »Klingt verlockend ...«

»Also bist du einverstanden?« Er neigte sich vor, berührte ihre Hand und schaute ihr flehend in die Augen. »So schlimm kann's gar nicht werden. Du tanzt doch gern, nicht wahr? Und ich verspreche dir – wir bleiben nicht lange.«

»Wie lange?«

»Das Dinner, Lilys erster Tanz – danach noch zwei oder drei Tänze, und wir gehen.«

»O Gott, Jack, ich habe einfach keine Lust ...«

»Und wenn ich dich dafür belohne?«

»Das ist unfair.«

»Soll ich alle Kondome in ganz London aufkaufen?«

»Du weißt, wie du eine Dame in Versuchung führen kannst ...«, wisperte sie.

»Um fünf müssen wir losfahren. Vorher gehe ich ins Dorf und gebe Sam noch Bescheid. Wenn wir in London ankommen, kleide ich mich bei dir um. Oder du lässt deine Sachen in mein Haus liefern.«

»So oder so – du zwingst mich, diese Party zu besuchen. Oder habe ich eine Wahl?«

»Keine.«

Ein Lakai brachte Jacks Abendkleidung zum Belgrave Square und sein Herr erklärte ihm, er würde keinen Kammerdiener brauchen, weil er durchaus im Stande sei, seine Krawatte selbst zu binden. Dann entließ er Venus' Zofe und sank in ihrem Boudoir auf einen vergoldeten Stuhl. »Schau mich nicht so an!«, bat er fröhlich.

»Ich helfe dir.«

»Vielleicht will ich gar nicht herausfinden, wie gut du Damen anziehen kannst.«

»Davon verstehe ich nichts. Aber ich will's lernen. Um unsere Zweisamkeit zu genießen, werde ich keine Mühe scheuen.«

»Hoffentlich weißt du, was du tust. Allzu viel Zeit bleibt uns nicht mehr.«

Er warf einen Blick auf die Wanduhr. »Wie lange dauert's denn, eine Dame anzukleiden?«

»Oh, du ahnst nicht, wie viel da verschnürt und zugeknöpft und was mit Häkchen geschlossen werden muss.«

»Beruhige dich, wir haben *viel* Zeit.«

Diesen Tonfall kannte sie bereits. »Ausgeschlossen!«

»Und wenn ich schmolle?«, klagte er und schob seine Unterlippe vor.

»Dann schmollst du eben. Wenn ich dich zu dieser Party begleiten soll, treffen wir unsere Vorbereitungen auf *meine* Weise. Außerdem – wer frisiert mich? Schaffst du das?«

Im Cottage hatten sie bereits geduscht. Auf dem Dachboden war ein Tank mit Flusswasser eingebaut, der mit einem Kohlenfeuer erhitzt wurde. Durch eine Leitung floss das warme Wasser in eine Duschkabine.

»Nein. Während dich deine Zofe frisiert, werde ich mich für den langweiligen Abend stärken. Wo finde ich deine Bar?«

»In der Bibliothek. Ich lasse dir eine Flasche heraufbringen.«

»Nicht nötig, die hole ich mir. Übrigens, auf Peggys Ball haben mir deine Löckchen sehr gut gefallen.«

»Dann soll Maude mir wieder Löckchen drehen. Dein Wunsch ist mir Befehl, Mylord.«

»Wenn's bloß so wäre, meine schöne Gebieterin!«, erwiderte er belustigt.

Doch sie beugte sich tatsächlich in vielen Dingen seinem Willen, obwohl sie es gewöhnt war, nur zu tun, was ihr gefiel.

Zum Beispiel würde sie ihn zu dieser Dinnerparty begleiten. Es missfiel ihr, an seiner Seite in der Öffentlichkeit zu erscheinen. Wegen jener Wettliste und den Klatschgeschichten würden sie im Mittelpunkt allgemeiner Aufmerksamkeit stehen. Das schien Jack nicht zu stören. Aber Venus hielt sich lieber im Hintergrund.

Kurze Zeit später kehrte er mit einer Flasche Brandy zurück und unterhielt sie, während Maude ihr Haar arrangierte. Über beiden Ohren steckten duftende weiße Rosen in der Lockenpracht. Dazu passten exquisite Ohrringe aus Diamanten. Jack war über die neuesten Londoner Skandale informiert. Während er an seinem Glas nippte, erzählte er amüsante Anekdoten aus der *Hautevolee*. »Wenn Neds Maman dich nach seiner künftigen Verlobten fragt, musst du den Eindruck erwecken, du wüsstest von nichts. Vor einem Monat versprach er ihr, er würde sich verloben. Seither bedrängt sie ihn gnadenlos. Nun hofft er, dass Lily möglichst bald einen Verehrer mit ernsten Absichten findet. Dann ist seine Mutter abgelenkt und wird ihn nicht mehr schikanieren. Wenn er diese Saison unbeschadet übersteht, wird sie Lilys Hochzeit vorbereiten und alle Hände voll zu tun haben.«

»Natürlich versichere ich ihr sehr gern, ich wüsste nichts. Macht's ihr wirklich keine Umstände, einen zusätzlichen Gast zu empfangen, noch dazu so kurzfristig?«

»Lady Darlington ist furchtbar quirlig und zerstreut. Wahrscheinlich wird sie's nicht einmal merken. Wenn sie drauflosschwatzt, musst du einfach nur lächeln und nicken.«

»Typisch Mann!« Die Stirn gerunzelt, spähte Venus in den Spiegel. »Du würdest nicht einmal zuhören.«

»Nein, weil sie nur belangloses Zeug redet – in atemberaubendem Tempo. Das wirst du bald herausfinden. Also brauchst du deine Geschlechtsgenossinnen nicht mit dieser gefurchten Stirn zu verteidigen. Ich mag Frances. Aber ich würde mich niemals mit ihr in eine Kutsche setzen, selbst wenn wir nur bis zur nächsten Straßenecke fahren müssten.«

»Ist ihr Mann gestorben?«

»Als er sternhagelvoll mit der Meute jagte. Welch ein schöner Tod ...«

»Gehst du auch zur Jagd?« Sie wusste so wenig von ihm.

»Mit der Meute?«

Sie nickte, und ihre Zofe steckte konzentriert eine Haarnadel etwas fester in die Locken.

»Gelegentlich. Ich ziehe das Jagd- und Hindernisrennen vor. Bis genug Springpferde in meinem Stall standen, hat's ein Jahrzehnt gedauert. Demnächst müssen wir in Castlereagh einen Reitausflug unternehmen. Du reitest doch?« Wie eine Frau, die sich im Sattel fürchtete, sah Venus nicht aus.

»O ja. Meine Eltern besitzen mehrere Rennpferde.«

»Gerade habe ich ein neues Rennpferd gekauft.

Am Morgen nach unserer ersten Begegnung.« Lächelnd erwiderte er ihren Blick im Spiegel. »Deshalb müsste ich's umtaufen. Dieses Jahr wird der Rappe am Derby teilnehmen. Willst du nicht in London bleiben und zuschauen?«

»Die Duras-Pferde laufen in Longchamps. Wenn du willst, könntest du hinfahren«, schlug sie vor, und ihre Stimme klang ebenso beiläufig wie seine. »Manchmal beteiligt sich mein Bruder an Amateurrennen. Hast du eine Familie?«

»Einen entfernten Verwandten in Devon, der mich zu beerben hofft. Den mag ich nicht, weil er so verdammt bösartig ist. Mein Anwalt hält ihn mit einer vierteljährlichen Apanage in Schach. Dann habe ich noch eine Tante mütterlicherseits, die ich nur selten sehe. Und Peggy. Gewissermaßen ist sie meine einzige Familie.«

»Ein wunderbarer Ersatz. Du darfst dich glücklich schätzen.«

»O ja. Heute Abend wirst du sie bestimmt wiedersehen.«

»Wie nett! Also werde ich wenigstens zwei oder drei Leute treffen, die ich kenne ... Danke, Maude, sehr hübsch. Jetzt komme ich allein zurecht.«

Nachdem die Zofe das Zimmer verlassen hatte, entstand ein kurzes Schweigen. Dann bemerkte Jack: »Bald muss ich lernen, dich zu frisieren. Ich möchte deine Gesellschaft nur mit anderen teilen, wenn's unvermeidlich ist.«

Lächelnd drehte sie sich zu ihm um. »Auch ich bin gern mit dir zusammen.«

»Ich aber will meine Zeit *nur* mit dir verbringen«, betonte er und prostete ihr zu.

Sie war eine bezaubernde Frau, eine elegante Primavera* mit weißen Rosen im Haar. Und sie gehört mir, dachte er besitzergreifend – ein völlig neuer Gedanke …

»Nun müsstest du mein Kleid zuknöpfen. Bist du bereit?«

»In meiner augenblicklichen Stimmung brauche ich Nerven aus Stahl, um mein Verlangen zu zügeln. Bis nach der Party …«

»Soll ich Maude rufen?«

Er schüttelte den Kopf. »Irgendwie werde ich's schon schaffen. Und in drei Stunden fahren wir zum Cottage zurück.«

»Hoffentlich wird mir die Vorfreude helfen, die neugierigen Blicke zu ertragen.«

»Beruhige dich«, bat er und stand auf. »Niemand wird es wagen, dich anzustarren, solange du an meiner Seite bleibst.«

---

* ital.: Frühling

8

Jack schätzte seine Autorität richtig ein. Als er mit Venus den Salon der Darlingtons betrat, wurde ihr kein einziger schiefer Blick zugeworfen und niemand wagte es, anzügliche Kommentare abzugeben. Während die Gäste auf das Dinner warteten, spielte ein Streichquartett. Lady Darlington war genauso quirlig und fahrig, wie es Jack prophezeit hatte. Um seinen Rat zu befolgen, lächelte und nickte Venus, obwohl sie kein einziges Wort des atemlosen Redeschwalls verstand. Schon nach wenigen Sekunden eilte die Gastgeberin wieder davon.

Aber Lily war keineswegs ein Wildfang mit Zöpfen, sondern eine rothaarige Schönheit, die Jacks Begleiterin anstarrte, ohne ihr Missfallen zu verhehlen, und schmollend die Lippen schürzte. Das schien er nicht zu bemerken. Während sie von ihrer Mutter zu anderen Gästen geführt wurde, beantwortete er Venus' Hinweis auf Lilys Entrüstung in beiläufigem Ton. »Unsinn, sie ist nur nervös.«

Als sich die nächste schmollende Schönheit näherte, verflog seine Gelassenheit. Anmutig schlenderte die elegante, zierliche Lady Tallien heran und musterte Venus hochmütig. »Sind Sie nicht die Dame, die sich für die Wohlfahrt engagiert? Nun, liebster Jack? Hat sich die Wette im Brookes gelohnt?« Boshaft hob sie die Brauen. »Wie ich höre, erregst du mit deinem plötzlichen Interesse an wohltätigen Aktivitäten großes Aufsehen.«

»Da hast du was falsch verstanden, Bella. Miss

Duras und ich kennen uns schon lange, da mein Onkel mit ihrem Vater befreundet war. Gewissermaßen gehört sie zur Familie.«

»Bleiben Sie noch lange in London, Miss Duras?« Wenn Blicke töten könnten, wäre Lady Tallien des Mordes angeklagt worden.

»Das weiß ich noch nicht.« Sofort hatte Venus in der reizvollen Frau eine einstige Geliebte des Marquess erkannt. Lady Tallien hatte platinblondes Haar, aber dunkle Augen wie Jack. Was für ein schönes Paar müssen sie gewesen sein, dachte Venus erbost.

»Hoffentlich kann ich Miss Duras überreden, erst nach dem Ende der Saison abzureisen«, erklärte Jack. »Sie hat Castlereagh noch nicht gesehen. Und ich glaube, das Derby würde ihr auch gefallen.«

»So?«, erwiderte Bella frostig.

»Lord Redvers ist ein überaus aufmerksamer Gastgeber«, flötete Venus. Diese kleine Stichelei konnte sie sich nicht verkneifen.

»O Jack, Sarah wird bitter enttäuscht sein«, klagte Bella.

»Warum denn?«

»Ist dir nicht aufgefallen, dass sie sich für dich interessiert? Und alle sagen, wie gut ihr zusammenpassen würdet.«

»Dann irren sich halt alle. Ich mache mir nichts aus jungen Mädchen. Ah, da ist Ned. Wenn du uns entschuldigen würdest …«

Wütend rauschte Lady Tallien davon.

»Zweifellos eine deiner Liebhaberinnen«, meinte Venus, während sie durch den Salon schlenderten. »Wie gern hätte sie mich umgebracht …«

»Am besten, du ignorierst Bella, Darling. Sie kann ziemlich gemein sein.«

»Was manchmal vorteilhaft ist. Sie benahm sich sehr indiskret und taktlos. Wie viele solche Damen werde ich heute Abend noch treffen?«

Keine annähernd so Dreiste wie Bella, hoffte Jack und zählte unbehaglich seine Verflossenen, die an der Party teilnahmen. »Nun ja – ein paar … Deshalb pflege ich gesellschaftliche Ereignisse zu meiden. Am liebsten würde ich schon jetzt gehen, obwohl das Dinner noch gar nicht begonnen hat.«

»Fürchtest du gehörnten Ehemännern zu begegnen?«

»Das müsstest du besser wissen. Was glaubst du, wie viele Aristokraten aus Liebe heiraten? Die Gentlemen, die du hier siehst, verbringen mehr Zeit in den Armen ihrer Geliebten oder in den Clubs als daheim bei ihren Gemahlinnen.«

»Also werden uns auf dieser Party keine wütenden Ehemänner belästigen, nur wütende Bettgefährtinnen.«

Seufzend schnitt er eine Grimasse. »Das findest du amüsant, nicht wahr?«

»Es fasziniert mich. Weißt du, wie viele Frauen in diesem Raum zu dir herschauen?«

»Könnten wir das Thema wechseln?«

»Gewiss, Mylord«, gurrte sie.

Jack warf ihr einen vorwurfsvollen Seitenblick zu. »Wenn du dich nicht benimmst, versohle ich dir den Hintern.«

»Wie aufregend …«, murmelte sie und klimperte kokett mit den Wimpern.

»Ich sehe schon – heute Abend wird's mir schwer fallen, dich unter Kontrolle zu behalten.«

»Hättest du mich daheim gelassen, so wie ich's wollte ...«

»Vielleicht sollte ich dich hier und jetzt übers Knie legen.« Seine Stimme klang gefährlich leise. Prüfend spähte sie in sein Gesicht. »Glaubst du, so etwas würde ich nicht wagen?« Seine Hand umfasste ihren Arm etwas fester.

Als sie sich ausmalte, welchen Skandal ein solches Spektakel heraufbeschwören würde, rann ein unwillkommener wohliger Schauer über ihren Rücken. Vermutlich meinte er's sogar ernst. »Das würdest du nicht tun«, flüsterte sie.

»Wenn du dich schlecht benimmst, wirst du's herausfinden.«

»Sprich nicht so«, bat sie mit zitternder Stimme. »Oder wir müssen sofort die Flucht ergreifen.«

»Noch nicht ...« Aber auch er spürte eine unwiderstehliche Erregung, eine schockierende Lust. Sein rastloser Blick glitt durch den überfüllten Raum. »Gehen wir auf die Terrasse.« Obwohl seine Stimme sanft und ruhig klang, spürte Venus seine Ungeduld. »Draußen ist es kühler.« Er zog sie zur Terrassentür, die offen stand, um die milde Frühlingsluft einzulassen. »Und dunkel.«

»Nicht, Jack«, flehte Venus. Was er bezweckte, erriet sie mühelos, und sie fürchtete die neugierigen Blicke, die ihnen folgen würden. »Bitte!«, flüsterte sie, während er ihr einen Weg durch das Gedränge bahnte. »Das dürfen wir nicht ...«

Aber er ignorierte ihren Protest, führte sie über die Schwelle, die Terrassenstufen hinab und über den Rasen zu einer Pergola voller Weinranken. Diesen Garten schien er gut zu kennen.

»Verdammt, wie kannst du auch nur daran denken?«, hauchte Venus. In der nächtlichen Stille wagte sie ihre Stimme nicht zu erheben.

»Tu nicht so, als hättest du was dagegen.«

»Wenn jemand herauskommt ...« Ihm mochte es egal sein, was die Leute dachten. So sorglos war sie nicht.

»In ein paar Minuten sind wir wieder im Salon.«

»Du bist verrückt!«

»Ja – verrückt vor Lust.« Er drängte sie in eine finstere Ecke, gegen einen Spalierpfosten. Ungeduldig hob er ihre Röcke.

»Stell dir vor, welch ein Skandal ...«

Mit einem fordernden Kuss brachte er sie zum Schweigen, nicht in der Stimmung, um über Skandale oder Diskretion zu diskutieren. Jetzt wollte er nicht vernünftig sein und er kannte nur einen einzigen Gedanken – seine qualvolle Begierde zu stillen. Hastig knöpfte er seine Hose auf, hob Venus ein wenig hoch, damit sie eine günstigere Position einnahm, und drang in ihre feuchte Wärme ein, die ihn pulsierend willkommen hieß.

Überwältigt, zerknirscht und entsetzt erwiderte sie seinen Kuss. Zwischen den erhitzten Körpern wurden Venus' Röcke zerknüllt, der raue Stoff seiner Hose scheuerte an der zarten Haut ihrer Schenkel. Das langsame Tempo des Liebesakts entzündete ihre verräterischen Sinne und ihr entwürdigendes Verlangen wuchs.

Als er ihr Zittern spürte, knabberte er an ihrem Ohrläppchen. »Siehst du's? Ich wusste genau, was du wolltest.« Mit starken Händen umklammerte er ihre Hüften und drang noch tiefer in sie ein, als versuchte er seine Worte zu bestätigen. Wilde Leidenschaft benebelte Venus' Sinne. Sie erschauerte und rang nach Atem, doch das half ihr nicht, ihre verwirrenden Emotionen zu kontrollieren. »Immer wieder werde ich dieses Feuer in dir entfachen«, stieß er hervor. Es klang wie eine Warnung, beinahe wie eine Drohung.

Warum konnte sie ihm nicht widerstehen? Warum ließ sie sich ständig seinen Willen aufzwingen? Weil ihr Körper rückhaltlos und ohne Logik auf Jacks Wünsche einging. Bald gab es nichts mehr außer diesem drängenden, gebieterischen Rhythmus, der Venus ganz und gar erfüllte, vom Scheitel bis zu den Zehen, und sich schließlich im brennenden Zentrum ihrer Lust konzentrierte.

»Warte«, befahl er, obwohl er wusste, dass sie nicht zu gehorchen vermochte, obwohl sie stöhnend um Erlösung flehte, obwohl Jacks leise Stimme die Leidenschaften vollends entfesselte und einen verzehrenden Orgasmus bewirkte.

Gerade noch rechtzeitig zog er sich zurück und dann wurde er von einer so heftigen, explosiven Ejakulation überrascht, dass er wie ein Ertrinkender nach Luft schnappte. Aber sogar in dieser extremen Situation war er diszipliniert genug, um blitzschnell sein Taschentuch hervorzuziehen, um Venus' und seine eigene Kleidung vor peinlichen Flecken zu schützen.

Sorgsam ordnete er seine Kleidung. »Tut mir Leid«, murmelte er etwas verlegen und half ihr, die Röcke zu glätten. »O Gott, jetzt brauche ich einen Drink.«

In seiner Stimme schwang eine merkwürdige Bitterkeit mit. Venus fühlte sich unsicher und verstört. Einer Frau, die Männer stets für entbehrlich gehalten hatte, mussten so intensive erotische

Gefühle beängstigend erscheinen. »Ich gehe nicht mehr hinein«, verkündete sie, zutiefst beschämt, als würde das Wort ›Hure‹ auf ihrer Stirn geschrieben stehen.

»Leider bleibt uns nichts anderes übrig.«

»Mir schon! *Ich* habe dich nicht hier herausgezerrt.«

»Doch, verdammt noch mal!« Im schwachen Mondlicht sah sie seine gerunzelte Stirn.

»Gibst du etwa mir die Schuld?«, fragte sie ungläubig.

»Deinem verlockenden Körper.«

»Hast du etwa kein funktionsfähiges Gehirn?«

»In deiner Nähe offenbar nicht«, seufzte er.

»Zum Teufel mit dir, Redvers!«

»Komm!«, befahl er und packte ihre Hand. »Gehen wir hinein – und bringen wir diesen grässlichen Abend hinter uns.«

»Für den Zwischenfall hier draußen übernehme ich nicht die Verantwortung!«, fauchte sie und versuchte sich loszureißen.

»Schon gut.«

»Und falls mich jemand zu beleidigen wagt, werde ich ihn gnadenlos in der Luft zerreißen.«

»Dabei würde ich dir sogar helfen«, erklärte er brüsk.

»Nur zu deiner Information!«, fuhr sie fort, empört über seine mangele Reue. »Für unpersönlichen Sex konnte ich mich noch nie begeistern.«

Spöttisch verzog er die Lippen. Noch nie war er so engagiert gewesen. »Nächstes Mal will ich mich etwas persönlicher verhalten.«

»Vielleicht wird's kein nächstes Mal geben.«

Als sie sich wieder zu befreien suchte, umfasste er

ihre Finger noch fester. »Doch. Verlass dich drauf. Sobald wir diese Party überstanden haben.«

Er wich nicht von ihrer Seite. Auf mehr oder weniger subtile Weise bekundete er seinen Besitzanspruch – mit einer Hand an ihrer Hüfte, ihrem Ellbogen, mit anzüglichen geflüsterten Worten, die ihr das Blut in die Wangen trieben. Er wusste, was sie von ihm wollte, was er ihr geben konnte, was er selbst brauchte.

Natürlich hätte sie jederzeit gehen können. Vor einem so großen Publikum würde er sie nicht gewaltsam zurückhalten. Aber sie sehnte sich nach ihm. Dafür hatte er gesorgt. Also blieb sie auf der Party, von Scham und Begierde erfüllt, saß an der Dinnertafel, machte scheinbar gelassen Konversation und besprach sogar mit Peggy, gemeinsam einen Bauplatz für das Hospital zu suchen. Aber ihre Sinne wurden vom betörenden Schleier ihrer Wünsche benebelt, ihre Umgebung, das Stimmengewirr und ihre eigenen Worte erschienen ihr irreal. Ihr ganzes Bewusstsein konzentrierte sich auf Jack, auf die Freuden, die er ihr zu schenken vermochte.

Nach dem Dinner führte er Lily auf die Tanzfläche. Im Ballsaal herrschte plötzliche Stille, als die Zuschauer den krassen Kontrast zwischen der Unschuld des jungen Mädchens und Jack Fitz-James' starker erotischer Ausstrahlung wahrnahmen.

Dieser Anblick faszinierte sogar die Musiker. Nach ein paar Sekunden musste Lady Darlington ihnen mit heftigen Gesten bedeuten, endlich zu spielen. Die ersten Takte eines Walzers brachen das atemlose Schweigen und alle Blicke folgten dem einsamen Paar. Bei ihrem ersten Tanz schaute die naive Debütantin so schmachtend zu Jack auf und schmiegte sich so hingebungsvoll an ihn, dass die besorgte Mutter den Walzer vorsichtshalber abkürzte, um den Ruf der Tochter zu retten.

Dann schickte sie Ned mit seiner Schwester aufs Parkett, schwenkte ihren Fächer aus rosa Marabufedern, um sämtliche Gäste zum Tanz aufzufordern, und floh in einen kleinen Salon, wo sie sich eine Zeit lang erholte. Während ihr ein Dienstmädchen die Stirn mit einem feuchten Lappen kühlte, überlegte sie, dass Jack sich sicher nicht in Lily verlieben würde. In keine Frau, angesichts des abwechslungsreichen Liebeslebens, das er seit Jahre führte. Das wollte sie Lily am nächsten Morgen unmissverständlich erklären.

»Ah, da bist du ja, Frances!«, rief eine dröhnende Stimme.

Lady Darlington blickte auf und sah die Countess of Belcher heranrauschen. Mühsam zwang sie sich zu einem höflichen Lächeln. Nun musste sie wohl oder übel die unvermeidlichen, widerwärtigen Kommentare der alten Hexe über sich ergehen lassen.

Erfreut über Lady Darlingtons Intervention, kehrte Jack zu Venus zurück. »Nun habe ich meine Pflicht erfüllt – keinen Augenblick zu früh.« Beinahe hätte ihn das junge Ding in aller Öffentlichkeit geküsst. Um das zu verhindern, hatte er seinen ganzen routinierten Charme aufbieten müssen.

»Glaubst du, die junge Dame hält dich immer noch für einen Onkel?«, fragte Venus.

»Du hattest Recht, das war ein Irrtum. Bist du jetzt zufrieden?«

»Mit dem Zustand deines Liebeslebens? Warum sollte mich das interessieren?«

Verblüfft über ihre unverfrorene Heuchelei, die ihren Zorn nicht überspielen konnte, erwiderte er: »Übrigens, ich habe sie zurückgewiesen. Das müsste deine Wut besänftigen.«

»Wie auch immer – zu einem weiteren Spaziergang im Garten lasse ich mich nicht überreden«, entgegnete sie bissig.

»Ich habe Lily klar gemacht, ich würde nur dich begehren«, gestand er mit seidenweicher Stimme.

»Darüber wundere ich mich nicht. Heute Abend hast du mir ja schon bewiesen, was für ein untadeliger Gentleman du bist.«

»Beklagst du dich? Nach einem so beglückenden Orgasmus?«

Entrüstet hob sie ihre Hand, um ihn zu ohrfeigen. Aber er hielt ihren Arm gerade noch rechtzeitig fest und drückte ihn mit sanfter Gewalt nach unten. »Mach keine Szene«, bat er in kühlem Ton.

»Störe ich?« In eine Duftwolke gehüllt, gesellte sich die Duchess of Groveland zu ihnen und hob die Brauen.

»Keineswegs«, beteuerte der Marquess und ließ Venus' Handgelenk los.

»Ich dachte, jetzt könnte ich auf meinem Tanz bestehen. Wenn's Ihnen nichts ausmacht, Venus, meine Liebe?«

»Gar nichts«, versicherte Venus und lächelte höflich.

Jack beugte sich zu ihrem Ohr hinab. »Geh nicht weg!«, flüsterte er.

Statt zu antworten, warf sie ihm einen mutwilligen Blick zu, der ihn irritierte.

»Diese Melodie höre ich besonders gern«, erklärte Peggy und ignorierte die knisternde Spannung zwischen den beiden. »Allzu lange werde ich Jack nicht von Ihnen fern halten, Venus.«

»Lassen Sie sich nur Zeit. Inzwischen hole ich mir ein Glas Champagner – oder vielleicht einen Whisky.«

Als müsste sie sich auch noch betrinken, um meine Nerven zu strapazieren, dachte Jack. Aber er durfte seine Patentante nicht enttäuschen. Galant geleitete er sie deshalb aufs Tanzparkett, trotz der Gentlemen, die in der Nähe lauerten, Venus beobachteten und nur darauf warteten, bis er sich endlich entfernen würde. Noch ehe der Marquess und die Duchess ihre ersten Tanzschritte vollführt hatten, stürzten sich mehrere glühende Bewunderer auf Venus.

An solche Szenen gewöhnt, begrüßte sie die Gentlemen diesmal noch freundlicher als normalerweise. In der Kunst, die Jack Fitz-James so vollendet beherrschte, stand sie ihm nicht nach. Und so lachte und flirtete sie mit ihren Verehrern, kokett und spielerisch. Alle wollten mit ihr tanzen und sie im Arm halten. Schließlich entschied sie sich für einen Gentleman, den sie auf Peggys Ball kennen gelernt hatte.

»So inständig hoffte ich, sie wiederzusehen, Miss Duras«, murmelte Lord Groten, dirigierte sie zwischen den Tanzpaaren hindurch und drückte sie immer fester an sich.

»Wahrscheinlich werde ich noch eine Woche in London bleiben.« Voller Genugtuung beobachtete sie, wie Jack am anderen Endes des Saals die Stirn runzelte, und lächelte ihren Partner strahlend an.

Zwischen zusammengebissenen Zähnen stieß Jack einen Fluch hervor.

»Um Himmels willen, Jack, beherrsch dich!«, mahnte Peggy. »Sie tanzt doch nur mit Lord Groten.«

»Natürlich hast du Recht«, gab er reumütig zu. »Es ist nur ein Tanz. Was spielt das schon für eine Rolle?« Sein Blick kehrte zu Venus zurück und seine Nasenflügel bebten. »Aber es ärgert mich, verdammt noch mal.«

»Wie nett, dass du endlich einmal deine übliche Gelassenheit verlierst«, bemerkte die Duchess fröhlich. »Und ich dachte schon, du hättest keine Gefühle, so wie dein Vater.«

»O ja, diese Dame erregt sogar sehr heftige Gefühle, die mich zu den schlimmsten Dummheiten verleiten könnten.«

»Sie ist sehr schön. Warum sollte sie dir *nicht* gefallen?«

»Jedenfalls ist's mir ziemlich unangenehm, was ich jetzt empfinde.«

»Höchste Zeit, dass du Emotionen zeigst … Soll ich dir einen Rat geben?«

»Lieber nicht.«

Unbeirrt fuhr sie fort: »Wenn du nicht ohne sie leben kannst, solltest du sie umwerben und heiraten.«

Peggy las unverhohlenes Entsetzen in seinen Augen. »Was ist das für ein Rat, zum Teufel? Ich bin erst vierundzwanzig!«

»Glaubst du, man muss ein bestimmtes Alter erreichen, um sich zu verlieben?«

»Was mich betrifft – *keine* Altersstufe.«

»Warten wir's ab.«

»Erspar mir diesen wissenden Blick, Peggy. An einer Ehe bin ich nicht interessiert. *Verstanden*?«

Ohne die brüsken Worte ihres Patensohns zu beachten, meinte sie in ruhigem Ton: »Venus scheint sich köstlich mit Groten zu amüsieren. Jetzt bringt er sie sogar zum Lachen.«

»Dieser unverschämte Kerl hält sich für einen Don Juan. Nun muss ich endlich dazwischentreten. Hoffentlich macht's dir nichts aus, Peggy.«

»Überhaupt nichts«, entgegnete sie sanft.

»Nun bin ich dran, Groten.« Jack klopfte seinem Rivalen auf die Schulter und hinterließ vermutlich einen blauen Fleck.

»Wohl kaum, Redvers.« Auch Thomas Manchester war ein großer Mann, etwas kräftiger gebaut als der schlanke Jack, und er hatte nicht die Absicht, auf seine Partnerin zu verzichten. Entschlossen tanzte er mit ihr davon, dicht gefolgt von Jack.

»Erzählen Sie doch mal von der kleinen Rothaarigen, die Sie in Chelsea verstecken. Kichert sie immer, wenn's ihr kommt?«

Abrupt blieb Groten stehen, hielt Venus aber immer noch fest.

»Ah, jetzt genieße ich Ihre Aufmerksamkeit ...«, fügte Jack gedehnt hinzu. »Ich glaube, Miss Duras würde lieber mit mir tanzen.«

»Hören Sie, ich gestatte Ihnen nicht, in fremden Revieren zu wildern!«, fauchte der Earl of Groten, hochrot vor Zorn.

»Genau das verbiete ich *Ihnen*«, erwiderte der Marquess in mildem Ton und ergriff Venus' Hand.

»Verschwinden Sie, Redvers!«

»Wie können Sie es wagen!« Empört riss sich

Venus von ihrem Partner los. »Als hätte ich keinen eigenen Willen! Belästigen Sie mich gefälligst nicht mit Ihren Streitigkeiten!« Hoch erhobenen Hauptes verließ sie den Ballsaal und die Duchess eilte ihr nach.

Im Flur holte sie Venus ein und bekundete atemlos ihre Anteilnahme.

Lächelnd verlangsamte Venus ihre Schritte. »Ich hasse es, wenn man um mich kämpft. Das finde ich furchtbar kindisch.«

Plötzlich hallten schnelle Schritte durch den Korridor.

»Ignorieren Sie ihn, Lady Groveland.« Wer ihnen folgte, erriet sie sofort. Nur der Marquess würde dermaßen dreist gegen die Etikette verstoßen.

»Meine Liebe, er gerät sehr leicht in Wut«, warnte Peggy, obwohl sie sich insgeheim über die Entwicklung der Dinge freute. So entflammt hatte sie Jack noch nie gesehen. »Außerdem ist er jung und ungestüm.«

»Was sein schlechtes Benehmen nicht entschuldigt«, betonte Venus und kräuselte die Lippen.

»Gewiss, diese Szene hätte er nicht machen dürfen.«

»Allerdings nicht.«

»Wie ich gestehen muss, erstaunt mich sein Verhalten«, erklärte die Duchess wahrheitsgemäß. In der Tat, Jack führte sich höchst sonderbar auf – zu ihrem größten Entzücken.

»Er darf mich doch nicht wie sein Eigentum behandeln«, zischte Venus. »Wenn er sich etwa einbildet …«

Abrupt verstummte sie, als Jack einen Arm um ihre Taille schlang. Ohne seine Schritte zu verlangsamen, zerrte er sie mit sich und rief seiner Patentante zu: »Wir sind am Fluss. Aber besuch uns bitte nicht!« Vergeblich versuchte Venus, sich zu befreien. »Du kannst gegen mich kämpfen – oder du fällst in Ohnmacht.« Mit brüsker Stimme schlug er ihr vor: »Am besten entscheidest du dich für die zweite Möglichkeit. Da kommen der Duke und die Duchess of Buccleigh.«

Da sie die wichtigste Grundregel der *Hautevolee* kannte – man musste um jeden Preis den Schein wahren –, schloss sie die Augen und ließ ihren Körper erschlaffen. Wenn der Marquess sie aus dem Haus trug, würde man annehmen, sie sei plötzlich erkrankt. Natürlich würden die Klatschbasen trotzdem ihre Zungen wetzen. Aber sie konnten keine allzu peinlichen Gerüchte verbreiten.

Am Treppenabsatz angekommen, nickte Jack dem Duke und der Duchess zu. »Bedauerlicherweise hat Miss Duras die Besinnung verloren«, teilte er ihnen mit, die Stirn in angemessene Sorgenfalten gelegt. »Die Hitze ...« Und dann eilte er die Stufen hinab, eine reglose Venus auf den Armen. Bevor er die Haustür erreichte, traf er mehrere Gäste, die auf ihre Kutschen warteten. Aber niemand wagte ihm Fragen zu stellen, weil er den Ruf eines gefährlichen Duellanten genoss.

Als sie das Darlington House verließen, spürte Venus die kühle Nachtluft auf den Wagen und hob den Kopf. »Noch nicht«, flüsterte Jack. Dann fuhr er im Konversationston fort: »Guten Abend, Countess Nottington. Leider ist Miss Duras in Ohnmacht gefallen. Sie vertrug die Hitze nicht. Grässlich, dieses Gedränge da oben ...« Eine Zeit lang war nur das Klicken seiner Absätze auf der gepflasterten Zufahrt zu hören. Wenig später befahl er seinem Kutscher: »Zum Cottage am Fluss, Sam.«

Konsterniert riss Venus die Augen auf. »Du glaubst doch nicht, ich würde dich begleiten.«

»Das *weiß* ich sogar«, erwiderte er und verscheuchte den Dienstboten, der den Wagenschlag aufhalten wollte. Mit einer Hand öffnete er die Tür, mit dem anderen Arm hob er Venus auf den Sitz. Dann stieg er hinter ihr ein und schloss die Tür.

Rebellisch starrte sie ihn an. »Es wird dir nichts nützen, mich zu verschleppen.«

»Warten wir's ab«, erwiderte er seelenruhig und nahm neben ihr Platz.

»Wirklich, Jack, du machst einen Fehler. So einfach lasse ich mich nicht entführen. Du wirst eine Menge Ärger kriegen.«

»Vielleicht kann ich dich umstimmen.«

»Heb dir diese verführerischen Phrasen für die wartende Schar deiner Bewunderinnen auf«, fauchte sie und rückte in die äußerste Ecke der Sitzbank. Trotzdem war Jacks warmer, verführerischer Körper viel zu nahe.

»Darüber reden wir später.«

»Wir müssen überhaupt nicht darüber reden. Bring mich nach Hause.«

»Morgen – falls du's dann immer noch willst.«

»Wie selbstsicher du bist, Redvers! Diesmal irrst du dich. Autoritäre Flegel interessieren mich nicht. Spätestens morgen früh wirst du mich heimbringen.« Die Augen geschlossen, verschränkte sie die Arme vor der Brust und lehnte sich in die Polsterung zurück.

Seiner Sache völlig sicher, verzichtete er auf eine weitere Diskussion – vor allem, weil er wusste, wie leicht er Venus' Leidenschaft wecken konnte. Eine Stunde später würden sie sich im Cottage vergnügen, fern von der geistlosen Londoner Gesellschaft, fern von neugierigen Blicken. Leise atmete er auf und entspannte sich nach der hektischen Flucht, die zweifellos beträchtliches Aufsehen erregt hatte. Der Rhythmus der rollenden Räder besänftigte seine Nerven und die Anwesenheit der heiß begehrten Frau verstärkte das Gefühl tiefer Zufriedenheit. Sicher würde er noch genug Zeit finden, um ihren Zorn zu bezähmen.

Venus schlief ein, erschöpft von der schlaflosen vergangenen Nacht und der fortgeschrittenen Stunde. Im Gegensatz zu Jack war sie's nicht gewöhnt, so lange wach zu bleiben.

Als sie das Cottage erreichten, wurde sie nur kurzfristig aus ihrem Schlummer gerissen.

»Schlaf weiter«, flüsterte Jack, »morgen wecke ich dich.«

Sie murmelte eine unverständliche Antwort, dann trug er sie vom Wagen ins Haus, legte sie behutsam aufs Bett, zog ihr das Ballkleid und die Schuhe aus und deckte sie zu. Nachdem er sich einen Cognac eingeschenkt hatte, setzte er sich auf die Bettkante und beobachtete die schlafende Venus. Dass er mit ihr allein war, in seiner romantischen Einsiedelei, erschien ihm wie ein kostbares Geschenk. Seltsam, welch einzigartige Gefühle sie in ihm erweckte …

In diesen stillen nächtlichen Stunden versuchte er zu begreifen, was ihn so unwiderstehlich in ihren Bann zog. Es gab keine Worte, um seine Emotionen zu beschreiben. Auf unfassbare Weise erfüllten sie sein Herz. Nur eins wusste er – Venus bezauberte ihn. Sie brauchte ihn nur anzulächeln – und er war verloren. Natürlich hing es mit ihrer bestrickenden Erotik zusammen.

Aber er hatte schon viele Nächte in weiblichen Armen verbracht und danach nur müdes Desinteresse empfunden. Also konnte Venus' Anziehungskraft nicht nur auf ihren körperlichen Reizen beruhen.

Was fesselte ihn so an ihr? Nach einer Weile erkannte er, dass er diese Frage ebenso wenig zu beantworten vermochte, wie er das Rätsel des Universums lösen konnte. Er leerte sein Glas, zog sich aus und glitt unter die Bettdecke, suchte die Nähe der Frau, die alle seine Gedanken beherrschte.

Während er den nächtlichen Geräuschen lauschte, dem Lied der Grillen und Frösche und kleinen Fisch fressenden Eulen, den plätschernden Wellen des Flusses, blickte er lächelnd ins Dunkel.

So muss man sich das Glück vorstellen, dachte er verwundert.

Seltsam.

Ganz anders als oberflächliches, belangloses Vergnügen.

Magisch wie ein leuchtend bunter Regenbogen nach einem Gewitter.

9

Am frühen Morgen erwachte er, als die Sonne immer noch einen pfirsichfarbenen Schimmer am Horizont bildete, erhob sich und ging schwimmen. Vielleicht brauchte er die körperliche Bewegung, um den Aufruhr seiner Gedanken zu bändigen.

Denn mit dem Tageslicht war der Verstand zurückgekehrt. Jetzt hatte er sich wieder in Jack Fitz-James verwandelt, in dessen Bett eine schöne Frau lag, der aber auch in Zukunft ein unabhängiges Leben führen wollte.

Etwas später bereitete er das Frühstück vor, weil er hungrig war und sehr gern in seinem Cottage kochte. Außerdem glaubte er, die appetitanregenden Düfte würden seinen erbosten Hausgast milder stimmen. Damit sollte er Recht behalten.

Als er ein Tablett ins Schlafzimmer trug, lächelte Venus ihn an und rekelte sich träge.

»Darf ich dir ein Frühstück und tausend Entschuldigungen anbieten?«, fragte er und stellte das Tablett auf ihren Schoß. »Wenn's dir gefällt, kann ich behaupten, ich sei betrunken gewesen.«

»Was du natürlich nicht warst – nur wild entschlossen, deinen Willen durchzusetzen.«

»Groten ist ein Ekel.«

»Ganz meine Meinung. Was hast du mir denn gebracht?« Neugierig zog sie die Serviette vom Tablett.

»Wie freundlich du heute Morgen bist …«

»Und du beeindruckst mich mit deinem Talent, pochierte Eier mit Schinken zuzubereiten. Oder hast du einen Koch im Schrank versteckt?« Sie legte die Serviette beiseite und begann, den Schinken in Stücke zu schneiden.

Von wachsendem Unbehagen erfasst, sank er in einen Sessel am Fenster, um Distanz zu wahren. Hegte sie irgendwelche Hintergedanken? War er in eine tückische Falle getappt?

»Isst du nichts, Jack?«

»Ich habe schon gefrühstückt.«

»Schau nicht so ängstlich drein! In meinem Retikül verbirgt sich kein Priester.« Belustigt hob sie die Brauen. »Siehst du's? Ich kann deine Gedanken lesen.«

Nun besserte sich seine Laune. Lässig streckte er seine langen Beine aus. »Deine Fähigkeit, gewisse Situationen mit einem Blick zu erfassen, verblüfft mich immer wieder.«

»Dazu sind deine üblichen Gespielinnen, die's auf dein Geld und deinen Adelstitel – und vielleicht auch auf *dich* abgesehen haben, wohl nicht im Stande.«

»Meinst du, ohne meinen Reichtum wäre ich weniger begehrenswert?«

Eine Zeit lang musterte sie ihn schweigend über den Rand ihrer Kaffeetasse hinweg. »Vielleicht bist du die Ausnahme von der Regel. Selbst wenn du keinen Penny hättest, würde es deine Anziehungskraft nicht mindern. Aber bilde dir bloß nichts ein!

Ich dulde keine überheblichen Männer in meinem Bett.«

Mit diesen Worten erregte sie ihn genauso, als hätte sie ihren nackten Körper in einer lüsternen Pose präsentiert. Hastig verlagerte er sein Gewicht im Sessel, um seinen schwellenden Penis etwas bequemer zu platzieren. »Also werde ich mich in Demut üben.«

»In deinem Körper gibt's keinen einzigen demütigen Knochen, Darling. Aber ich übersehe dein schamloses Selbstvertrauen, aus eigennützigen Gründen. Hast du Kondome mitgebracht?«

»Und wenn ich Nein sage?«

»Dann würde ich dich auffordern, sofort nach London zu fahren und möglichst bald zurückzukommen.«

»Glücklicherweise hat mein Kammerdiener einen angemessenen Vorrat gekauft«, erwiderte Jack grinsend.

»Möchtest du lange hier bleiben?«

Da sie das Thema der Zukunft anschnitt, wenn es auch harmlos klang, hob er wachsam den Kopf. Plötzlich lag tödlicher Ernst in seinen Augen. »Wir müssen ein paar Grundregeln aufstellen.«

»Was meinst du?« Ihre Hand, die eine Toastscheibe festhielt, erstarrte auf halbem Weg zum Mund.

»Entschuldige, dass ich's so unverblümt erkläre – für die Liebe interessiere ich mich nicht.«

»Ich auch nicht«, entgegnete sie seelenruhig und biss in ihren Toast. »Noch was?«

»Vielleicht sollten wir uns auf eine zeitliche Grenze einigen ...«

»Nun, ich bleibe ohnehin nur mehr ein paar Tage in England.« Ihr Lächeln glich dem Sonnenaufgang, den er vorhin beobachtet hatte.

Erleichtert begann er sich zu entspannen. »Wie kann ich diese Tage möglichst angenehm gestalten?«

»Das wissen wir beide sehr gut.«

»Genießt du solche Episoden des Öfteren?«, erkundigte er sich unvermittelt, obwohl ihm die Frage nicht zustand. Immerhin hatte er soeben angedeutet, er würde die sexuelle Leidenschaft der Liebe vorziehen.

»Das will ich dir nicht verraten.« Auch Venus erkannte, dass er kein Recht hatte, danach zu fragen. Klugerweise verheimlichte sie ihm, dass er der erste Mann war, mit dem sie einen Liebesurlaub verbringen würde.

»Was ich natürlich begreife«, erwiderte er in neutralem Ton. Aber er ärgerte sich. Mit wie vielen Männern hatte sie geschlafen? Wie oft war sie am Morgen an der Seite eines Liebhabers erwacht und hatte ihm jenes strahlende Lächeln geschenkt? Um herausfinden, wie weit sie in ihrer Ausschweifung oder ihrer Missachtung aller Konventionen gehen würde, fügte er hinzu: »Nimmst du's mir übel, dass ich dich aus dem Darlington House entführt habe?«

»Du meinst – du wirst mich nicht heiraten, nachdem du mich kompromittiert hast?«

Als er sich kerzengerade aufsetzte, lachte sie schallend. »Sehr komisch«, murrte er.

»Beruhige dich. Natürlich musst du für diesen eklatanten Fauxpas bestraft werden. Überleg doch, was für Spekulationen wir mit dieser vermeintlichen Ohnmacht heraufbeschworen haben! Nicht, dass ich eine Wahl hatte … Du solltest wirklich lernen, dein Temperament zu zügeln.«

»Verzeih mir«, seufzte er. »Jetzt, im hellen Tageslicht, finde ich mein Benehmen selber verwerflich.«

»Da ich England bald verlassen und in absehbarer Zeit nicht zurückkehren werde, dürfte bald Gras über den Skandal wachsen.« Lässig zuckte sie die Achseln. »Wie mein Grandpère zu bemerken pflegt – man muss seine Entscheidungen auf dem Schlachtfeld treffen. Und man kann nicht immer nach festgesetzten Regeln leben.«

Anerkennend zog er die Brauen hoch. »Du bist bemerkenswert.«

»Nein, meine Familie ist bemerkenswert. Da hatte ich wirklich Glück.«

»Umso abscheulicher war *meine* Familie.« Angewidert schnitt er eine Grimasse. »Aber ich hab's überlebt.«

»Dafür solltest du dankbar sein. Da wir gerade von Dankbarkeit reden – ich wäre dir sehr dankbar, wenn du ins Bett kommen und tun würdest, was du am besten kannst.«

»Mit Vergnügen.« Diese Worte drückten nicht einmal annähernd aus, was er empfand – eine süße, herzzerreißende Freude, als würde er himmlische Musik hören.

»Wer das größte Vergnügen an diesen Aktivitäten findet, erörtern wir später«, schlug sie vor, nahm das Tablett von ihrem Schoß und stellte es auf den Boden. Dabei präsentierte sie die schönen Konturen ihres Körpers, den anmutigen Schwung ihrer Hüften, die perfekt geformten Schenkel, seidenglattes helles Fleisch.

Angesichts dieser betörenden weiblichen Reize knöpfte Jack hastig sein Hemd auf. War es möglich, in einem wollüstigen Rausch zu sterben? Jedenfalls wollte er's versuchen.

Am selben Morgen analysierten Sarah Palmer und ihre Tante Bella bei heißer Schokolade und gezuckerten Erdbeeren die Ereignisse des vergangenen Abends und ließen kein gutes Haar an Miss Duras.

»Was fasziniert die Männer so an ihr?«, jammerte Sarah. »Sie ist viel zu groß.«

»Und sie hat riesige Brüste, wie eine Bäuerin.« Wohlgefällig schaute Bella auf ihre eigene, kaum wahrnehmbare Oberweite hinab.

»Ich glaube, ihr Haar ist gefärbt.« In dieser Hinsicht besaß Sarah gewisse Erfahrungen, da sie ihre blonden Locken der Friseuse ihrer Tante verdankte.

»Wie auch immer, das Biest ist steinreich«, klagte Bella, die keineswegs in idealen finanziellen Verhältnissen lebte, da ihr Mann allabendlich einen Spielsalon aufsuchte.

»Glaubst du etwa, Jack interessiert sich für ihr Geld?« Entsetzt überlegte die junge Dame, wie ihr Held einer so banalen Verlockung erliegen könnte.

»Sei nicht albern! Er braucht ihr Vermögen nicht. Aber einige andere Männer, die Miss Duras umschwärmen, hätten eine reiche Ehefrau dringend nötig.«

»Und was sieht er sonst in ihr?« Verwirrt runzelte Sarah die Stirn.

»Da ich Jack kenne, muss sie ihn im Bett befriedigen ... Heb dir diese gespielte moralische Entrüstung für deine Mutter auf. Glaubst du, ich wüsste nicht, was du mit deinem Tanzlehrer treibst? Nicht, dass ich's dir übel nehme. Vincenzo ist bildhübsch.« Hätte die Nichte nicht mit ihm geschlafen, würde Bella ihm ihre Gastfreundschaft anbieten.

Sarah rümpfte die Nase. »Leider zeigt Jack keinerlei erotisches Interesse an mir.«

»Wie er mir einmal erklärt hat, hält er nichts von jungen Mädchen.«

»Will er denn keine Familie gründen? Auf dem Heiratsmarkt gibt's nur junge Mädchen.«

»Deshalb stecken wir ja die Köpfe zusammen, Darling – weil wir einen Plan schmieden müssen.«

Zum ersten Mal an diesem Morgen lächelte Sarah. »O Tante Bella, sag mir doch, was ich tun muss, um Jack einzufangen. Ich will ihn unbedingt haben.«

»So wie jede Frau, die ihn sieht, Schätzchen. Aber du darfst nicht verzweifeln«, fügte Bella rasch hinzu, als sie die unglückliche Miene ihrer Nichte bemerkte. »Wir werden Mittel und Wege finden.« Natürlich hatten schon viele Frauen versucht, Jack vor den Traualtar zu schleppen. Doch sie glaubte, dass ihr wirksamere Methoden einfallen würden. Hatte sie ihren Ehemann nicht auch eingefangen, nachdem er zwanzig Jahre lang ein eingefleischter Junggeselle gewesen war. »Zunächst sollten wir die Duchess of Groveland besuchen. Jack vergöttert seine Patentante. Also kann's nicht schaden, wenn wir uns mit ihr anfreunden.«

»Worüber soll ich denn mit ihr reden? Sie ist so *alt.*«

Nachsichtig lächelte Bella das Mädchen an. »Was sagt man zu einer Dame, die man für sich einnehmen will? Schmeicheleien! Und man wählt ein Gesprächsthema, das ihr gefällt. Wie ihr Patensohn liebt Peggy Hexton Pferde. Also unterhalten wir uns über das Derby.« Sie warf ihrer Nichte einen warnenden Blick zu. »Und kein unfreundliches Wort über Miss Duras, verstanden?«

»Ich hasse diese Französin!«, zischte Sarah.

»Insgeheim kannst du sie nach Herzenslust verabscheuen. Aber in der Öffentlichkeit wirst du dich höflich benehmen. Wahrscheinlich schläft der Marquess in diesem Moment mit ihr.«

»Hüte deine Zunge, Tante!«

Lady Tallien hatte ihr eigenes Interesse an Jack und die geteilten Liebeswonnen niemals erwähnt. Davon brauchte das Mädchen nichts zu wissen. »Man muss der Realität ins Auge blicken, Darling. In dieser Männerwelt können wir Frauen nur überleben, wenn wir die Tatsachen akzeptieren. Glaubst du, ich frage Charles, wo er seine Nächte verbringt?«

»Wenn ich mit Jack verheiratet bin, lasse ich ihn abends nicht weggehen«, verkündete Sarah in entschiedenem Ton.

»Wie süß! Dann wünsche ich dir viel Glück.« Als könnte irgendjemand Jacks laszive Neigungen eindämmen ... Sobald die Französin verschwunden war, wollte Bella ihre Liaison mit dem Marquess wieder aufnehmen. Selbst wenn er Sarah heiraten sollte.

»Er braucht einfach nur eine Frau, die ihn liebt«, seufzte das Mädchen.

»Vielleicht hast du Recht, Schätzchen.« Bella wies nicht auf die zahllosen Frauen hin, die ihn schon geliebt hatten. »Und deshalb müssen wir ihn dazu bringen, dich zu heiraten.« Eines Tages musste der Marquess kapitulieren. Sein Titel und sein Vermögen würde den Palmers sehr gelegen kommen. Und für Bella wäre es wundervoll, ihn in ihrer unmittelbaren Nähe zu wissen.

An diesem Nachmittag empfing die Duchess of Groveland zwei unerwartete Besucherinnen. Während sie ihre Überraschung verbarg, hielten sich ihre anderen Gäste nicht zurück.

»Wenn das nicht die kleine Sarah ist, Peggy!«, rief Lady Hester Stanley, ihre älteste Freundin. »Und Bella ... Falls Sie Jack suchen, er ist nicht hier.«

Peggy unterdrückte ein Lächeln über diese unverblümte Äußerung und Lady Tallien runzelte ärgerlich die Stirn. »Natürlich haben wir nicht erwartet, Jack am Teetisch anzutreffen, Lady Hester«, erwiderte sie bissig. »Es sei denn, er hätte seine Gewohnheiten geändert.«

»Das wissen Sie sicher besser als wir, meine Liebe«, flötete Lady Hester.

Hochmütig musterte Bella ihre alte Widersacherin. »Wenn ich auch mit ihm befreundet bin – er informiert mich nicht über seine täglichen Aktivitäten.«

»Uns auch nicht«, betonte die Duchess, um eine unangenehme Szene zu vermeiden. »Jack tut, was ihm beliebt ... Wie hübsch Sie aussehen, Sarah! Dieses Rosa passt perfekt zu ihrem blonden Haar.«

»Vielen Dank, Lady Groveland«, erwiderte Sarah höflich. Bella überwand ihren Zorn und schenkte der Gastgeberin ein sanftes Lächeln.

Nachdem Peggy ihrer alten Freundin einen warnenden Blick zugeworfen hatte, bot sie den neuen Besucherinnen Platz am Teetisch an. »Setzen Sie sich doch zu uns!«, bat sie mit einer bühnenreifen Geste. »Wir haben uns schon seit einer Ewigkeit nicht mehr unterhalten.«

An diesem Nachmittag lockte das Groveland House noch weitere Gäste an. Die Szene im Ballsaal der Darlingtons erregte die Neugier mehrerer Damen. Dass der Marquess of Redvers die ohnmächtige Miss Duras zu seiner Kutsche getragen hatte, konnte man im Übrigen einfach nicht ignorieren.

Natürlich erkundigte sich niemand, wohin die beiden gefahren waren. Aber die Frage hing fast greifbar in der Luft, wie ein Gewitter, das sich in einer schwülen Sommernacht zusammenbraut. Deshalb erörterte man einige Themen, die indirekt damit zusammenhingen.

»Wie ich höre, kennt die Familie der schönen Miss Duras den Marquess schon sehr lange«, bemerkte eine Dame in neckischem Ton.

Vielsagend hob eine ältere Besucherin die Brauen. »Ein paar Sekunden lang dachte ich, Groten und Redvers würden sich prügeln.«

»Kein Wunder!«, erwiderte eine Matrone mit gedämpfter Stimme. »Der Marquess erwähnte Grotens Geliebte. Das habe ich deutlich gehört.«

»Was sagte er denn?«

Begierig beugten sich mehrere Damen auf ihren Stühlen vor.

»Das kann ich wirklich nicht wiederholen. Vielleicht genügt die Erklärung, dass Jack die Geliebte des Earls, die in Chelsea wohnt, recht gut kennt.«

»In Chelsea?«, murmelten einige Frauen wie aus einem Mund.

»Dort wird sie von Groten ausgehalten«, ergänzte die Informantin.

»Nun, Junggesellen verfolgen wohl auf der ganzen Welt die gleichen Interessen«, meinte die Duchess gelassen. »Zweifellos kommt es immer wieder zu Rivalitäten ... Wer möchte noch etwas Tee?«

»Jedenfalls beschützt der Marquess die Französin«, verkündete die Dame, die offenbar Informationen aus erster Hand besaß, und ignorierte Peggys Versuch, das Thema zu wechseln. »Er hat Groten unmissverständlich erklärt, er würde nicht gestatten, in fremden Revieren zu wildern.«

»Wie lächerlich das alles ist!«, fauchte Bella. »Inzwischen müssen dem armen Marquess die Ohren klingen.«

»Das glaube ich auch«, stimmte die Duchess zu. »Will jemand beim Derby auf mein Rennpferd setzen? Im Training ist es fabelhafte Zeiten gelaufen.«

»Wenn du nicht über deinen Patensohn reden willst, Peggy, dürfen wir noch ein bisschen über die schöne Französin tratschen?«, fragte Lady Hester boshaft.

»Über sie wissen wir noch weniger. Also können wir nur vage Spekulationen anstellen.«

»Wie prüde du heute bist, Peggy … Wie wär's mit Lily?«, fuhr Lady Hester eifrig fort. »Wenn Frances eine gute Partie für ihre Tochter finden will, muss sie ihr gehörig den Kopf waschen. Gestern Abend hat sie Jack viel zu schöne Augen gemacht.«

Schließlich akzeptierte Peggy das lebhafte Interesse an den Ereignissen des vergangenen Abends. Aber sie wich den Fragen aus, die man ihr stellte, verriet möglichst wenig und behauptete, sie wisse nichts über Jacks Beweggründe oder Motive. Um der Affäre, die so beharrlich diskutiert wurde, wenigstens eine gewisse Schicklichkeit zu verleihen, erläuterte Sie: »Miss Duras' Vater und Jacks Onkel waren gut befreundet. Also gehört sie gewissermaßen zur Familie. Und ich glaube, die beiden haben viel miteinander gemein.«

»Gewissermaßen zur Familie!«, höhnte Bella, als sie etwas später mit Sarah das Groveland House verließ. »Viel gemein!« Wie sie bestürzt festgestellt hatte, teilte sie ihr Interesse an Jacks Lebenswandel mit den meisten Damen der Londoner Gesellschaft. Und ihre Empörung über seine unangemessene Liaison wuchs. »Diese französische Hure!«

»Vielleicht sind sie wirklich nur befreundet, Tante

Bella«, meinte Sarah unbefangen. Sie besaß ein schlichtes Gemüt und verstand nichts von subtilen Finessen. »Das scheint die Duchess anzunehmen. Zum Glück mussten wir nicht über Rennpferde reden. Darüber war ich wirklich froh, weil ich diese Tiere einfach nicht voneinander unterscheiden kann.«

Verblüfft über so viel Naivität, starrte Lady Tallien ihre Nichte an.

»Und du weißt auch nichts über Rennpferde«, fügte das junge Mädchen hinzu. »Also schau nicht so drein!«

»Um Rennpferde kümmere ich mich nicht. Ich will nur Jack Fitz-James' Ring an deinem Finger sehen. Glaub mir, Jack und die Französin sind nicht miteinander *befreundet* – ganz egal, was Peggy Hexton behauptet. Die beiden sind ein Liebespaar. Begreifst du das?«

»Wieso bist du dir da so sicher, obwohl seine Patentante eine andere Ansicht vertritt? Zweifellos kennt sie ihn am besten.« Herausfordernd reckte Sarah das Kinn hoch. »Wie kannst du's denn so genau wissen?«

»Ich weiß es eben.«

»Und wenn du dich irrst? Vielleicht sind die beiden gar nicht zusammen.«

»Was meinst du wohl, warum die Damen der Duchess mit aller Macht Informationen entlocken wollten?«

»Keine hat die beiden als Liebespaar bezeichnet.«

Mühsam bezwang Bella ihren Zorn. »Soll ich's dir beweisen?«

»Das ist sicher überflüssig.« Jetzt geriet auch Sarah in Wut. »Selbst wenn sie zusammen sind – du hast gesagt, die Französin sei eine Hure. Also wird er sie wohl kaum heiraten. Mama hat mir erklärt, kein Gentleman würde eine Hure zum Traualtar führen.«

»Was immer deine Mutter sagt – wenn eine Frau schwerreich ist, übersieht die Gesellschaft ihre Indiskretionen.«

»Soll das etwa heißen – er wird sie heiraten?«, fragte Sarah atemlos.

»Genau das will ich herausfinden.«

Beunruhigt runzelte Sarah die Stirn. »Können wir denn gar nichts tun? Ich will ihn für *mich* haben!«, verkündete sie mit kindlichem Eifer.

»Vielleicht sollten wir nach Gloucestershire fahren und Castlereagh besuchen.«

»Oh, mein Gott!« Entsetzt riss Sarah ihre blauen Augen auf. »Glaubst du, er hat sie dorthin gebracht?«

»Möglich wär's …«

»Aber er *kann* sich nicht mit ihr auf seinem Landsitz aufhalten. Das würde bedeuten …«

»Dass er's ernst meint.« Mit kühler Stimme vollendete Bella den Satz. »Morgen reisen wir ab.«

Ein anderes Gespräch, das etwa zur gleichen Zeit in London stattfand und das Jacks besorgter Vetter mit seinem Anwalt führte, drehte sich um dasselbe Thema.

»Da Redvers nie zuvor ein so starkes Interesse an einer Frau zeigte, missfallen mir die Ereignisse auf dem Darlington-Ball. Wegen dieser Französin hätte er sich beinahe mit Groten geprügelt.« Ärgerlich kräuselte Trevor Mitchell, ein dunkelhaariger kleiner Mann, die Lippen. »Wenn Fitz-James heiratet, muss ich alle meine Hoffnungen begraben.«

Die Finger unter dem Doppelkinn aneinander gelegt, beobachtete der Anwalt seinen vielversprechenden Klienten. »Wieso waren Sie eingeladen?« Normalerweise bewegte sich der Mann, der ihm gegenübersaß, nicht in den allerersten Gesellschaftskreisen.

»Als Mitglied der Familie Redvers genießt man gewisse Privilegien.«

»Wie ich höre, hat Lady Darlington Sie sehr freundlich aufgenommen.«

»Wahrscheinlich will sie Jack für ihre Tochter einfangen. Und so hielt sie es für einen klugen Schachzug, die wenigen Verwandten des Marquess einzuladen.«

»Sieht so aus. Was Ihre Erwartungen betrifft – wäre es nicht denkbar, dass er dieser Französin einfach nur besondere Aufmerksamkeit schenkt?«

»Hätten Sie ihn gestern Abend beobachtet, wären Sie nicht so sorglos, Percy. Er ließ diese Miss Duras kaum aus den Augen. Mit jeder Minute sah ich meine Chancen auf seinen Titel und sein Vermögen in weitere Ferne rücken.«

»Sind Sie sicher?« Die wachsamen Augen des Anwalts verengten sich.

Nervös rutschte Trevor auf seinem Stuhl umher und umklammerte die Armstützen. »So sicher, wie ich vor dem letzten Abend glaubte, die maßlosen Ausschweifungen würden meinen Vetter noch vor seinem dreißigsten Geburtstag ins Grab bringen.«

»Hm ...« Nun musterte Mr. Percy seinen aufgeregten Klienten etwas unbehaglicher. Honorable Mr. Mitchell würde kostspielige finanzielle und juristische Ratschläge benötigen, wenn er den Marquess beerbte. Deshalb hatte der Anwalt viel zu verlieren.

»Man müsste Fitz-James observieren.«

»Um herauszufinden, wo und wie er einen Unfall erleiden könnte?« Grinsend entblößte Trevor seine gelben Zähne, die seine Vorliebe für türkische Zigaretten verrieten.

»Solche drastischen Maßnahmen sind vorerst überflüssig«, entgegnete Harold Percy, der sich auf Familien- und Vormundschaftsangelegenheiten von eher zweifelhafter Natur spezialisiert hatte. »Wären Sie bereit, Ihren Vetter zu besuchen?«

»Natürlich – wenn ich wüsste, wo er steckt! Gestern Abend verließ er den Ball ziemlich überstürzt, die ohnmächtige Französin auf den Armen.«

»Tatsächlich?«, murmelte der Anwalt, über den eher nachlässigen Umgang des Marquess mit seinen Gespielinnen genauso gut informiert wie alle Leute, die sich für die Indiskretionen der fashionablen Welt interessierten. »Vor aller Augen?«

»Ungeniert trug er sie die Treppe hinab und durch die Haustür.«

»Ich müsste auskundschaften, wo er sich derzeit aufhält. Falls man ihm an diesem Ort einen Höflichkeitsbesuch abstatten kann, sollten Sie feststellen, ob er mit dieser Liaison ernsthafte Absichten verbindet.«

»Wie auch immer, ich will meine Hoffnungen noch nicht aufgeben.«

»Das verstehe ich. Möglicherweise wird Redvers seinen alten Lebenswandel wieder aufnehmen, wenn die Dame verschwindet.«

»Oder sie lässt sich zur Abreise überreden«, ergänzte Trevor in unheilvollem Ton.

»Kommen wir den Problemen nicht zuvor.« Percys Nasenflügel zitterten, als versuchte er, verschiedene Möglichkeiten zu wittern und gegeneinander abzuwägen. »Eins nach dem anderen. Ich werde ein paar Männer auf den Fall ansetzen. Sobald wir den Marquess aufgespürt haben, sondieren Sie die Lage.«

»Beeilen Sie sich, wenn ich bitten darf!«, seufzte Trevor missgelaunt. »Ich will nicht bis zu seiner Hochzeit warten.«

An diesem Nachmittag, während Venus und Jack im Mittelpunkt allgemeiner Aufmerksamkeit standen, fuhren sie bereits nach Castlereagh, als wollten sie vor tückischen Verfolgern fliehen.

Jack rekelte sich in einer Ecke der gepolsterten Sitzbank seiner Kutsche und Venus lag auf ihm, zwischen seinen gespreizten Beinen. Einen Fuß stemmte er gegen den Boden, um das Gleichgewicht zu halten. Rhythmisch wiegten die rollenden Räder die beiden umher und verstärkten das Wohlbefinden. Venus in den Armen zu halten, dachte er, einfach himmlisch …

»Werde ich auf deinem Landsitz nicht für Unruhe sorgen?«, fragte sie leise, drehte sich zur Seite und schaute zu ihm auf.

»Nachdem du mein Leben ohnehin schon durcheinander gebracht hast, wird's nicht so schlimm sein«, erwiderte er und küsste ihre Stirn.

»Auch du hast mein Leben völlig verändert.«

»Offensichtlich sind wir füreinander bestimmt.«

»Zumindest für die unmittelbare Zukunft«, meinte sie lächelnd.

»Hm …« Vorerst würde er sich nicht von ihr trennen. »Irgendwie habe ich das Gefühl, du wirst mir beim Derby Glück bringen.«

»Wenn ich hier bleibe.«

Aber ein gewisser Unterton in ihrer Stimme ermutigte ihn und so entgegnete er leichthin: »Also muss ich mir was einfallen lassen, um dich in England festzuhalten.«

»Und ich muss entscheiden, ob mir deine Vorschläge gefallen.«

»Darüber unterhalten wir uns in Castlereagh. Dort bist du eine Tagesreise von London entfernt – und meiner Begierde hilflos ausgeliefert.«

Ihre Augen strahlten. »Klingt sehr verlockend ...«

»Freches, lüsternes kleines Ding!«

»Würdest du's vorziehen, wenn ich anders wäre?«

»O nein!«, erwiderte er grinsend. »Manchmal bilde ich mir ein, ich wäre im Paradies gelandet.«

»Oder du hast mich ins Paradies entführt, Mylord«, konterte sie spielerisch.

»Vielleicht sollte man die Grundbegriffe der Religion neu überdenken.« Er zog sie noch fester an sich. In seinen dunklen Zigeuneraugen erschien ein nachdenklicher Ausdruck. »Verdammt noch mal«, flüsterte er, »du musst bis zum Derby einfach hier bleiben.«

»Wenn ich deinen Rappen reiten darf ...«

»Das wird man dir nicht erlauben. Der Jockeyclub hat strenge Regeln aufgestellt.«

»Nur im Training.«

»Ist das alles?« An Frauen, die so wenig forderten, war er nicht gewöhnt.

»Soll ich noch mehr verlangen?«

»Was immer du willst, wenn du nur hier bleibst.«

»So sehr liebst du mich?«

Er zögerte. Ein solches Geständnis hatte er noch nie abgelegt. Aber Venus' zärtlicher Blick beglückte ihn auf seltsame Weise. »So sehr liebe ich dich. Was ich besitze, gehört dir.«

Seine Großzügigkeit entzückte sie ebenso wie sein warmherziges Lächeln. Außer seiner Gesellschaft wünschte sie sich nichts. Aber die Erkenntnis, dass er ihre Gefühle erwiderte, erfüllte sie mit heißer Freude. »Sicher werde ich den Urlaub auf deinem Landsitz genießen.«

»Ich werde dir ganz Castlereagh zeigen und dich mit den Nachbarn bekannt machen.«

»*Nachdem* mir ein Teil meiner Garderobe nachgeschickt wurde«, betonte sie und zeigte auf ihr zerknittertes Ballkleid.

»Im Dorf gibt's tüchtige Schneiderinnen. Morgen bestellen wir eine ins Haus. Sie soll ein paar Sachen für dich nähen, damit du was zum Anziehen hast, bis dein Gepäck eintrifft.«

»Von meinem bisherigen schamlosen Verhalten abgesehen – ich weiß nicht, ob ich so kühn bin. Was werden deine Nachbarn denken, wenn sie die Klatschgeschichten hören? Und das lässt sich wohl kaum vermeiden.«

»Warum soll mich meine Kusine nicht besuchen – eine harmlose alte Jungfer?«

»Oh, besten Dank! Ich bin nur ein Jahr älter als du.«

»Auf dem Heiratsmarkt gehörst du schon zum alten Eisen«, scherzte er. »Stell dir vor, was für ein amüsantes Theater wir spielen werden. Wenn ich dich als meine unverheiratete Kusine vorstelle, ersticke ich alle bösartigen Gerüchte im Keim.«

»Hoffentlich … Mir wär's lieber, wir würden auf Castlereagh ein eher zurückgezogenes Leben führen.«

»Was immer du willst. Ich überlasse die Entscheidung dir.«

»Erteilst du mir eine Blankovollmacht?«

»Um dir für die Freude zu danken, die du mir schenkst, erlaube ich dir *alles*.«

»Jetzt weiß ich, warum dich so viele Frauen anbeten.«

»Deshalb nicht. Du bist die erste, der ich solche Privilegien zugestehe.« Abrupt wechselte er das Thema, als hätte er zu viel gesagt, und sprach von seinem Rennpferd.

Darauf ging Venus bereitwillig ein, von ähnlich beunruhigenden Gefühlen geplagt – und von der schmerzlichen Gewissheit, dass die Beziehung nur von kurzer Dauer sein würde. Im Konversationston tauschten sie Informationen über ihre Rennpferde, Stallungen und Jockeys aus. Und während der restlichen Fahrt an diesem sonnigen Nachmittag führten sie nur mehr unverfängliche Gespräche.

10

Unterdessen fanden in London hektische Aktivitäten statt. Sowohl Bella als auch Percy beauftragten Dienstboten, Lord Redvers' und Miss Duras' Personal auszuhorchen. Dabei ging Lady Talliens Zofe, die in beiden Häusern mehrere Dienstmädchen kannte, sehr diskret vor. Die Männer, die für den Anwalt arbeiteten, luden die Lakaien zu Drinks in den benachbarten Pubs ein und entlockten ihnen alle nötigen Informationen.

Eines Morgens verließen zwei Kutschen die Stadt und fuhren in Richtung Cheltenham, mit gleichermaßen besorgten Insassen. Während der Reise leerte Jacks Vetter eine Flasche, um seine Nervosität zu bekämpfen.

Der Marquess hatte die Französin tatsächlich nach Castlereagh gebracht – ein böses Omen, da er normalerweise keiner seiner Liebhaberinnen erlaubt, auch nur in die Nähe seines Landsitzes vorzudringen.

Wie Trevor wusste, bevorzugte Jack auf Castlereagh, das er direkt von seinem Großvater geerbt hatte, seine Einsamkeit, genoss Ruhe und Frieden. In diesem Refugium spielten die unangenehmen Erinnerungen an seinen Vater keine große Rolle. Und jetzt hatte ihn Miss Duras dorthin begleitet.

Obwohl Bella über Jacks familiäre Situation nicht so gut informiert war, erkannte sie, welche Gefahr sich aus seinem Entschluss ergab, seine liebste Zufluchtsstätte gemeinsam mit der Französin aufzusuchen. »Noch nie hat er eine Frau nach Castlereagh mitgenommen«, erklärte sie ihrer Nichte empört. »Nie!«

»Dann müssen wir ihr einen Strich durch die Rechnung machen.« Mit zitternden Fingern zerknüllte Sarah ihr Taschentuch. Hilflos starrte sie ihre Tante an, die ihr in der Kutsche gegenübersaß. »Aber wie?«

Dieses Thema war schon mehrmals erörtert worden. Doch die junge Sarah konnte sich keine Fakten merken, die über den Schnitt und die Farbe eines Kleids oder banale Klatschgeschichten hinausgingen.

»Das entscheiden wir, wenn wir in Castlereagh ankommen und sehen, was in den letzten beiden Tagen geschehen ist.«

»Und wenn er sich eine Sonderlizenz beschafft hat, um dieses Biest möglichst schnell zu heiraten?«

»Zweifellos wäre eine so sensationelle Neuigkeit schon längst bis nach London gedrungen ...« Bella holte tief Atem, um sich zu beruhigen. »Allem Anschein nach hat er seinen Verstand nicht restlos verloren. Noch nicht.« Aber ihre Sorge galt eher der Frage, ob Jack sich verliebt hatte. Dass er womöglich verheiratet war, kümmerte sie nicht. Im *beau monde* gab es keine treuen Ehemänner, es sei denn ... Schon wieder ging ihr das grässliche Wort ›Liebe‹ durch den Sinn.

»Wenn er die Französin satt hat, kann ich ihn immer noch heiraten«, meinte Sarah. »Und sie wird ihn doch bald langweilen, nicht wahr?« Für Sarah war Bella die höchste Instanz in solchen Fragen. Da ihre Mama leidenschaftlich gern Whist spielte, blieb ihr wenig Zeit für mütterliche Pflichten.

»Mal sehen, was wir tun können, um diese Entwicklung zu beschleunigen. Zuerst müssen wir dem Marquess einen höflichen Besuch abstatten. Vergiss nicht – wir haben uns ganz spontan zu dieser Reise entschlossen, weil wir der hektischen Saison für ein paar Tage entrinnen wollen. Im Augenblick bist du zu müde, um an gesellschaftlichen Veranstaltungen teilzunehmen, und Farleigh House liegt im benachbarten County – nicht weit entfernt.«

»Wie klug du bist, Tante Bella! Dass dir das eingefallen ist ... Natürlich, Farleigh House! Perfekt! Keine Bange, ich werde meine Rolle großartig spielen – eine völlig erschöpfte, überforderte Debütantin. Du wirst stolz auf mich sein. Schau doch mal ...« Stöhnend sank sie in die Polsterung und betrachtete ihre Tante durch gesenkte Wimpern.

»Übertreib's nicht!«, mahnte Bella. »Sonst wird Jack Lunte riechen. Hin und wieder ein leiser Seufzer – das genügt vollkommen.«

»Oh, ich kann sehr gut seufzen.«

»Und sei bloß höflich zu dieser Französin!« Als Lady Tallien den Schmollmund ihrer Nichte bemerkte, drohte sie: »Wenn du's nicht versprichst, lasse ich dich einfach im Wagen sitzen und gehe allein ins Haus.«

»Schon gut«, murmelte Sarah missmutig.

»Wenn du Jack für dich gewinnen willst, musst du dich tadellos benehmen. Außerdem wäre er sehr ungehalten, wenn du Miss Duras kränken würdest. Mit unserem Besuch werden wir ohnehin Verdacht erregen. Also dürfen wir nichts tun, was den Marquess in seinem Argwohn bestärken könnte.«

Widerstrebend gab sich Sarah geschlagen und glättete mit fahrigen Händen ihre Röcke. Dass sie ihrer Rivalin freundlich begegnen sollte, gefiel ihr ganz und gar nicht.

»Heute Abend musst du in aller Ruhe deine Pläne für den Besuch schmieden. Wir werden Cheltenham zu spät erreichen, um noch auf Castlereagh vorzusprechen. Deshalb übernachten wir in einem Gasthof und morgen klopfen wir an Jacks Tür.«

»Selbstverständlich werde ich mich gut benehmen«, gelobte Sarah. »Immerhin ist Lord Redvers die beste Partie weit und breit. Und wenn es meinen Interessen dient, werde ich sogar ein französisches Flittchen freundlich behandeln.«

»Wunderbar, Schätzchen! Aber täusch dich nicht in Miss Duras. Da sie einer wohlhabenden, einflussreichen Familie entstammt, ist sie gewiss kein Flittchen. Und nachdem sie Jacks Zuneigung gewonnen hat, müssen wir ihr allen gebotenen Respekt zollen.«

An diesem Abend quartierten sich in beiden Gästesuiten des Barset Arms Reisende ein, die nach Castlereagh fahren wollten. Zufällig sprach eine Dienerin darüber, als sie den beiden Damen im kleinen Salon mit Aussicht auf den Garten das Dinner servierte, und sie erwähnte auch den Namen des anderen Gastes.

»Was hat Jacks Vetter hier zu suchen?« Verwirrt runzelte Bella die Stirn, sobald sich die Tür hinter der Frau geschlossen hatte. Aber das konnte sie sich denken.

»Frag ihn doch«, schlug Sarah in kindlicher Unschuld vor.

Bella bezweifelte, dass ihr diese plumpe Strategie nützen würde. Und so überlegte sie, wie sie am besten vorgehen sollte. Letzten Endes beschloss sie, Mr. Mitchell nach dem Dinner zu einem Glas Portwein einzuladen – eine harmlose freundliche Geste, durchaus üblich, wenn sich zwei Bekannte auf einer Reise begegneten.

Als ihm die Einladung übermittelt wurde, erschrak er. Steuerten die Damen dasselbe Ziel an wie er? Wenn sich die leichtfertige Lady Tallien während der Londoner Saison aufs Land begab, musste ein Mann dahinter stecken. Und in der Nähe von Castlereagh konnte das niemand anderer sein als sein Vetter Jack. Er fluchte, nagte an seiner Unterlippe und wünschte, Percy wäre mit ihm hierher gefahren und würde ihn beraten. Natürlich konnte er die Einladung nicht ablehnen, ohne Verdacht zu erregen. Also stärkte er sich mit einem weiteren Glas Rum. Wenige Minuten später klopfte er an die Tür der beiden Damen, die von einer strahlenden Bella geöffnet wurde.

»Kommen Sie doch herein, Mr. Mitchell«, gurrte sie und sein Misstrauen wuchs.

Aber sie sprach nur über banale Dinge und er begann sich zu entspannen. Außerdem schmeckte der Portwein ausgezeichnet und ihr freizügiges Dekolletee reizte seine Sinne.

Nach einiger Zeit neigte sie sich vor, bot ihm einen noch tieferen Einblick und flüsterte: »Wenn sich meine Nichte zurückgezogen hat, möchte ich Ihnen eine Frage stellen.«

Eine so offenkundige Einladung konnte kein Mann mit normalen Bedürfnissen zurückweisen, nicht einmal der linkische, ungehobelte Mr. Trevor Mitchell. Er schenkte sich noch etwas Portwein ein. Während er sein Glas leerte, wanderten seine Augen zwischen der jungen Dame, die hoffentlich bald zu Bett gehen würde, und Lady Talliens üppigem Busenansatz hin und her.

Endlich kündigte Sarah an, nun würde sie sich zur Ruhe begeben. Auch Trevor Mitchell stand auf. Schwankend verneigte er sich vor der jungen Dame. Als seine Gastgeberin die Stirn runzelte, murmelte er eine Entschuldigung und glättete seine rote Weste, die fast die gleiche Farbe aufwies wie seine Wangen.

»Setzen Sie sich!«, befahl Bella in scharfem Ton, nachdem Sarah im angrenzenden Schlafzimmer verschwunden war. Nun ließ die Lady ihre höfliche Maske fallen. »Jetzt reicht's«, fügte sie hinzu und entfernte die Portweinkaraffe aus Trevors Reichweite. »Für das Gespräch, das wir jetzt führen werden, brauchen Sie Ihren klaren Verstand.«

Beklommen wich er ihrem strengen Blick aus und sank in seinen Sessel zurück.

»Warum sind Sie hier?«, fragte sie unverblümt.

Es dauerte eine Weile, bis er stockend und stammelnd eine Erklärung abgab, die er für plausibel hielt.

»Die Wahrheit, wenn Sie so freundlich wären!«, fauchte Bella. »Wie alle Welt weiß, pflegen Sie Jack nicht zu besuchen. Er verachtet Sie.«

Empört über diese rüde Behauptung, fasste er Mut und entgegnete: »Was meine Pläne betrifft, bin ich weder Ihnen noch sonst jemandem Rechenschaft schuldig. Und glauben Sie vielleicht, ich wüsste nicht, warum *Sie* diese Reise unternehmen? Mitten in der Saison, mit einem heiratsfähigen Mädchen … Suchen Sie hier draußen auf dem Land einen Ehemann für Ihre Nichte?«

Mit diesen Worten traf er den Nagel auf den Kopf. Das wusste er, sobald er Bellas verkniffenes Lächeln sah.

»Wenn Sie's schaffen, eine Zeit lang nüchtern zu bleiben, könnten wir einander helfen«, schlug sie vor.

»Partnerschaften können gefährlich sein.« Obwohl er immer noch ein bisschen lallte, war sein Gehirn nicht mehr benebelt. Durchdringend starrte er Bella an.

»Natürlich wären wir keine Partner – nur Verbündete, für eine kleine Weile«, betonte sie und lächelte verschwörerisch. »Sicher sind Sie wegen dieser Frau hier.«

»Und wenn das stimmt?«

»Dann würde ich Sie für sehr vernünftig halten. Immerhin bedroht sie Ihre Zukunft.«

»Um das zu verhindern, brauche ich Ihre Hilfe nicht, Lady Tallien.«

»Oh, doch – falls ich Jack auf Ihre zweifellos unlauteren Absichten hinweise.«

»Vermutlich würde er Ihnen nicht glauben. Und selbst wenn – er kennt meine Beweggründe.«

»Aber vielleicht weiß er nicht, wie fest Sie entschlossen sind. Nachdem Sie einen Anwalt von Harold Percys Kaliber engagiert haben …«

»Was wissen Sie über Percy?«

»Mein Mann ist zwanzig Jahre älter als ich, dem Alkohol und – anderen Amüsements verfallen. Deshalb brauche ich einen guten Anwalt, der meine finanziellen Interessen schützt.« In gespielter Unschuld hob sie die Brauen. »Eines Tages erwähnte er zufällig, Sie würden zu seinen Klienten zählen.«

»Dieser verdammte Kerl …«

»Erschrecken Sie nicht, Mitchell. Der gute Percy und ich sind alte Freunde. Solche Informationen würde er wohl kaum in alle Welt hinausposaunen.«

»Was zum Teufel hat er Ihnen sonst noch erzählt?«

»Nichts Besonderes. Kein Grund zur Sorge. Ich finde nur, es wäre nützlich, wenn wir einander auf Castlereagh in die Hände spielten. Überlegen Sie doch, wie seltsam es aussehen wird, wenn wir morgen beide auf Jacks Schwelle stehen. Deshalb sollten wir uns eine plausible Erklärung ausdenken.«

»Die gibt's nicht. Und er wird uns ohnehin rauswerfen.«

»Wenn wir die Köpfe zusammenstecken, fällt uns vielleicht was ein. Irgendwie müssten wir ihn veranlassen, uns willkommen zu heißen.«

Trevor lachte grimmig. »Hat er Sie um den Verstand gebracht? Unser Anblick wird ihm gründlich missfallen.«

»Jetzt habe ich eine Idee«, murmelte Bella. »Wen müsste er empfangen?«

»Sogar der Königin würde er die Tür weisen.«

»Auch dem Bürgermeister von Cheltenham, der ihm mitteilen würde, jemand habe eine beträchtliche Summe für eine neue Rennbahn gespendet?«

»Natürlich nicht. Jack ist ganz versessen auf den Rennsport. Aber wie wollen Sie das hinkriegen?«

»Kein Wunder, dass Sie's nicht schaffen, Ihrem Vetter eine größere Apanage aus der Tasche zu ziehen ... Sie haben überhaupt keine Fantasie. Der edle Spender möchte anonym bleiben. Und wir beide folgen dem Bürgermeister auf den Fersen. Wie viel sollte der anonyme Wohltäter spenden?«

»Schauen Sie mich nicht an! Dank meinem Vetter bin ich ziemlich knapp bei Kasse.«

Nachdenklich kräuselte Bella die Lippen. »Ich verkaufe eins von Sarahs Halsbändern. Davon besitzt sie genug und deshalb wird sie eins oder zwei nicht vermissen. Sicher können Sie einen Juwelier auftreiben, Mitchell, wenn Sie schon keinen anderen Beitrag leisten.«

»Sie tragen ja auch nichts bei. Also steigen Sie von Ihrem hohen Ross runter.«

»Bemühen Sie sich nicht, ich suche mir selber einen Juwelier!«, knirschte Bella. »Aber ich nehme an, Sie wollen dem Bürgermeister nach Castlereagh folgen?«

»Ja.«

Die Hände auf den Tisch gestützt, stand sie auf. »Und falls Miss Duras' Abreise aus England beschleunigt wird, hätten Sie wohl auch nichts dagegen.«

Verwirrt zuckte Trevor zusammen. Hatte sein Anwalt dieser tückischen Lady zu viel verraten? Und jetzt? Würde er sich womöglich um Kopf und Kragen reden? »Was meinen Sie?«, fragte er vorsichtig.

»Wie viel wär's Ihnen wert, wenn die Französin verschwinden würde?«

»Nicht viel – falls Sie meinen Vetter zwei Minuten später mit Ihrer Nichte verheiraten. Nein, Lady Tallien. Von einer solchen Partnerschaft halte ich nichts«, erklärte er brüsk und stand auf, von der Angst getrieben, er hätte sich vielleicht kompromittiert.

»Für mich spielt's keine Rolle, ob Sarah ihn heiratet oder nicht. Aber Ihnen würde es gewisse Vorteile bringen, sollte er weiterhin ledig bleiben. Was würden Sie mir dafür zahlen? Sind Sie interessiert?«

»Was können Sie schon tun?«

»Nun, ich würde ihm Sarah vom Leib halten.«

»Die heiratet er sowieso nicht.«

»Und wenn ihr Vater ihn dazu zwingt?«

»Das klingt nach einer Intrige, die sich nur eine Frau ausdenken kann.«

»Wie sich's anhört, ist mir egal. Sollte diese Intrige zum Erfolg führen, werden Sie niemals den Titel eines Marquess tragen. Sarah wünscht sich viele Babys.«

Eindringlich musterte er Bellas Gesicht, als könnte er hinter ihre ausdruckslose Maske schauen. »Darüber müssten wir reden.«

»Sehr gern.«

»Morgen, wenn ich nüchtern bin.« Um solche Machenschaften zu erörtern, brauchte er einen klaren Kopf.

»Bevor ich einen Juwelier und den Bürgermeister aufsuche. Überlegen Sie bis dahin, was Sie investieren wollen.« Lächelnd dachte sie an Percy. Schon des öfteren hatte er ihr gute Dienste geleistet. Alle Männer, die ihre Gunst genossen, nützten ihr in den verschiedensten Lebenslagen.

In dieser Welt musste eine Frau, die keiner reichen Familie entstammte und keinen großzügigen Ehemann hatte, ihre Fantasie beanspruchen. Und ein bisschen zusätzliches Geld konnte Bella stets gebrauchen.

Am nächsten Morgen erwachte Trevor mit heftigen Kopfschmerzen. Aber trotz seines elenden Zustands erkannte er, was ihm die Zusammenarbeit mit Bella einbringen könnte. Zusätzlich hatte er nichts zu verlieren. Seine eigenen Absichten musste er nicht enthüllen und der Lady nur helfen, ihren Plan durchzuführen. Wenn es ihr tatsächlich gelang, Redvers von einer Heirat abzuhalten, würde sich die Mühe lohnen.

Schon nach wenigen Minuten einigten sie sich auf einen Preis. Vorerst brauchte er nur eine kleine Anzahlung zu leisten, den Rest würde er ihr in monatlichen Raten aushändigen. Dass sie ihm einen Vertrag zur Unterschrift vorlegte, beunruhigte ihn. Andererseits war der Text ziemlich unklar formuliert und so würde er sich notfalls herauslavieren können. Ein typisches Bündnis zwischen zwei hinterlistigen, misstrauischen Menschen, die dringend Geld brauchten …

Um den Bürgermeister zu betören, versprühte Bella ihren ganzen Charme. Verlegen und geschmeichelt hörte er ihr zu. In seiner ländlichen Welt war er nicht an vornehme Londoner Damen gewöhnt und deshalb eine leichte Beute. Bevor sie sich verabschiedete, verpflichtete sie ihn zum Stillschweigen, was ihre Rolle als Vermittlerin bei der Spendenaktion betraf. »Die Wohltäterin möchte nicht, dass die Öffentlichkeit von ihrer Begeisterung für den Rennsport erfährt. Das verstehen Sie doch, Sir.« Beschwörend drückte sie seine Hand. »Um unseren guten Ruf zu bewahren, müssen wir Frauen uns auf Gentlemen Ihrer Sorte verlassen.«

»Keine Bange, Lady Tallien.« Als sie durch gesenkte Wimpern zu ihm aufblickte, färbte sich sein Gesicht feuerrot. »Bei mir ist Ihr Geheimnis sicher. Lord Redvers wird nur von der wundervollen Spende erfahren, die uns zu einer neuen Rennbahn verhilft.«

»Wie kann ich Ihnen jemals danken, Sir … Sollten

Sie jemals nach London kommen, müssen Sie mich unbedingt besuchen – natürlich mit Ihrer Frau«, fügte sie neckisch hinzu, und so verstand er sehr gut, was sie meinte.

»Das ist – sehr freundlich von Ihnen, Mylady, und ich – ich …«

»Vielleicht sehen wir uns später noch einmal«, unterbrach sie sein Gestammel. »Meine Nichte und ich möchten Lord Redvers besuchen. Hoffentlich werden Sie nicht ausplaudern, dass wir uns bereits getroffen haben.«

»Meine Lippen sind versiegelt, Mylady.«

Aber der Bürgermeister errötete dennoch heftig und verschüttete beinahe seinen Brandy, als an diesem Nachmittag ein Lakai den Salon von Castlereagh betrat und den Besuch der Damen Palmer meldete.

Zu Venus gewandt, murmelte Jack ärgerlich: »Ich hab's ja gesagt – es wäre besser gewesen, der Butler hätte dem Bürgermeister erklärt, wir seien nicht daheim.« Was hatten Bella und Sarah hier zu suchen, so weit von ihren üblichen Jagdgründen entfernt?

»Bald sind wir sie alle los«, wisperte Venus. »Du bist mit dem Bischof verabredet.«

Lächelnd nickte er ihr zu. Geriet sie jemals aus der Fassung? Etwas gelassener blickte er den beiden Damen entgegen, die den kostbaren Savonnerie-Teppich* überquerten, und beschloss, den Besuchern noch etwa zehn Minuten zu gönnen, ehe er diese Groteske beendete.

---

* franz. Teppichmanufaktur, gegründet 1627

Während er Bella und Sarah mit dem Bürgermeister bekannt machte, wunderte er sich über das Unbehagen des Mannes. Vielleicht verwirrten die beiden fashionablen Damen das schlichte Gemüt eines Menschen, der auf dem Land lebte. Aber wie Jack voller Genugtuung erkannte, stellte Venus die beiden trotz ihres einfachen Musselinkleids, das ihr die Dorfschneiderin geliehen hatte, in den Schatten. Am nächsten Morgen würde ihr die Frau drei neue Kleider bringen.

»Es überrascht mich, Sie hier anzutreffen, Miss Duras«, bemerkte Bella leichthin.

»So wie es mich überrascht, Sie so weit von London entfernt zu sehen, Lady Tallien«, erwiderte Venus und spürte Jacks Schenkel, der ihren streifte, als er sich zu ihr auf das Sofa setzte. Die prüfenden Blicke der Besucherinnen bestärkte das Bewusstsein der Intimität, die sie beide verband.

»Da ich auf Castlereagh ein Hospital bauen möchte, hat Miss Duras versprochen, mich zu beraten«, erklärte Jack.

Der Butler goss der Tante und der Nichte Tee ein. Doch das nahmen sie gar nicht wahr. Unverwandt starrten sie das Paar auf dem Sofa an.

»Wie charmant«, meinte Bella. Ihre Stimme klang fast unhöflich, obwohl sie Sarah so eindringlich ermahnt hatte, sich taktvoll zu benehmen. In ihrer Brust brannte wilde Eifersucht. Diese verdammte Frau saß beinahe auf Jacks Schoß.

Nun entstand ein drückendes Schweigen, das der Bürgermeister hastig brach. »Ich bin gekommen, um Lord Redvers gute Neuigkeiten zu berichten«, begann er nervös. »In der Tat, sehr gute Neuigkeiten ...«

Um dem armen Mann aus der Verlegenheit zu helfen, lächelte Venus mitfühlend und verkündete: »Jemand möchte eine beträchtliche Summe für eine neue Rennbahn in Cheltenham spenden. Und der Bürgermeister war so freundlich, Jack darüber zu informieren.«

»Wie nett ...« Unbarmherzig ignorierte Bella die Aufregung des Bürgermeisters.

»Was für eine Rennbahn?«, fragte Sarah, aus guten Gründen nicht in das Komplott eingeweiht.

»In Cheltenham«, antwortete Jack.

»Diese Rennen sind immer sehr gut besucht«, betonte der Bürgermeister. Nachdem Bella ihm einen vernichtenden Blick zugeworfen hatte, presste er die Lippen zusammen, und Jack überlegte, ob er die zehn Minuten auf acht verkürzen sollte.

Doch da fragte Venus liebenswürdig: »Haben Sie Ihre erste Saison bisher genossen, Miss Palmer? Ich erinnere mich sehr gern an die meine.«

»O ja, das alles macht viel mehr Spaß als die Schule und der Klavierunterricht, obwohl ich meine Tanzstunden liebe und meine neuen Kleider ...«

»Allerdings fühlt sich Sarah in letzter Zeit etwas müde«, fiel Bella ihrer Nichte abrupt ins Wort. »Deshalb wollen wir ein paar Tage im Farleigh House bleiben, um uns zu erholen.«

In ihrer Begeisterung hatte Sarah vergessen, Venus zu hassen, die ihr sogar liebenswert erschien. Außerdem war ihr entfallen, welche Rolle sie spielen musste. Von der Tante ermahnt, lehnte sie sich in ihrem Sessel zurück und murmelte mit schwacher Stimme: »Ja, ich war völlig erschöpft. Im Farleigh House werde ich Ruhe finden.«

Jack kämpfte gegen seinen Lachreiz an und bewunderte Venus, die eine erstaunliche Geduld bewies. »Das verstehe ich«, entgegnete sie. »In meiner ersten Saison war ich auch manchmal müde, weil sich die gesellschaftlichen Ereignisse geradezu überstürzten.«

»Nicht wahr? Jeden Abend Bälle oder Dinnerpartys, von Nachmittagstees und musikalischen Matineen ganz zu schweigen. An gewissen Tagen muss ich mich fünfmal umziehen ...« Ein weiterer strafender Blick brachte Sarah zum Schweigen.

»Da sehen Sie, wie nervös das arme Mädchen ist.« Bella lächelte gezwungen. »Bis vor kurzem war Sarah so ruhig und gelassen.«

»Nun, das überrascht mich nicht«, entgegnete Venus. »Du weißt ja, Jack, was die bedauernswerten Debütantinnen durchmachen.«

»Gewiss«, stimmte er zu. Nun musste der Besuch möglichst bald ein Ende nehmen, sonst würde er in schallendes Gelächter ausbrechen. Doch dann wurde ein weiterer Besuch angekündigt, der ihm sofort die Laune verdarb. Noch bevor sein Vetter den Raum ganz betreten hatte, bemerkte der Marquess brüsk: »Du hast dich ziemlich weit von Devon entfernt.«

»Ja, ich bin auf dem Weg nach Norden, zu einer Wandertour im Lake Country.«

»Tatsächlich?«

»Ich brauche frische Luft und Bewegung«, erklärte Trevor und musterte die Französin, die bei Tageslicht noch viel besser aussah. Bei ihrem Anblick beschleunigte sich sein Puls. »Und da ich gerade in der Nähe war ...«

»Ist dir schon wieder das Geld ausgegangen?«

»Nein – obwohl ich natürlich nichts dagegen hätte,

wenn du mein Taschengeld ein bisschen aufbessern würdest.«

»Darüber musst du mit meinen Bankiers reden.«

»Die tun nur, was du ihnen sagst.«

Da es dem Marquess widerstrebte, dieses Thema zu erörtern, fragte er: »Also besuchst du mich aus anderen Gründen?«

»Darf ich ohne bestimmte Veranlassung nicht hierher kommen?«

»Welchen Weg wollen Sie auf Ihrer Wandertour nehmen, Sir?«, fragte Venus höflich, um die gespannte Atmosphäre zu lockern.

»So genau habe ich's noch nicht geplant. Werden Sie England bald verlassen, Madam?«

Verärgert über seinen indiskreten Vetter, beschloss Jack, ihm eins auszuwischen, und wandte sich zu Venus. »Sollen wir unsere erfreuliche Neuigkeit verraten, Darling?«

Bereitwillig ging sie auf sein Spiel ein. »Diese Entscheidung überlasse ich dir, Liebster.«

Lächelnd ergriff er ihre Hand. »Es ist mir eine große Ehre, meine Verlobung mit Miss Duras bekannt zu geben.«

Angesichts der versteinerten Mienen beglückwünschte er sich zu seinem spontanen Einfall.

»Wie ich gestehen muss, war ich genauso verblüfft wie Sie«, erklärte Venus. »Obwohl wir uns erst seit kurzer Zeit kannten, machte Lord Redvers mir einen Heiratsantrag. Aber es war eine wundervolle Überraschung.« Als sie sein Lächeln erwiderte, schienen ihre grünen Augen Funken zu sprühen.

»Die Liebe hat mich überwältigt«, verkündete Jack dramatisch, während Bella und Trevor überlegten, ob er schon am frühen Nachmittag betrunken war.

»Unmöglich!«, kreischte Sarah. »Tante Bella! Hast du nicht gesagt, Lord Redvers würde mi …«

»Nun, ich deutete an, er würde auch noch diese Saison als Junggeselle überstehen«, wurde sie von Lady Tallien unterbrochen. »Offensichtlich habe ich mich geirrt«, fügte sie hinzu und starrte Jack misstrauisch an. »Steht das Hochzeitsdatum denn schon fest?«

»Das müssen Miss Duras und ich noch besprechen.«

»Allzu lange möchte sich Lord Redvers nicht mehr gedulden.« Zärtlich drückte Venus seine Hand. »Nicht wahr, Liebling?«

»Unter diesen Umständen …« Seine Lippen verzogen sich zu einem breiten Grinsen. »Je früher wir heiraten, desto besser.«

Entgeistert schnappte Lady Tallien nach Luft.

»Was?«, schrie Sarah und sah ihre Tante erbleichen.

»Nichts, meine Liebe«, würgte Bella hervor. »Natürlich müssen wir gratulieren«, fügte sie hinzu, obwohl sie dem strahlenden Paar am liebsten die Pest an den Hals gewünscht hätte. Abrupt stand sie auf. »Komm, Sarah, wir haben noch einen weiten Weg vor uns.«

Auch Trevor erhob sich. »Dürfte ich mit Ihnen fahren? Wenigstens ein paar Meilen …«

»Selbstverständlich«, erwiderte Bella und ballte die behandschuhten Hände. »Guten Tag, Lord Redvers – Miss Duras …« In ihrer Stimme schwang unverhohlener und sarkastischer Zorn mit.

Nachdem die unwillkommenen Gäste den Salon verlassen hatten, unterhielt sich Jack noch eine Weile mit dem Bürgermeister über die bevorstehenden

Pferderennen. Dann entschuldigte er sich, schützte eine Verabredung vor und begleitete den Mann zu dessen Kutsche hinaus. Er mochte den Bürgermeister, der wie so viele Landedelmänner die Jagd, seine Pferde und Zechgelage in heiterer Atmosphäre liebte. Endlich wieder mit Venus allein, spürte er, wie seine gute Laune zurückkehrte. Als er den Salon betrat, pfiff er fröhlich vor sich hin.

»Welch eine Überraschung ...« Venus prostete ihm mit ihrem Sherryglas zu. »Nun sind wir also verlobt. Musstest du einen so brisanten Vorwand wählen, um deine Gäste loszuwerden?«

Lässig zuckte er die Achseln. »Diesen Schock haben sie verdient, nachdem sie so dreist waren, uns zu überfallen und unsere Privatsphäre zu stören. Offensichtlich wollten sie herausfinden, wie wir zueinander stehen.«

»Du bist furchtbar boshaft ...« Erwartungsvoll blickte sie zu ihm auf. Allein schon der Anblick seines kraftvollen Körpers erregte sie.

»Trotzdem magst du mich – oder vielleicht gerade deswegen«, entgegnete er, setzte sich zu ihr aufs Sofa und streichelte besitzergreifend ihren Schenkel.

»Heißt das etwa, ich bin unmoralisch?«, fragte sie und schlang die Arme um seinen Hals.

»Ja, glücklicherweise.« Sein Finger strich über ihre volle Unterlippe. »Da ich dich seit ...«, nachdenklich runzelte er die Stirn, »... seit mindestens dreißig Minuten nicht mehr geliebt habe – könnte ich dich für dieses kleine, aber komfortable Sofa interessieren?«

»Und die Dienstboten?« Wenn die Tür zur Halle auch geschlossen war, so konnte doch jederzeit jemand eintreten.

»Würde es dir gefallen, wenn sie zuschauen?«

»Ich meine – wird man uns stören?«

»Nur wenn du so laut schreist, dass die Leute glauben, du würdest Hilfe brauchen.«

»Und ansonsten sind sie – gut geschult?«, fragte sie etwas pikiert.

»Schau mich nicht so an! Normalerweise bringe ich keine Frauen hierher – was dir aufgefallen sein muss, als das Personal bei unserer Ankunft Maulaffen feilhielt.«

»Ja, das war sehr amüsant.« Besänftigt küsste sie seine Wange.

»Hat's dir Spaß gemacht?«

»Natürlich, Darling. Wie man mir versichert hat, war es eine bemerkenswerte Leistung, den berüchtigten Marquess of Redvers in die Knie zu zwingen.«

»Wer hat das gesagt?«, fragte er verwirrt.

»Die Zofe, die du mir zugeteilt hast. Hattie kennt alle Klatschgeschichten, die sich mit deiner illustren Person verbinden. Übrigens sind alle Hausmädchen in dich verliebt.«

Stöhnend verdrehte er die Augen. »Glaub nicht alles, was du hörst.«

»Aber es stimmt.« Venus lächelte schelmisch. »Wie Hattie mir anvertraut hat, wecken deine amourösen Eskapaden die schönsten Hoffnungen und brennendsten Wünsche. Wenn du's wolltest, könntest du dir in Castlereagh einen Harem halten.«

Verlegen schnitt er eine Grimasse. »Das hat Hattie nur erfunden. Keine Ahnung, wieso – wo ich die Hausmädchen doch nicht einmal anschaue.« Der skandalöse Hang seines Vaters zum Personal hatte den Marquess veranlasst, sich von allen Dienerinnen fern zu halten. In dieser Hinsicht unterschied er sich von den meisten Aristokraten, die ihre Hausmädchen als Freiwild betrachteten.

»Also genieße ich auf Castlereagh deine ungeteilte Aufmerksamkeit.«

Zärtlich streichelte er ihren Rücken. »Nur du erregst meine Sinne.«

»Welch ein charmantes Geständnis aus dem Mund eines notorischen Schürzenjägers …«

»Dafür wirst du mich sicher belohnen.«

»Ah – du schmeichelst mir mit gewissen Hintergedanken.« Ihre Finger schlangen sich in sein dunkles Nackenhaar.

»An deiner Seite hege ich immer Hintergedanken. Und da ich von dir besessen bin, musst du sicher nicht lange überlegen, was ich will.«

»Erscheint dir diese überwältigende Leidenschaft ebenso seltsam wie mir?«

»O ja. Doch das hindert mich nicht daran, unsere Liebesstunden zu genießen.«

»Ein Hedonist* ersten Ranges …«

»Nun, ich habe jahrelang Erfahrungen gesammelt.«

»Zu meinem Glück.«

»Zu *unserem* Glück.«

»Freuen wir uns daran – zumindest, bis die nächsten neugierigen Besucher auftauchen, um herauszufinden, ob Lady Tallien den Verstand verloren hat.«

Ärgerlich schüttelte Jack den Kopf. »Wenn das nächste Mal jemand vor der Tür steht, sind wir nicht da – ganz egal, wer es ist.«

---

* Hedonist – ein Mensch, für den die Erfüllung der Lust das höchste Lebensziel ist.

Ihre Fingerspitze glitt über seine Wange. »Du weißt doch, dass der Erfolg unseres kleines Täuschungsmanövers nicht lange anhalten wird. Bald muss ich unsere Verlobung lösen.«

»Noch lange nicht«, protestierte er. »Erst mal muss ich mich von den Bellas dieser Welt erholen.«

»Oder von den jungen Sarahs. Die Ärmste hätte dich so gern zum Traualtar geschleppt und sie war ganz verzweifelt, als sie ihre Felle davonschwimmen sah.«

»Erspar mir die jungen Sarahs, diese dummen Gänse! Da ziehe ich intelligente Frauen von deinem Format bei weitem vor.«

»Meine Eltern haben großen Wert auf meine Ausbildung gelegt.«

»Vielleicht ist das der Grund, warum ich dich so begehrenswert finde.«

Kokett klimperte sie mit den Wimpern. »Das nehme ich an. Mit meiner geistreichen Konversation habe ich schon viele Männer entzückt.«

Der Gedanke, Venus' Anziehungskraft könnte nicht nur auf ihren erotischen Reizen beruhen, irritierte Jack. Bis jetzt hatte er weibliche Gesellschaft immer nur gesucht, um sein körperliches Verlangen zu stillen.

Von solchen beunruhigenden Gefühlen irritiert, verdrängte er sein Unbehagen. Er hielt eine schöne, hingebungsvolle Frau in den Armen und es gab angenehmere Dinge zu tun, als zu überlegen, was sich in seinem Leben verändert hatte.

»Sag doch …«, begann er gedehnt und knöpfte ihr Kleid auf. »Glaubst du, Lord Russells* Kabinett wird

---

* □Russell, John, 1. Earl, 1792-1878, britischer Premierminister

in dieser Sitzungsperiode irgendwelche Reformmaßnahmen ergreifen?«

»Zunächst werde *ich* Maßnahmen ergreifen«, wisperte Venus. »Wollen wir uns auf den Teppich legen? Dieses Sofa ist viel zu schmal.«

»Was für eine zauberhafte Konversation …«

»Soll ich dich mit einem wissenschaftlichen Vortrag auf den Gipfel der Lust führen?«

»Da fällt mir was Besseres ein«, entgegnete Jack belustigt. »Wenn du willst, zeige ich's dir, auf dem Teppich.«

11

»Glauben Sie, er wird dieses Biest wirklich heiraten? Obwohl er's eben erst kennen gelernt hat? Nicht, wenn ich's verhindern kann!« In unheilvoller Entschlossenheit beantwortete Bella diese Frage selbst und starrte ihren Reisegefährten, der ihr in der Kutsche gegenübersaß, wütend an.

»Welch ein erschreckender Gedanke …« Jacks Vetter kaute an seiner Unterlippe. »Vielleicht bleibt uns nicht mehr viel Zeit – wenn Sie verstehen, was ich meine.«

»Ich werde mir was ausdenken«, murmelte sie, eifrig bestrebt, Jack Fitz-James zurückzuerobern. »Jetzt mag er von Liebe sprechen. Aber diese Gefühle sind sicher nicht von Dauer. Bisher hat's noch keine Frau geschafft, ihn länger als ein paar Wochen zu fesseln.«

»Wenn du ihn dazu kriegst, mich zu heiraten, schenke ich dir meine Juwelen«, versprach Sarah flehend. Nacht für Nacht drehten sich ihre romantischen Träume um den attraktiven Marquess, den sie um jeden Preis für sich gewinnen wollte.

Nicht, dass Bella einen zusätzlichen Anreiz brauchte, um ihre selbstsüchtigen Interessen zu verfolgen – aber ein so lukratives Angebot konnte sie natürlich nicht ablehnen. »Was für ein süßes Kind du bist … Mal sehen, was ich tun kann. Wenn du Lady Redvers heißt und mit einem der reichsten Männer von England verheiratet bist, wirst du alle Juwelen besitzen, die dein Herz begehrt.« Und ich bekomme meinen Liebhaber zurück, ergänzte Bella in Gedanken.

»O ja …«, hauchte Sarah und malte sich ein Leben in verschwenderischem Luxus aus.

Trevor räusperte sich ärgerlich. »Wenn Sie sich entsinnen, Lady Tallien – wir haben ein Geschäft zu besprechen.«

»Keine Bange, Mr. Mitchell, das ist mir nicht entfallen«, erwiderte Bella und brachte ihn mit einem warnenden Blick zum Schweigen. »Darüber reden wir, sobald wir in London angekommen sind.«

»Fahren wir nicht zum Farleigh House?«, fragte Sarah.

»Wir hatten niemals vor, das Farleigh House aufzusuchen.«

Kichernd presste das junge Mädchen eine Hand auf den Mund. »Oh, das hatte ich ganz vergessen.«

»In Zukunft werde ich für uns beide denken …«

»Und mich mit Lord Redvers verheiraten«, fügte Sarah fröhlich hinzu, in unerschütterlichem Vertrauen auf die Fähigkeiten ihrer Tante.

Was diese Heirat betraf, war sich Bella nicht ganz so sicher. Aber in ihrer Fantasie nahm ein verlockender Plan Gestalt an, der allerdings einen Verzicht auf das Abkommen mit Jacks Vetter bedeuten würde. Nun, sie musste die finanziellen Vorzüge beider Möglichkeiten sorgfältig gegeneinander abwägen. In der Zwischenzeit brauchte sie Mitchells Kooperation – zumindest, bis sie eine Entscheidung getroffen hatte. »Treffen wir uns in ein paar Tagen mit Percy«, schlug sie vor, »und erörtern wir unsere gemeinsamen Interessen.«

Trevor war nicht so dumm, um sich einzubilden, Lady Tallien würde auch nur einen Gedanken an *seine* Interessen vergeuden. Auch er erwog verschiedene andere Möglichkeiten, wie man die Heirat seines Vetters verhindern könnte. Aber von solchen Überlegungen wollte er nichts verraten, ebenso wenig wie seine ›Verbündete‹. Nach der Begegnung mit Percy würde er feststellen, ob er sie noch brauchte.

Und so planten zwei habgierige, ruchlose Seelen die Zukunft des Marquess und ihre eigene.

Von derlei Machenschaften vorerst unbehelligt, verbrachte das Liebespaar idyllische Tage auf Castlereagh. Fast unentwegt liebten sie sich, als wären ihnen die Grenzen der Zeit schmerzlich bewusst, als wollten sie jeden einzelnen Augenblick ihres Glücks auskosten und in der Erinnerung festhalten. Wenn sie Jacks Suite gelegentlich verließen, auf der Terrasse im Sonnenschein saßen, durch den Garten wanderten, am Ufer des Sees picknickten oder wie übermütige Kinder im Wasser tobten, nickten die Dienstboten einander vielsagend zu. Endlich hatte der Marquess eine Braut gefunden.

In diesen Tagen schmiedeten sie auch Pläne für die Hospitäler, die Jack auf allen seinen Landgütern errichten wollte. Manchmal gesellte sich sein Verwalter hinzu und lauschte aufmerksam, während Venus die Architektur beschrieb, die solche Gebäude erforderten, und auf die benötigten medizinisch-technischen Einzelheiten hinwies. Eines Morgens inspizierten sie den Bauplatz, den Jack für seine erste Klinik in Castlereagh gewählt hatte. Danach sprachen sie mit mehreren Dorfbewohnerinnen, erkundigten sich, ob sie gern als Krankenschwester und Hebammen arbeiten würden, und stellten zwei ortsansässige Ärzte ein.

Erstaunt und entzückt über Venus' Fachkenntnisse, geriet Jack immer tiefer in ihren Bann. Mit jedem Tag wuchs seine Faszination. Wenn sie nach dem Dinner auf der Terrasse saßen und einen seiner edlen Cognacs genossen, diskutierten sie über die verschiedenartigsten Themen – Politik und Finanzen, Reisen und Kunst.

An Bord der Duras-Schiffe hatte Venus viel von der Welt gesehen. Dank der politischen Interessen ihres Vaters hatte sie einige historische Ereignisse miterlebt, die sie dem Marquess schilderte. Auch er wusste viel zu erzählen. Was die schönsten Sehenswürdigkeiten auf Erden betraf, waren sie einer Meinung – die Pyramiden und das Parthenon im Mondlicht.

Da sich beide für die Börse interessierten, verglichen sie die Wachstumsraten ihrer Eisenbahn- und verschiedenen Fabrikaktien. Ein andermal besprachen sie den Machtverlust Chinas und der Türkei. Sogar von der Landwirtschaft verstand Venus eine ganze Menge, da sie die Landgüter ihres Vaters oft besucht und sich Kenntnisse angeeignet hatte, über die nur wenige Frauen aus ihrer Gesellschaftsschicht verfügten.

Natürlich stand die gemeinsame Leidenschaft für Pferderennen oft im Mittelpunkt ihrer Diskussionen.

»Du redest wie ein Mann«, bemerkte Jack eines Abends belustigt.

»Nein, Darling, wie eine Frau«, widersprach Venus.

Nachdenklich musterte er sie über den Rand seines Cognacschwenkers hinweg. »Wie keine andere Frau, die ich kenne.«

»Vielleicht solltest du deinen Horizont erweitern«, neckte sie ihn.

»Im Augenblick ziehe ich meinen begrenzten Horizont vor«, erwiderte er und schenkte ihr noch etwas Cognac ein. Sein Lächeln erwärmte ihr Herz und weckte wehmütige Sehnsucht. Wie wundervoll seine markanten Züge im silbernen Mondlicht aussahen …

Hastig verdrängte sie ihre gefährlichen Emotionen. Mit einem Mann wie Jack durfte sie sich nicht ernsthaft einlassen – das wäre völlig sinnlos. »An diese wunderschönen Tage auf Castlereagh werde ich immer gern zurückdenken.«

Die Stirn gerunzelt, stellte er die Karaffe ab. »Vorerst musst du hier bleiben.«

»Da du mir so viel Freude bereitest, will ich dich gar nicht verlassen.«

»Sehr gut.«

»Aber nach dem Derby muss ich nach Hause fahren. An Bord meines Schiffs wird die neue Ausrüstung den Krankenhäusern in Paris nichts nützen.« Außerdem dauerten die Affären des Marquess niemals allzu lange. Und sie würde lieber von sich aus gehen, bevor er ihr den Laufpass gab. Das war sie ihrem Stolz schuldig. »Wahrscheinlich wird dein Rappe das Rennen gewinnen«, fügte sie lächelnd hinzu. »Ich möchte eine ziemlich hohe Summe auf ihn wetten.«

»Damit setzt du mich unter Druck«, beschwerte er sich, aber er erwiderte ihr Lächeln.

»Vergiss bloß nicht den Druck, den die Klatschmäuler auf uns ausüben werden! Auf dem Derby dürfte unsere Verlobung im Mittelpunkt des Interesses stehen.«

»Darauf freue ich mich schon.«

»Schamloser Provokateur!«

»Überleg doch mal, wie viel Spaß das machen wird. All die spitzen Zungen und Seitenblicke, gar nicht zu reden von den unverblümten Fragen, die uns die eifrigsten Klatschbasen stellen werden ...«

»Lass dich warnen! Aus mir kriegen sie kein Wort heraus. Ich will kein Öl ins Feuer gießen, das du so dreist entzündet hast.«

»Welch ein Wunder! Ausgerechnet *du* wirst den Mund halten? Das erträgst du nicht. Sollen wir wetten?«

»Glaubst du, ich kann nicht schweigen?«

»Das *weiß* ich. Sobald man uns mit Fragen bestürmt, wirst du die Beherrschung verlieren.«

»Eigentlich sollte ich dich mit dieser sensationslüsternen Bande allein lassen.«

»Und das ganze Amüsement verpassen?«

Als sie lachend den Kopf schüttelte, funkelten ihre diamantenen Ohrringe im Mondschein. »Es könnte recht interessant werden, das gebe ich zu.«

»Interessant? Ein viel zu milder Ausdruck, Darling. Ich rechne mit einem wilden Angriff blutrünstiger Goten und Vandalen.«

In gespieltem Entsetzen drohte sie ihm mit dem Finger. »Dafür werde ich dich zur Rechenschaft ziehen.«

»Auch das noch! Wo ich dir doch ohnehin schon die schönsten Tage meines Lebens schulde!«, sagte er und prostete ihr grinsend zu.

Die völlig unerwartete Nachricht von der Verlobung des Marquess of Redvers hatte die Londoner Gesellschaft zutiefst erschüttert. Lauthals machten die Mütter heiratsfähiger Töchter ihrer Empörung Luft. Sämtliche Damen, die Jacks Bett geteilt hatten, beklagten den Verlust seiner betörenden Liebeskünste, und zahlreiche Gentlemen erschraken zu Tode. Wenn nicht einmal Redvers, der Leithammel aller eingefleischten Junggesellen und Schürzenjäger, vor Amors Pfeil sicher war – wie sollten seine schwächeren Geschlechtsgenossen der Gefahr entrinnen?

Statt die vulgäre Neugier der *Hautevolee* zu teilen, trafen sich die Intriganten, denen Jacks Verlobung aus persönlichen und materiellen Gründen missfiel, eines Nachmittags in Percys Büro. »Glauben Sie, Redvers will diese Frau wirklich heiraten?«, fragte der Anwalt.

Lady Tallien und Trevor Mitchell schauten ihn mit kalten Augen an, als zweifelten sie an seinem Verstand.

»Sind Sie sicher?«, fuhr er fort. »Falls es nur ein Täuschungsmanöver ist, möchte ich keine überstürzten Maßnahmen ergreifen.«

»Verdammt, Mann, Sie *müssen* etwas unternehmen!«, stieß Trevor hervor. »Bedenken Sie, was auf dem Spiel steht! Allerdings verlange ich eine Garantie von Ihnen, Lady Tallien«, fügte er mit einem misstrauischen Blick in Bellas Richtung hinzu. »Arbeiten Sie mit uns zusammen oder nicht? Ihre Nichte scheint zu vermuten, Sie würden ihr Redvers auf einem Silbertablett servieren.«

»Weil sie jung und dumm ist. Nehmen Sie etwa allen Ernstes an, ich könnte ihn zwingen, sie zu heiraten?«

»Also gut, dann sind wir uns einig«, bemerkte

Percy in versöhnlichem Ton, um die beiden Kontrahenten wieder zu besänftigen. »Da wir wissen, wie mühsam es wäre, Redvers unter Kontrolle zu bringen, sollten wir uns auf die Französin konzentrieren.«

»Wie denn?« Herausfordernd musterte Bella das ausdruckslose Gesicht des Anwalts. Wenn es nach ihr ginge, müsste Venus Duras für immer in der Versenkung verschwinden.

»Wir entfernen sie aus dem Blickfeld des Marquess.«

»Denken Sie an eine Entführung?«

»Oder ich erkläre ihr einfach, in Frankreich wäre sie besser aufgehoben. Da die Familie Duras weit reichenden Einfluss gewonnen hat, müssen wir vorsichtig mit der Dame umgehen.«

»Bringen Sie die verflixte Hexe doch einfach um und lassen Sie ihre Leiche verschwinden!«, schlug Trevor grimmig vor.

»Falls Sie die Tat nicht selber verüben wollen, woran ich zweifle, bedenken Sie bitte, wie schwierig es ist, vertrauenswürdige Meuchelmörder zu finden. Da setze ich lieber meine Überredungskünste ein – eine erprobte Methode.«

»Hoffentlich können Sie ihr Angst einjagen«, warf Bella skeptisch ein. »Diese Frau besitzt ein ungeheueres Selbstvertrauen.«

»Überlassen Sie alles Weitere mir.« Harold Percy war ein Meister seines Handwerks und darauf spezialisiert, unliebsame Mitmenschen zu bedrohen und einzuschüchtern.

»Wie Sie's anfangen, ist mir völlig egal«, erklärte Trevor, »solange Sie unverzüglich die Initiative ergreifen. Was soll geschehen, wenn Fitz-James auf

Castlereagh heiratet, vor seiner Rückkehr nach London?«

»Noch hat er keine Lizenz beantragt. Das haben meine Männer überprüft.«

»Vielleicht gibt es tatsächlich einen Gott im Himmel«, murmelte Trevor erleichtert. »Tun Sie was, verdammt! So schnell wie möglich!«

Bella erhob sich aus ihrem Sessel und rückte ihren Hut zurecht. »Geben Sie mir Bescheid, wenn ich Ihnen irgendwie helfen kann, Percy. Wenn ich mir auch sicher bin, dass Sie die Angelegenheit erfolgreich abwickeln werden.« Sie lächelte kühl. »Jetzt müssen Sie mich entschuldigen. Ich werde bei einem Hauskonzert erwartet.«

Nachdem sie die Tür hinter sich geschlossen hatte, fauchte Trevor: »Diesem Biest traue ich nicht über den Weg. Eigentlich dachte ich, die Lady würde sich etwas hilfsbereiter zeigen.«

»Sorgen Sie sich nicht um Bella«, erwiderte Percy. »Wir haben schon des Öfteren ähnliche Vereinbarungen getroffen.«

»So?«, fragte Trevor argwöhnisch.

»Ja. Ich werde mich um sie kümmern. Mehr muss ich nicht dazu sagen. Wahrscheinlich wird's eine Woche dauern, höchstens zwei. Beruhigen Sie sich, Mr. Mitchell, der Marquess wird diese Frau nicht heiraten.«

Davon war Bella genauso fest überzeugt wie Percy, aber aus Gründen, die nicht mit der Diskussion in seinem Büro zusammenhingen. Sie wollte Jack mit ihrer Nichte verheiraten.

Am Erfolg ihres Plans zweifelte sie keine Sekunde lang.

Und um diesen Plan zu verwirklichen, brauchte sie weder den Anwalt noch Mitchell. Aber es konnte niemals schaden, ausreichend Informationen über die Absichten eines Konkurrenten zu sammeln.

12

Nur ein einziger Eindringling durfte die friedliche Ruhe von Castlereagh stören, obwohl Venus heftig dagegen protestierte.

»Mrs. Prichett wartet im Südsalon, also musst du sie empfangen«, beharrte Jack. Über dieses Thema stritten sie schon seit einigen Tagen. Erbittert wehrte sich Venus gegen seine Großzügigkeit, vor allem aber gegen die Besuche der schwatzhaften Schneiderin, die ihre Sensationslust nicht verbergen konnte.

»Mit einer so ...«, sie suchte nach einem geeigneten Wort, »... so provinziellen Person will ich nichts zu tun haben. Eine Pariser Couturière würde die Liaisons ihrer Kundschaft ignorieren.«

»Wenn wir Zeit hätten, würde ich natürlich eine Schneiderin aus London oder sogar Paris hierher bestellen. Bitte, Darling, tu mir den Gefallen. Danach wirst du Mrs. Prichett nie wiedersehen. Die Kleider sind schon seit Tagen fertig. Und ich möchte dir so gern was kaufen.«

»Ich kann meine Garderobe selbst bezahlen.«

»Diskutieren wir nicht übers Geld. Ich weiß, du bist finanziell unabhängig. Aber ich wäre so glücklich, wenn ich dir was schenken dürfte.«

»Diese selbstgerechte Person!«, murmelte Venus. »Ich hasse solche Leute.«

»Wenn ich dir verspreche, dass sie dir höflich begegnen wird – darf ich sie dann herauf führen? Sie hat mehrere Kleider zur Anprobe mitgebracht, auch ein kirschrotes, das fabelhaft zu deinem Teint passen müsste.«

»Soll ich etwa wie eine Hure aussehen?«

»Solange du nur *meine* süße kleine Hure bist ...«, erwiderte er feixend. »Nun? Empfängst du Mrs. Prichett?«

»Ich bin viel zu müde, um mich mit einer albernen Schneiderin abzuplagen, die mich dauernd provoziert.«

»Diesmal wird sie dich nicht provozieren, das schwöre ich dir.« Jack legte die Hände auf ihre Schultern und schaute ihr flehend in die Augen. »Tu's mir zuliebe.«

»Für dich tue ich ohnehin schon so viel«, seufzte sie und zog einen Schmollmund.

Angesichts ihrer unersättlichen sexuellen Gelüste, die er nicht nur letzte Nacht, sondern an allen Tagen ihrer Bekanntschaft unablässig gestillt hatte, fand er, dass er auch sehr viel für *sie* tat. Aber um des lieben Friedens willen erwiderte er diplomatisch: »Ich weiß, Darling, du bist völlig selbstlos.«

»Und du ein unverbesserlicher Lügner, aber einfach hinreißend ...«, entgegnete sie belustigt und gab sich geschlagen. »Also gut, hol sie herauf und ich werde ihre moralische Entrüstung tapfer ertragen.«

»Gleich bin ich wieder da«, gelobte er und küsste ihre geschürzten Lippen.

Sein Gespräch mit Mrs. Prichett, das im Südsalon stattfand, dauerte nur wenige Minuten. Dabei ging es um Geld – viel Geld, ein wirksames Mittel gegen Selbstgerechtigkeit und Prinzipien, wie der Marquess immer wieder feststellte. Als die Schneiderin den Salon der Herrschaftssuite betrat, begrüßte sie seinen Hausgast überaus freundlich, geradezu unterwürfig, obwohl sie die Französin für eine schamlose Verführerin hielt.

An diesem Morgen sah Venus wahrlich nicht wie eine Verführerin aus, mit geröteten Wangen und trüben Augen, sichtlich erschöpft nach einer fast schlaflosen Nacht. Sie trug einen schlichten, blauweiß gestreiften Morgenmantel, den ihr die Haushälterin geliehen hatte, und die zerzausten Locken wurden von einem weißen Seidenband aus der Stirn gehalten. Obwohl sie drei Tassen Kaffee getrunken hatte, war sie noch immer nicht richtig wach geworden. In sich zusammengesunken, saß sie auf der Fensterbank. Die Morgensonne zauberte goldene Lichter in ihr blondes Haar.

Ohne ihr Missfallen auch nur andeutungsweise zu zeigen, wünschte Mrs. Prichett ihr einen guten Morgen. Dabei lächelte sie so freundlich, dass Venus sich fragte, ob das tatsächlich dieselbe Frau war.

Aufmunternd griente Jack ihr zu, über die Schulter der Schneiderin hinweg. »Mrs. Prichett hat mir versichert, die Anprobe würde nur zwanzig Minuten dauern.«

»Kommt, Mädchen!« Mrs. Prichett klatschte in die Hände und einige Dienerinnen trugen die Kleider ins Zimmer. »Wir müssen uns beeilen. Wenn Sie sich bitte hierher stellen würden, Mylady«, wandte sie sich respektvoll zu Venus. Aus den Augenwinkeln beobachtete sie, wie der Marquess einen Sessel heranrückte, und runzelte die Stirn.

»Auch ich interessiere mich für Mode, Mrs. Prichett«, erklärte er und setzte sich trotz ihrer kritischen Miene. »Wie Sie sich vielleicht entsinnen – das habe ich unten im Salon erwähnt.« Mit einem charmanten Lächeln fügte er hinzu: »Meine Anwesenheit stört Miss Duras nicht. Oder, meine Liebe?«

Venus zögerte nur sekundenlang. Das Spektakel war ihr peinlich. Aber Jack schaute sie unbefangen an und auf einmal erschien ihr die Missachtung der Schicklichkeit genauso belanglos wie ihm. Außerdem würde sie Mrs. Prichett nie wiedersehen. »Wenn du willst, bleib hier.«

Als die Schneiderin erkannte, dass sie sich beinahe die Feindschaft das Marquess zugezogen und den versprochenen großzügigen Bonus verloren hätte, nahm ihre Stimme einen fast herzlichen Klang an. »Wenn Miss Duras so freundlich wäre, ein Kleid auszuwählen …«

»Zuerst das Rote«, entschied der Marquess.

»Mir gefällt das Grüne besser«, entgegnete Venus höflich, aber kühl. Sie ließ sich nichts vorschreiben, mochte der Befehl auch gut gemeint sein.

Duldsam nickte er erst ihr zu, dann der Schneiderin, die ihn fragend anschaute – nach der soeben verhinderten Katastrophe zu vorsichtig, um einen Wunsch des Marquess zu ignorieren.

Während die Mädchen umherschwirrten, das grüne Kleid auspackten und Venus aus dem Morgenmantel halfen, unterhielt sich Jack mit Mrs. Prichett über das Wetter, die Mode und die botanische Ausstellung in Cheltenham. Hattie und die anderen Dienerinnen starrten sich ungläubig an. Normalerweise pflegte ihr Herr nicht so freimütig und vertraulich belangloses Zeug zu schwatzen, noch dazu mit einer Schneiderin. Wenn er sich auf Castlereagh aufhielt, zog er die Einsamkeit vor.

Die Mädchen streiften das Sommerkleid aus gemusterter grüner Köperbaumwolle über Venus' Kopf. Fügsam drehte sie sich hin und her, wenn sie darum gebeten wurde, hob und senkte die Arme und lauschte der Konversation nur mit halbem Ohr. Es erschien ihr ganz natürlich, Jacks Wunsch zu erfüllen, vor seinen Augen Kleider anzuprobieren, und für einen kurzen Moment überlegte sie, wie viel er ihr bedeutete. Nie zuvor hatte sie sich bemüht, einem Mann zu gefallen. Aber sie war zu glücklich, um über solche Dinge nachzudenken. Und so freute sie sich einfach nur über Jacks Geschenke.

Das grüne Morgenkleid mit Rüschen am Rock und winzigen Seidenrosetten am Ausschnitt und an den Ellbogen musste nur ganz kurz anprobiert werden. Mit spitzen Fingern zupfte Mrs. Prichett an der Taille. Dann wurde erörtert, wie tief das Dekolletee sein sollte. In diesem Punkt überließ Venus die Entscheidung dem Marquess, und wenig später stand sie in einer weißen Morgenrobe aus Musselin mit Spitzenjäckchen vor dem hohen Standspiegel. »Das bin ich nicht, Darling.« Skeptisch musterte sie die üppigen Spitzenborten.

»Ich finde diese unschuldige Aura zauberhaft«, erwiderte Jack. »Wenn du dieses Kleid für mich trägst, werde ich vergessen, dass du zehn Fremdsprachen sprichst und zweimal um die ganze Welt gesegelt bist.«

»Die Verpackung kannst du ändern«, seufzte sie mit einem schwachen Lächeln. »Aber die Unschuld passt wirklich nicht zu meinem Stil.«

»Wir behalten das Kleid, Mrs. Prichett.« Wieder zu Venus gewandt, fügte er hinzu: »Später kannst du's ja verschenken.«

Die restliche Anprobe dauerte nicht lange. Hastig

schlossen und öffneten die Mädchen Häkchen und Knöpfe. Während Jack zuschaute, stieg tiefe Zufriedenheit in ihm auf und dieses seltsame, bisher unbekannte Gefühl verblüffte ihn. Musste er an seinem Verstand zweifeln? Obwohl er Venus erst seit kurzem kannte, war sie ihm vertrauter als eine Geliebte. Für ihn verkörperte sie sogar die Familie, die ihm das Schicksal vorenthalten hatte. Wie sonderbar – und wie wundervoll. Keiner anderen Frau hatte er sich so innig verbunden gefühlt und diese Erkenntnis entzückte ihn. Offensichtlich war es eine seiner besten Ideen gewesen, mit Venus nach Castlereagh zu fahren.

Zuletzt schlüpfte sie in das kirschrote Seidenkleid und nachdem alle Knöpfchen geschlossen waren, bot sie dem Marquess einen Anblick, der ihm den Atem nahm.

»Hinreißend ...«, flüsterte er, mit einem heiseren Unterton in der Stimme, der alle Blicke in seine Richtung lenkte. Warnend runzelte Venus die Stirn. »Verzeihung«, entschuldigte er sich. Mit jungenhaftem Charme strahlte er Mrs. Prichett und die Mädchen an. »Die Farbe gefällt mir.«

Was für eine unverhohlene Lüge ... Natürlich wussten alle ganz genau, *was* ihm gefiel. Sogar die Temperatur im Zimmer schien um einige Grade zu steigen.

Das extravagante rotseidene Kleid, das an die Tracht einer Zigeunerin erinnerte, bildete einen krassen Gegensatz zu Mrs. Prichetts üblichem dezenten Geschmack. »Nach der allerneuesten Pariser Mode«, verkündete sie nervös, als bedürfte die sinnliche Aura, die plötzlich in der Luft hing, einer hastigen Erklärung. »Die Modeillustrationen zeigen ähnliche

Modelle in lebhaften Farben, auch mit Tupfen und schwarzen Spitzenborten. Zum Beispiel in Fuchsienrot …«

»Schon gut, Mrs. Prichett«, fiel Jack ihr ins Wort. »Gefällt's dir, Darling?«

»Wenn's nur *dir* gefällt …« Belustigt musterte Venus die verlegene Schneiderin und die kichernden Mädchen. »Bist du mit dem Dekolletée zufrieden?« Der Ausschnitt war so tief, dass ihre Brüste herauszuquellen drohten.

»Ja, sehr zufrieden«, versicherte er und stand auf. »Vielen Dank, Mrs. Prichett – Hattie …« Freundlich nickte er der Schneiderin und den Mädchen zu. »Gehen Sie zu Mr. Longford, bevor Sie das Haus verlassen, Mrs. Prichett. Er wird Ihre Rechnung begleichen.« Nachdem er die Tür hinter den Frauen geschlossen hatte, drehte er sich zu Venus um. »In der Öffentlichkeit darfst du dieses Kleid nicht tragen.« Ein paar Sekunden lang lehnte er am Eichenholz, dann drehte er den Schlüssel im Schloss herum. »Aber es eignet sich ganz ausgezeichnet für meine Zwecke.«

»Sogar *ich* bin schockiert. Nur Kurtisanen ziehen solche Kleider an. Mrs. Prichett muss die Modeillustrationen falsch interpretiert haben.«

»Hast du's nicht gehört? Der letzte Schrei in Paris.«

»Erst vor wenigen Wochen war ich in Paris. Und ich bezweifle, dass man solche Kleider außerhalb von Freudenhäusern und fragwürdigen Tanzsälen sieht.«

»Jedenfalls ist's wie für dich geschaffen.«

»Keineswegs!«, protestierte Venus und versuchte, den tiefen V-Ausschnitt etwas höher zu ziehen.

»Lass das!«, befahl er leise. »Wie ich dieses Gefühl atemloser Vorfreude liebe ...«

Verwundert hob sie die Brauen. »Als hättest du mich noch nie nackt gesehen ...«

»Dieses Kleid betont deine Reize. Und der Gedanke, dass du zur Verfügung stehst, erregt mich.«

»Wieso glaubst du, ich wäre verfügbar?« Durch gesenkte Wimpern warf sie ihm einen koketten Blick zu.

»Das weiß ich, weil ich dich mittlerweile sehr gut kenne.«

»Deutest du etwa an, ich könnte meine Triebe nicht kontrollieren?«

»In meiner Nähe *nicht*«, entgegnete er herausfordernd.

Venus spitzte die Lippen. »Ist das ein Wettkampf?«

»Wenn's so wäre, würdest du verlieren.«

»Oder gewinnen – je nachdem, wie man's betrachtet.«

»Weißt du, was ich beschlossen habe?« Langsam ging er zu ihr. »Da du dich in diesem Kleid nicht vor den Augen der Öffentlichkeit zeigen kannst, soll es nur uns beide erfreuen. Jetzt werde ich einfach diesen raschelnden Rock heben und dich in der ganzen rotseidenen Pracht lieben.«

»Erst einmal musst du für deine Impertinenz bezahlen«, konterte sie, etwas pikiert, weil er ihre Hingabe für selbstverständlich hielt.

»Verlangst du plötzlich Geld?«

»In einem solchen Kleid – warum nicht? Außerdem bist du viel zu selbstgefällig. Du müsstest mich bitten ...«

»Bevor ich's mit dir treibe?«

Die rüden Worte steigerten die knisternde Spannung. »Bevor du irgendetwas tust«, verbesserte sie ihn leise.

»Wie viel kostet es denn? Ich will nicht länger warten.« Der Marquess war es nicht gewöhnt, um die Erfüllung seiner Wünsche zu bitten.

»Glücklicherweise bin ich nicht auf dein Geld angewiesen.«

»Aber ich besitze etwas, das du dringend brauchst. Vielleicht wirst *du* mich bitten.«

Plötzlich hatte er den Spieß herumgedreht.

»Mal sehen ...« Provozierend öffnete sie die schwarze Seidenschleife, die den spitzenbesetzten Rand des gewagten Dekolletées zusammenhielt. »Soll ich dieses Hurenkleid ausziehen und herausfinden, wie du die Situation meisterst?«

»Damit habe ich keine Probleme.« Jack schlenderte zum Sideboard und schenkte sich einen Brandy ein, leerte das Glas und füllte es noch einmal.

»Ist es nicht ein bisschen zu früh für alkoholische Getränke?«

Als er sich zu ihr wandte, sah sie einen Muskel in seiner Wange zucken. »Manche Frauen zwingen einen Mann, nach der Flasche zu greifen.«

»Während sich gewisse Männer einbilden, immer und überall ihren Willen durchzusetzen ...«

»Das ist mir bisher stets gelungen.«

»Vielleicht solltest du deinen Horizont erweitern und etwas Neues lernen?«

»Von *dir*? Unwahrscheinlich ...«

»Sei nicht so frech! Aber deine übermäßige Arroganz ist verständlich – wenn ich an die unzähligen Frauen denke, die dir zu Füßen liegen ...«

»Ja, vermutlich.« Jack schüttete den zweiten Brandy in sich hinein – wie eine Medizin, die man möglichst schnell einnehmen sollte.

»Während ich mich mit – etwa fünfzig Männern begnügen musste, die mir ihr Herz, ihre Hand und ihren Namen anboten ... Wie ich widerstrebend zugebe, bist du mir in diesem Punkt überlegen.«

Fünfzig? In seiner Kehle stieg bittere Galle hoch. Wie konnten es fünfzig Männer wagen, um Venus anzuhalten – sie zu berühren und zu küssen? Bei seinem ungestümen Temperament würde ein einziger Kuss genügen, sodass er sich nicht mehr beherrschen könnte. War es jenen Bewunderern auch so ergangen? »Zweifellos wurdest du von glühenden Verehrern belagert, die dir mit aller Macht einen Ring an den Finger stecken wollten. Aber dazu darfst du mich nicht zählen – weil ich nicht heiraten möchte.«

Die Worte, die unausgesprochen blieben, schürten Venus' Zorn. »Meinst du – Frauen wie mich?«

»Nein. Wirf mir keine Prüderie vor! Ich meine, ich werde überhaupt nicht heiraten. Und damit basta.«

»Nun, ich auch nicht. Eigentlich dachte ich, das hätten wir schon längst geklärt.«

»Sehr gut. Dann gibt's wohl keine Probleme mehr. Hebst du jetzt endlich deinen Rock?«

»Eine höfliche Bitte würde anders klingen.«

»Die wirst du nicht hören.«

»Nun, dann muss ich eben andere Mittel und Wege finden, um mich zu befriedigen. Leider besitzt du keinen Dildo. Hm ...« Forschend schaute sie sich im Zimmer um.

»Sehr komisch!« Jack goss sich noch einen Brandy ein. Krampfhaft umklammerte er das Glas, als er sich wieder zu Venus wandte.

Lächelnd hielt sie einen eiförmigen, polierten hölzernen Gegenstand mit abgerundeter Spitze hoch. »Wie gut, dass Hattie ihr Nähkästchen zurückgelassen hat …«

»Was zum Teufel ist das?«

»Ich nehme an, du stopfst nur sehr selten Strümpfe.«

»Überhaupt nicht!«, stieß er hervor.

»Ich auch nicht. Aber man kann dieses hübsche Werkzeug auch auf andere Weise benutzen.«

»Und ich soll zuschauen?«

»Wenn du willst, kannst du gehen. Dazu brauche ich dich nicht.«

»Machst du das oft?«

»Zum Glück habe ich's nicht nötig. Du weißt ja, meine vielen Verehrer …«

Wäre ihm die Kapitulation nicht so schwer gefallen, hätte er sie sofort in die Arme gerissen und geliebt, ohne Vorspiel. Und wenn er sie nicht so heiß begehren würde, wäre er vernünftig genug, um den Salon zu verlassen. Stattdessen fragte er: »Wie viel verlangst du für diese Darbietung? Im Allgemeinen kennen die Kurtisanen ihren Wert.«

»Wer könnte das besser beurteilen als du?«

»Versuchst du, mich in Wut zu bringen?«

»Geh doch, wenn dir mein Verhalten missfällt.«

Dazu konnte er sich nicht aufraffen. Venus' Anblick war unwiderstehlich. Sie hatte das Kleid bis zum Nabel geöffnet, über dem das Dekolletée nur noch von einem schwarzen Band zusammengehalten wurde. Bis zur Hälfte entblößt, schimmerten die Brüste, von roter Seide umrahmt. Der gerüschte Rock klaffte auseinander und enthüllte ihre schlanken Beine. Doch die Arme wurden bis zu den Handgelenken bedeckt. Schwarze Spitzenrüschen verhüllten die Finger.

Welch ein verlockender, wohlgeformter Körper … Und sie wagte es, ihm vorzuschlagen, er möge gehen. Die Brandyflasche in der Hand, schob er einen Stuhl in die Mitte des Zimmers und setzte sich. »Zeig mir, was du kannst, und nenn deinen Preis – so lange du nur Geld verlangst.«

»Vielleicht werde ich dich auffordern, um meine Gunst zu bitten.«

»Warten wir's ab.« Jack schlüpfte aus einem Ärmel seines Jacketts, nahm die Flasche in die andere Hand und zog es aus. Lächelnd strich er über seine Erektion, die sich unter den Breeches abzeichnete. »Immerhin wäre es möglich, dass es dich interessieren würde, mich zu erfreuen.«

»Oder wir erfreuen uns selbst«, erwiderte sie leise und löste die schwarze Schleife. »Dieses Kleid ist viel zu eng.«

Tiefe Stille erfüllte den Raum, nur vom Geräusch der raschelnden Seidenbänder durchbrochen, die aus den Ösen glitten. Der Anblick der vollen Brüste, die langsam enthüllt wurden, schürte Jacks Begierde. Während er seine Geliebte beobachtete, trank er aus der Flasche. Wissend lächelte Venus ihn an und erriet offensichtlich, was in ihm vorging. Mit einem tiefen Atemzug zwang er sich zur Selbstkontrolle. Vor geraumer Zeit hatte er in einem Bordell alle Konkurrenten übertrumpft und einen exquisiten Preis gewonnen – eine bildschöne Hure, die zur Schau gestellt worden war. Wenn er länger durchzuhalten vermochte als ein Dutzend Männer, konnte er es auch mit einer leicht erregbaren Frau aufnehmen.

»Lass mich an deinen Brustwarzen saugen«, flüsterte er und beobachtete voller Genugtuung, wie Venus' Atem stockte, wie sich die rosigen Spitzen aufrichteten.

Es dauerte eine Weile, bis sie sprechen konnte. Aber dann klang ihre Stimme sanft und verführerisch, kein bisschen nervös. »Du darfst mich nicht berühren, nur anschauen.«

»Wenn ich schon zahlen muss, solltest du mir einiges bieten.«

»Ich fürchte, du besitzt viel zu wenig Geld, Darling.« Nun rutschte das Ende des Seidenbands aus der letzten Öse und Venus warf es beiseite. Einladend hob sie die nackten Brüste. »Wenn du mich höflich bittest, deinen Wunsch zu erfüllen, werde ich darüber nachdenken.«

»Zweifellos besitze ich etwas mehr Ausdauer als du.«

»So? Und ich dachte, du wärst ein Sklave deiner Lust.«

»Keineswegs. So zügellos wie du bin ich nicht.« Aber angesichts ihres spektakulären Busens kostete es ihn einige Mühe, gleichmütig zu sprechen.

»Da mich ein so heißes Verlangen beherrscht, sollte ich's stillen«, meinte sie und griff wieder nach dem Stopfei.

»Ich habe was Besseres.«

»Leider lässt sich's nicht so leicht handhaben.«

»Macht es dir Spaß, die Situation zu kontrollieren?«

»Eigentlich nicht. Dir?« Als er ihr keine Antwort gab, nickte sie. »Das dachte ich mir«, seufzte sie, platzierte das glatte hölzerne Gerät zwischen ihre Beine und schob es behutsam in ihre Vagina. Von süßem Entzücken erfasst, schloss sie sekundenlang die Augen, und Jack biss die Zähne zusammen. Diesen erbitterten Willenskampf fochten zwei selbstbewusste, eigensinnige Menschen aus, denen die Welt stets zu Füßen gelegen hatte.

Reglos saß Jack da, während Venus das Werkzeug benutzte, und umklammerte die Armstützen seines Stuhls, den Blick unverwandt auf ihre Hand gerichtet, die sich auf und ab bewegte. Bald geriet sie in so wilde Ekstase, dass sie seine Anwesenheit nicht mehr wahrnahm. Er zählte, wie oft das Stopfei in die feuchte Öffnung und wieder herausglitt, stellte fest, wie tief es eindrang, und beobachtete die üppigen Brüste, die wie reife Früchte herabhingen, als sich Venus über ihr Instrument neigte. Schließlich erkannte er die ersten Anzeichen ihres Höhepunkts. Da sprang er auf. Ohne den umgekippten Stuhl zu beachten, riss er an seiner Hose, deren Knöpfe in alle Richtungen flogen, und kannte nur einen einzigen Gedanken – in Venus' Schoß zu versinken.

Er hob sie hoch, trug sie durch die Verbindungstür in sein Schlafzimmer und überhörte den Schrei ihres Orgasmus. Aber den schwülen Duft ihrer weiblichen Erfüllung konnte er nicht ignorieren. Er warf sie aufs Bett und fiel über sie her, entwand ihr den behelfsmäßigen Dildo und führte seine pulsierende Erektion zum Ziel seiner Sehnsucht. »Treib nicht solche Spiele mit mir!«, keuchte er und drang in sie ein. »Du wirst immer verlieren.«

Stocksteif lag sie unter ihm. »Konntest du dich nicht beherrschen?«

»Was? Ausgerechnet *du* stellst mir diese Frage?«

»Ich habe mich nicht auf dich gestürzt.«

»Behauptest du etwa, du wärst desinteressiert?«

»*Daran* schon.«

»Also wirklich!« Seine Hände zerknüllten die gerüschte rote Seide, die ihre Hüften umgab. »Wo wir doch beide wissen, wie gern du mit mir schläfst!« Eine Zeit lang rührte er sich nicht, um Venus die tiefe Penetration, die ganze Kraft und Größe seiner Männlichkeit spüren zu lassen, um auf alle ihre Sinne einzuwirken.

Nein, ich will nicht …, dachte sie, während die Wellen einer neuen Erregung in ihr aufstiegen.

Aber er fühlte oder wusste es. Langsam begann er sich zu bewegen, schien sie vollends auszufüllen, entfachte eine Hitze, die Venus' Willenskraft bald besiegte. Vergeblich biss sie in ihre Lippen, erfolglos suchte sie dem süßen Reiz zu widerstehen.

»Dagegen kann keiner von uns beiden ankämpfen«, flüsterte Jack an ihren Lippen, als hätte er ihre Gedanken gelesen. »Was hältst du von einem Waffenstillstand?«

Der pochende Schmerz zwischen ihren Schenkeln ließ sich nicht verdrängen und sie erkannte, wie machtlos sie ihrer Leidenschaft ausgeliefert war – zumindest, wenn sie in den Armen dieses Mannes lag.

»Ja«, wisperte sie, »ein Waffenstillstand, du unverschämter Wüstling.«

Boshaft zwinkerte er ihr zu. »Dann sind wir uns ja einig, meine lüsterne kleine Kurtisane.«

»Haben wir den Verstand verloren?«, stöhnte sie.

»Ganz und gar …«, stimmte er atemlos zu.

Bevor sie an diesem Vormittag vom Liebesgenuss gesättigt oder wenigstens vorübergehend befriedigt waren, hatten sie das kirschrote Seidenkleid zerknittert, zerrissen und rettungslos ruiniert.

»Ein Opfer, der Liebesgöttin geweiht …« Jack hielt

das Kleid auf Armeslänge von sich, dann warf er es auf einen Stuhl.

»Eher ein Opfer unserer Besessenheit«, meinte Venus und rekelte sich wohlig auf dem zerwühlten Bett.

»Kommt das nicht aufs selbe raus?«

»Frag mich nicht. Auf diesem Gebiet fehlen mir die erforderlichen Fachkenntnisse.«

»Soll ich dir Unterricht geben?«, schlug er vor und zog sie wieder an seine Brust.

»Jetzt?«

»Wann immer du bereit bist.« In diesem höflichen Ton hätte er sie genauso gut zu einem Spaziergang im Park auffordern können.

Unter halb gesenkten Lidern sah sie ihn an. »Allmählich glaube ich, unser Bund wurde im Himmel geschlossen.«

»In gewisser Hinsicht trifft das zu.«

»In welcher?«

»Nun ja, in der, auf die's ankommt«, erwiderte er und küsste sie.

13

»Sei nicht albern, Vincenzo!«, tadelte Sarah. »Eines Tages *muss* ich heiraten, das weißt du. Und da mein Papa steinreich ist, kann ich zwischen den begehrenswertesten Gentlemen wählen.« Sie lag neben ihm auf seinem Bett, in einer Kammer über einer Bäckerei. Ungehalten zog sie die blonden Brauen zusammen.

»Und ich dachte, du liebst mich«, klagte er.

»Natürlich liebe ich dich. Aber ich werde den Marquess of Redvers heiraten, weil er vermögend und berühmt ist und weil ihn alle Debütantinnen einfangen wollen.«

»Diesen Kerl fordere ich zum Duell!« Vincenzo war jung und naiv. Sonst hätte er niemals einem Mädchen wie Sarah vertraut, das die Welt mit opportunistischen Augen betrachtete.

Auf ihre Pflicht, eine gute Partie zu machen, hatten die Eltern klar und deutlich hingewiesen, seit sie denken konnte. Da die Palmers erst seit kurzem zur Aristokratie zählten – der erste Baron war nur eine Generation zuvor zum Baron ernannt worden –, wusste Sarah, dass sie den Status der Familie verbessern musste. »Das wirst du nicht tun! Um Himmels willen, Vincenzo, mein Ruf wäre dann ruiniert!«

»Um deine Lust zu stillen, bin ich dir gut genug. Aber du willst dich nicht zu mir bekennen!« Ein heißblütiger junger Italiener, hasste Vincenzo das starre britische Gesellschaftssystem.

»So ist es nun mal, du Dummkopf. Das weiß doch jeder. Großer Gott, du bist ein *Tanzlehrer!*«

Jetzt nahm ihre Stimme einen schmeichelnden Klang am. »Komm, Darling, küss mich, und vergiss diesen Unsinn.« Lächelnd schlang sie einen Arm um seinen Hals. »Meine Heirat bedeutet keineswegs, dass wir uns nicht mehr sehen können.«

Vor ein paar Monaten war Vincenzo in London eingetroffen. Wie er bald festgestellt hatte, herrschten in englischen Adelskreisen die gleichen Gepflogenheiten wie in italienischen – eheliche Treue wurde nicht verlangt. Aber bevor sich eine verheiratete Frau mit einem Liebhaber einließ, musste sie ihrem Gemahl einen Erben schenken. »Wenn du ein Kind von mir erwartest, Sarah …«

»Unmöglich!«

»Und wenn doch?«

»Dann wäre dein Sprössling ein schwerreicher Fitz-James.«

»Aber er wird dem Marquess nicht ähnlich sehen.«

»Wirklich, Darling, das spielt keine Rolle. Außerdem werde ich kein Kind von dir zur Welt bringen. Und falls du mit diesem dummen Gerede endlich aufhören würdest, könnten wir uns die Zeit viel angenehmer vertreiben. Sieh doch, du willst immer noch spielen«, wisperte sie und begann, seine Erektion zu streicheln.

Heiße Begierde erfüllte seinen ganzen Körper und nahm ihm den Atem. »Eigentlich sollte ich dich verprügeln, *cara mia,* weil du eine so wollüstige kleine Hexe bist.«

»Habe ich jemals gesagt, du dürftest mich nicht schlagen, Darling?« Sarah legte sich auf seinen erhitzten Körper und schenkte ihm ein verlockendes Lächeln.

»Wahrscheinlich werde ich dir verbieten, den Marquess zu heiraten«, stieß er hervor und schwang sich mit ihr herum, sodass sie unter ihm lag. »Wie würde dir das gefallen?«

»Ich finde, du solltest den Mund halten und mich lieben. In zwei Stunden muss ich daheim sein.«

»Dann reden wir später.«

»O Vincenzo ...«, stöhnte sie, spreizte die Beine und hob ihre Hüften. »Kein Wort mehr!«

Da konnte er ihr nicht länger widerstehen. Aber welcher Mann wäre in dieser Situation dazu fähig?

Während der nächsten vierzehn Tage drehten sich alle Spekulationen und Diskussionen um das Derby – in London, auf dem Land, in jedem Pub, auf jedem Dorfplatz. Ganz England bereitete sich auf das große Nationalereignis vor.[5] In allen Gesellschaftsschichten nahm man dieses Pferderennen sehr wichtig, mochte man jung oder alt sein. Am Mittwoch der Epsom-Woche gab es kaum einen anderen Zeitvertreib. Die Sitzung des Unterhauses wurde unterbrochen und die Londoner begaben sich scharenweise zum heiligen Hügel von Epsom.

Wie bedeutsam das Derby war, bewies die Vielzahl der damit verbundenen Wetten. Obwohl ein Großteil der sportbegeisterten Bevölkerung noch nie ein Rennen gesehen hatte, kannte man die Namen aller Pferde, ihre Stammbäume, ihre Siege oder Niederlagen, ihren Gesundheitszustand und ihre Temperamente. Es war auch egal, dass die Pferde diesen oder jenen Gentlemen gehörten, sie waren gewissermaßen öffentliches Eigentum.

Am Vortag war Jack mit Venus auf seinem Gestüt Lawley Mill eingetroffen. Für die Dienstag-Rennen meldete der Marquess keines seiner Pferde an. Da er mit Venus allein bleiben wollte, ignorierte er die Einladungen seiner Freunde, die nach Epsom gefahren waren. Wenn sie auch nicht mehr erwähnt hatte, sie würde nach dem Derby abreisen, erinnerten sich beide nur zu gut an diesen Entschluss.

Als Zugeständnis an das große gesellschaftliche Ereignis hatte Venus ihre Zofe schriftlich beauftragt, ihr einige passende Kleider aus London zu bringen. Im Gegensatz zur rustikalen Lebensart von Castlereagh verlangte das Derby feinste modische Eleganz. Deshalb wollte sie sich nicht in Mrs. Prichetts Kreationen zeigen. Stets von den besten Pariser Couturiers ausgestattet, wählte sie ein Tageskleid aus krokusgelber Seide, mit Jettperlen und schwarzen Bordüren verziert.

Jacks Neuerrungenschaft, ein Fuchs namens Fortune, zählte zu den heißen Favoriten. Deshalb wurde der Marquess – sobald er am Mittwoch mit Venus die Rennbahn erreichte – von Leuten umringt, die ihm viel Glück wünschten. Lächelnd schüttelte er zahlreiche Hände, während er sich mit seiner Begleiterin durch das Gedränge kämpfte.

»Offensichtlich bist du fast so berühmt wie dein Fuchs«, bemerkte Venus auf dem Weg zum Trainingsplatz, wo Fortune sein wildes Temperament zeigte.

»Um mich geht's nicht. Bei diesem Rennen steht eine Menge Geld auf dem Spiel. Zweihunderttausend Pfund, wie mir mein Buchmacher soeben mitgeteilt hat. Und allem Anschein nach«, fügte er mit einem Blick auf Fortune hinzu, dessen rotbraunes

Fell vor Schweiß glänzte, »spürt der arme Kerl den Druck, der auf ihm lastet.«

Jack begrüßte seinen Jockey und den Trainer, dann unterhielten sie sich beiläufig. Dabei fiel kein Wort, das die neugierigen Zuschauer nicht hören durften. Ihre Strategie hatten die drei Männer bereits am Morgen erörtert. Sollte Fortune nicht lahmen, gab es keinen Grund, ihn nicht als Favoriten zu betrachten. Wenn Woods, der Jockey des Marquess, sich vom Geländer fern hielt und nicht vom großen Teilnehmerfeld eingeschlossen wurde, müsste er dem Fuchs einfach nur die Zügel schießen lassen.

Am Himmel hingen graue Wolken, aber es regnete nicht, und an diesem trüben Tag leuchtete Venus' gelbes Kleid besonders effektvoll. Nicht nur die schimmernde Seide zog zahllose Blicke auf sich. Es war vor allem ihre Schönheit, die im Mittelpunkt des Interesses stand. Natürlich ärgerten sich die Verehrerinnen des Marquess über die Aufmerksamkeit, die er der Französin schenkte. Noch nie hatte ihn eine Frau so offenkundig fasziniert.

Seit ihn die *Hautevolee* das letzte Mal zu Gesicht bekommen hatte, waren schon drei Wochen verstrichen.

Da die Weltausstellung viele ausländische Besucher anlockte, erschienen nicht nur englische Aristokraten zum Derby. Zu den distinguierten Besuchern zählten der Herzog und die Herzogin von Nemours, Prinz Henry von den Niederlanden, der Duke of Cambridge, der Fürst von Sachsen-Weimar, Lord Waterford, Lord Worcester, Lord Stanley, Lord Eglinton, Lord Zetland, Lord Granville, Lord Glasgow, Lord Enfield March, Sir J. Hawley, Sir W. Codrington, Sir H. Campbell, Sir R. Peel und Colonel Peel.

Sie alle hatten sich eingefunden, um die wichtigsten Rennen der Saison zu beobachten.

Inklusive Lady Tallien und der ganzen Familie Palmer.

Und Trevor.

Natürlich bemerkte er ebenso wie Bella das erstaunliche Interesse seines Vetters an Miss Duras. Und beide planten ihre individuellen Ziele auf verschiedenen Wegen zu erreichen.

An der Rennbahn herrschte dichtes Gedränge. Immer neue Wetten wurden abgeschlossen. Die Zahl der gemeldeten Pferde erreichte den Rekord von einunddreißig. Obwohl es einige Favoriten gab, hielt man den Ausgang des Rennens für ›offen‹. Aber die meisten Leute hatten auf Fortune gesetzt.

An diesem Tag bestand der Großteil des Teilnehmerfelds aus Dreijährigen, alle aus den Gestüten von Züchtern, die Ausdauer und Höchstgeschwindigkeit auf den anderthalb Meilen anstrebten. Manche Leute behaupteten, die Pferde, die beim Derby antraten, seien ›Missgeburten‹. Normalerweise wurden Rennpferde auf Ausdauer oder Tempo trainiert, nicht auf beides. Selbst wenn die besten Jockeys antraten – auf einem schwierigen Kurs wie Epsom musste man stets mit unvorhersehbaren, unberechenbaren Zwischenfällen rechnen.

Jacks Jockey stand deshalb unter gewaltigem Druck. Woods würde ein Pferd reiten, das als nahezu unbesiegbar galt, und solche Vorschusslorbeeren weckten stets den Neid der Rivalen. Möglicherweise würden sie zu unlauteren Mitteln greifen, um seinen Sieg zu vereiteln. Vor ein paar Tagen hatte sich ein erstaunliches Angebot herumgesprochen – wer verhinderte, dass Fortune an den Start ging, sollte zehntausend Pfund erhalten.

Erwartungsgemäß hatte sich der Fuchs beruhigt, als er die Startmaschine erreichte. Es gab keine Verzögerung. Als die Bänder hochgezogen wurden, galoppierten alle einunddreißig Pferde los. Um überhaupt auf die Strecke zu gelangen, musste sich Woods buchstäblich durch das dichte Gedränge kämpfen. Lord Enfields Pferd, Hernandez, übernahm sofort die Führung, und Woods folgte ihm. Geschickt wehrte er die taktischen Manöver der anderen Jockeys ab.

Vor dem Tattenham Corner hatte sich die Reihenfolge nicht geändert. Acht Pferde blieben Hernandez auf den Fersen, das restliche Feld war weit zurückgeblieben. Und dann trat, wie so oft, eine Wende ein. Hernandez zeigte Ermüdungserscheinungen und als Woods den Fuchs an ihm vorbeilenken wollte, wurde er plötzlich von mehreren Pferden eingekreist.

Irgendwer hat irgendjemanden bestochen, dachte er. Nun blieb ihm nichts anderes übrig, als durchzuhalten, bis er ausbrechen konnte. Aber gerade im Derby war es besonders erstrebenswert, während des ganzen Rennens gut platziert zu sein. Vor allem auf der steil abfallenden Teilstrecke zum Tattenham Corner sollte man eine möglichst günstige Position halten. Hinter den führenden Pferden eingekesselt, musste Fortune sein Bestes geben, sobald er eine Gelegenheit erhielt, sich zu befreien.

Außerdem wusste Woods, dass nur wenige Pferde das Derby gewonnen hatten, wenn sie beim Tattenham Corner ins Hintertreffen geraten waren. Angespannt suchte er seine Chance, vorzupreschen. Als sich eine Möglichkeit bot, nutzte er sie. Aber Fortune, ein paarmal seitlich angerempelt, kam kurzfristig aus dem Konzept und strauchelte beinahe. Sofort lockerte sein Jockey die Zügel.

Fortune fand sein Gleichgewicht wieder und revanchierte sich mit einer mutigen Attacke. Ein Pferd nach dem anderen überholte der große Fuchs, von einem begeisterten Publikum angefeuert. Die Ohren gespitzt, die Nüstern geweitet, raste er den Verfolgern davon und siegte mit zwanzig Längen.

Auf der Tribüne und in den Privatlogen tobte ohrenbetäubender Lärm. Das beste Pferd hatte das wichtigste Rennen der Saison gewonnen.

»Fantastisch!«, rief Venus freudestrahlend. »Dein Fortune hat mir ein Vermögen eingebracht.«

»Uns beiden«, erwiderte Jack und küsste ihre rosige Wange. Später sollten die Klatschmäuler verkünden, in diesen zwei Minuten und einundfünfzig Sekunden habe Lord Redvers siebzigtausend Pfund gewonnen.[6] »Komm jetzt!«, drängte er und ergriff ihre Hand. »Wir müssen Woods und Fortune gratulieren.«

Am Tag des Derbys verwandelte sich Epsom in einen riesigen Picknickplatz und es dauerte eine Weile, bis sich der Marquess und seine Begleiterin durch die Menge gekämpft hatten und den überglücklichen Woods erreichten, der den Fuchs am Zügel hielt.

»Gut gemacht«, lobte Jack in neutralem Ton, den seine sichtliche Begeisterung für Woods' Reitkünste Lügen strafte. »Unter diesen Umständen …«

»Ja, heute ging's auf der Rennstrecke ziemlich ruppig zu, Sir.«

»Trotzdem haben Sie sich wacker gehalten.«

»Fortune ist ja auch ein erstklassiger Hengst«, verkündete der Jockey voller Stolz. »Aber ich musste ihn ein paarmal auf die Schulter klopfen.«

»Das ist stets ein geeigneter Ansporn«, meinte Jack und tätschelte den schweißnassen Pferdehals. »Da kommen die Gentlemen vom Jockeyclub. Gedulde dich noch ein bisschen, alter Junge, dann hast du's hinter dir. Bald bringen wir dich weg von hier, raus aus dem Gedränge.«

»Mich auch«, wisperte Venus.

Grinsend zwinkerte er ihr zu. »Dich vor allem«, flüsterte er. »Heute Abend feiern wir den Sieg.«

»Nur wir beide?«

»Natürlich.«

»Dann wirst du deine Freunde bitter enttäuschen.« Venus deutete mit dem Kinn auf eine fröhliche Schar, die sich entschlossen einen Weg durch die Menschenmassen bahnte.

»Schau mir zu, dann kannst du was lernen.« Jack setzte sein charmantestes Lächeln auf und dankte den Würdenträgern des Jockeyclubs für die Glückwünsche. Dann wies er höflich, aber bestimmt seine Freunde ab, die mit ihm feiern wollten. Die Ladys schmollten, aber die Gentlemen zeigten Verständnis. An Redvers' Stelle würde es ihnen ebenso widerstreben, die reizvolle Miss Duras mit einer größeren Gesellschaft zu teilen.

Was alle dachten, sprach Ned Darlington aus. »Kein Wunder, dass du auf unsere Party verzichten willst … Sicher kannst du daheim viel gemütlicher feiern.«

Der Marquess nickte. »Besuch mich nächste Woche in London.«

Eine knappe Stunde später brachen Jack und Venus nach Lawley Mill auf. Die Sonne kam hinter den Wolken hervor und tauchte die grüne Landschaft in goldenes Licht. Langsam folgte der Landauer der schmalen, von Hecken gesäumten Straße, das Verdeck herabgeklappt, und der diskrete Kutscher ignorierte das leise Gelächter der verliebten Herrschaften.

»Mir ist ganz schwindlig und dabei habe ich nicht einmal Wein getrunken«, kicherte Venus, dann presste sie verlegen eine Hand auf den Mund. »Entschuldige ...« Aber sie konnte nicht zu kichern aufhören.

Jack lächelte nachsichtig. Der schönen Frau in seinen Armen würde er alles verzeihen.

»Wahrscheinlich freust du dich über deinen Gewinn.«

»Meinst du?«, fragte sie und hob die fein geschwungenen Brauen. »Ich glaube eher, dass ich meine gute Laune *dir* verdanke.«

»Dafür übernehme ich sehr gern die Verantwortung«, erklärte er in affektiertem Ton.

»An allem bist du schuld«, behauptete sie und streckte ihm die Zunge heraus.

Da brach er in lautes Gelächter aus. »*Diesen* Tadel kenne ich inzwischen.«

»Das erwarte ich auch.«

»Nun, ich habe einen gewissen Ruf zu verteidigen.«

»Hoffentlich schaffst du das heute Abend«, wisperte sie.

»In dieser Hinsicht sehe ich keine Probleme, Mademoiselle«, erwiderte er im Konversationston. »Was soll uns der Koch zum Dinner servieren?« Da der Kutscher wohl oder übel zuhörte, beschloss Jack das Thema zu wechseln.

»Das musst du entscheiden. Ich esse alles.«

Nach einem kurzen Blick in die Richtung des Kutschbocks formte Jack mit seinen Lippen die Frage: *Alles*? Dabei verdrehte er vielsagend die Augen.

Spielerisch schlug sie auf seinen Arm. »Benimm dich!«, mahnte sie und klimperte provozierend mit den Wimpern.

»Jetzt?«

»Allerdings!«

»Und später?«, flüsterte er ihr ins Ohr.

»Auf Lawley Mill sind gute Manieren nicht mehr erwünscht«, hauchte sie.

»Fahren Sie schneller, Sam!«, befahl Jack, und während die Pferde angespornt wurden, wuchs seine Vorfreude.

14

Nach zehn Uhr abends wurde an die Tür geklopft, was die Aktivitäten in Jacks Schlafzimmer unterbrach.

Unwillig hielt er inne und schaute zur Tür hinüber. »Da muss jemand gestorben sein.« Niemals würde das Personal seine Anweisung missachten, jede Störung seiner Privatsphäre zu vermeiden. Seufzend küsste er Venus' Wange, richtete sich auf und rief: »Was gibt's?«

»Eine dringende Nachricht, Mylord! Von Baron Darlington!«

Jack sprang aus dem Bett, lief zur Tür und öffnete sie nur einen Spaltbreit, damit man Venus nicht sehen konnte. »Dann wollen wir hoffen, dass es *wirklich* wichtig ist.«

Zu der unverschämten Störung gezwungen, verneigte sich der Butler unbehaglich und überreichte seinem Herrn einen Brief. »Der Reitknecht aus dem Sutton Inn hat mich geradezu genötigt, Sie zu wecken, Mylord.«

»Schon gut.« Jack riss den versiegelten Umschlag auf, nahm ein einzelnes Blatt heraus und begann, die hastig gekritzelten Zeilen zu lesen.

»Dir gebe ich keine Schuld, ich kenne Ned. Wahrscheinlich ist er betrunken und wollte dir einen Streich spielen …«

Jack fluchte leise. Dann überflog er die restliche Nachricht, die nicht von Ned, sondern von Charles Burnham stammte.

Offenbar war Ned in einem Duell schwer verwundet worden.

»Lassen Sie mein Pferd satteln!«, befahl Jack. »In fünf Minuten bin ich unten.«

Er schloss die Tür und eilte mit langen Schritten zu seiner Ankleidekammer. »Ned wurde verletzt«, erklärte er kurz angebunden. »Bald bin ich wieder da.«

Venus stieg aus dem Bett und folgte ihm in die holzgetäfelte Kammer. »Lass mich mitkommen! Ich könnte Erste Hilfe leisten. Auf diesem Gebiet habe ich einige Erfahrungen gesammelt.«

Ungeduldig zerrte er eine Hose aus dem Schrank und schüttelte den Kopf. »Er ist im Sutton Inn. Zweifellos nahm er an einem Zechgelage teil. Dabei müssen die Dinge außer Kontrolle geraten sein. Nicht ungewöhnlich – manchmal lässt sich Ned von seinem lebhaften Temperament mitreißen. Wenn Burnham auch keine Einzelheiten erwähnt hat – das ist wohl kaum ein geeigneter Ort für eine Dame.«

»Ich habe schon oft Schusswunden behandelt. Also könnte ich deinem Freund helfen ...«

»Nein«, fiel er ihr ins Wort und schlüpfte in seine khakifarbene Köperhose. »Sicher werden wir einen Arzt finden.«

»Vielleicht, vielleicht auch nicht. Überleg doch – es ist mitten in der Nacht. Außerdem sind Duelle verboten. Ich bin kein zimperliches Mädchen, das beim Anblick von Blut in Ohnmacht fällt.« Entschlossen ging sie zu dem Schrank, in dem ihre Kleider hingen. »In unseren Wohlfahrtshospitälern habe ich immer wieder mit den Ärzten zusammengearbeitet.«

»Es wäre mir lieber, man würde dich *nicht* in einen

Skandal hineinziehen«, erklärte er, während er seine Reitstiefel anzog.

»Für solche Bedenken ist es etwas zu spät – nachdem ich vierzehn Tage mit dir auf dem Land verbracht habe …«

Jack seufzte irritiert. »Bitte, Darling, bleib hier! Vermutlich geht's in diesem Gasthof drunter und drüber.« Die Stirn gerunzelt, beobachtete er, wie sie den Rock ihres Reitkostüms zuknöpfte.

»Und wenn Ned Hilfe braucht?«

Ein paar Sekunden lang stand er unschlüssig da, dann packte er sein Hemd und das Jackett und eilte durch die Ankleidekammer. »Wenn du in fünf Minuten nicht unten bist, reite ich ohne dich los.«

Drei Minuten später rannte sie die Treppe hinab und lächelte, als sie ein gesatteltes Pferd neben Jacks schwarzem Vollblüter entdeckte. Mehrere Dienstboten lauschten den Anweisungen, die der Marquess ihnen erteilte. In einem Wagen, der bereits angespannt war, wollte er Ned nach Lawley Mill bringen lassen. Ein Reitknecht half Venus in den Sattel und sie wartete, während Jack dem Personal die letzten Instruktionen gab. Nachdem er aufgestiegen war, nickte er ihr zu. »Hoffentlich hältst du mit mir Schritt. Ich kann nicht auf dich warten.«

Im Sutton Inn wurde immer noch das Derby gefeiert. Neds Verletzung schien der lärmenden, fröhlichen Schar nicht die Laune zu verderben. Aber da Duelle illegal waren, hatte Jack nicht erwartet, dass sein Freund den Kampf in der Öffentlichkeit ausgefochten hatte. In wachsender Sorge führte er Venus die Treppe hinauf und suchte nach der Tür mit der

Nummer dreiundzwanzig, die Burnham in seiner Nachricht erwähnt hatte.

Als sie einen kleinen Alkoven erreichten, drückte er Venus auf einen Stuhl. »Warte hier«, bat er höflich und leichthin. Doch er konnte seine Angst nicht verbergen. Seit der Kindheit war Ned sein bester Freund. »Wer weiß, wer da drin ist – womöglich ein paar fragwürdige Gestalten ... Wenn keine Gefahr besteht, hole ich dich sofort.«

Obwohl sie keinen Wert auf Konventionen legte, wusste sie, dass man gewisse Skandale besser vermeiden sollte. »Gut, ich bleibe hier. Hol mich, wenn ich mich nützlich machen kann.«

Noch während sie sprach, eilte er davon und folgte einem schwach beleuchteten Korridor, auf der Suche nach Neds Zimmer.

Hinter der Tür mit der Nummer dreiundzwanzig herrschte unheilvolle Stille. Schweren Herzens überlegte er, ob er schon zu spät kam. War Ned schon gestorben und weggebracht worden? Nach einem tiefen Atemzug stieß er die Tür auf. Der Raum war menschenleer. Aber er erkannte Neds flaschengrünes Jackett und die bestickte Weste, die über einem Stuhl hingen. Seltsam – Ned war angeschossen worden, aber die Kleidungsstücke wiesen weder Löcher noch Blutflecken auf. Normalerweise wurde man bei einem Duell nur selten unterhalb der Taille getroffen.

Nachdem Jack sowohl das Jackett als auch die gelbe, mit Jagdmotiven bestickte Seidenweste gründlich inspiziert hatte, überlegte er, ob sein Freund sich einen albernen Scherz erlaubt hatte. Da hörte er, wie eine Nebentür des Raums geöffnet wurde.

Erbost wollte er sich auf Ned stürzen, der ihn mitten in der Nacht hierher gelockt hatte. Und dann erstarrte er.

Eine lächelnde, splitternackte Sarah Palmer betrat das Zimmer.

Und Jack glaubte, die Eisenklammern einer Falle zu spüren, die gnadenlos zuschnappte. Wortlos wandte er sich zur Tür, die in den Flur führte, und wollte die Flucht ergreifen.

»Was zum Teufel soll das bedeuten?«, rief eine raue Männerstimme.

Ohne sich umzudrehen, strebte er weiter. Verdammt, in welchen Albtraum war er geraten?

»Bleiben Sie stehen, elender Schurke, oder ich erschieße Sie!«

Das metallische Klicken eines Pistolenhammers begleitete den Ruf. Trotzdem überlegte Jack, ob er seinen Weg fortsetzen sollte. In diesem halb dunklen Raum müsste die Kugel ihr Ziel verfehlen.

Plötzlich flog die Tür zum Korridor auf und Bella stand ihm gegenüber. Ihre kleine Pistole mit dem Perlmuttgriff zielte direkt auf seine Brust.

In seinen Augen glühte heißer Zorn. Aber seine Stimme klang eiskalt. »Was willst du, Bella? Ach, natürlich … das habt ihr ja fein eingefädelt …«

»Vergeuden wir keine Zeit mit überflüssigen Diskussionen. Geh zurück – sonst müsste ich deinen wundervollen, perfekten Körper verunstalten.«

»Damit wirst du nicht durchkommen.«

»Oh, wir haben viele Zeugen«, erwiderte sie honigsüß. »Dreh dich doch um!«

Widerstrebend gehorchte er und zählte fünf Personen. Drei kannte er nicht – zweifellos bestochene Dienstboten, die vor Gericht jede gewünschte Aussage machen würden. Die beiden anderen waren

Vater und Mutter Palmer, die ihn in täuschend echter Empörung anstarrten – angesichts dieses tückisch inszenierten Dramas. Langsam und seelenruhig schlüpfte Sarah in einen Morgenmantel, als wäre ihr nackter Körper kein Grund, verlegen zu werden.

»Auch ich kann Zeugen bezahlen«, betonte Jack.

»Unsere Tochter erwartet ein Kind von Ihnen, Marquess!«, zischte Sarahs Mutter. »Nun müssen Sie Ihre Pflicht erfüllen.«

»Von mir ist dieses Kind nicht.«

»Aber sie hat uns das Gegenteil versichert!«, stieß Baron Palmer zwischen zusammengebissenen Zähnen hervor – verärgert über Jacks Gelassenheit, die er für die typische Arroganz der Hocharistokratie hielt.

»Dann lügt sie.« Jack warf Sarah einen frostigen Blick zu. »Glauben Sie mir, meine Liebe, Sie sind nicht mein Typ.«

»Aber Sie sind genau *mein* Typ, liebster Jack. Das wird mein Baby bekunden.« Nur zu gut wusste sie, was auf dem Spiel stand – Reichtum, eine hohe gesellschaftliche Position, ein Adelstitel für ihr Kind. Das hatte Bella ihr nicht zweimal erklären müssen.

»Wie wollen Sie meine Vaterschaft beweisen?« Jacks gepresste Stimme verriet, wie schwer es ihm fiel, seine Wut zu bezähmen.

»Das müssen wir nicht«, entgegnete Baron Palmer. »Das Gericht wird diesen Zeugen glauben, auch den anderen. Wie mir Sarah erzählt hat, wurden Sie oft zusammen gesehen.«

»Sind wir jetzt fertig?«, fragte Lord Redvers gefährlich leise.

»Mein Anwalt wird Sie in London aufsuchen und Ihnen den Ehevertrag vorlegen.«

»Dann entschuldigen Sie mich jetzt«, bat Jack mit jener Noblesse, die auf die zwanzig Generationen seines Adelsstands hinwies. »Bedauerlicherweise haben Sie meine Pläne für diesen Abend durchkreuzt.«

»Bilden Sie sich bloß nicht ein, Ihr blaues Blut wird Sie retten, Redvers!«, mahnte Lord Palmer, wütend über Jacks verächtliche Gelassenheit. »Diesen Kampf werde *ich* gewinnen.«

»Mit alldem haben meine Vorfahren nichts zu tun, Palmer. Ich kann genauso tückisch und niederträchtig vorgehen wie Sie. Was meinen Sie wohl, warum meine Ahnen so weit gekommen sind?«

»Indem es gewisse Damen mit dem König getrieben haben!«, fauchte Lord Palmer.

»Und mit vielen anderen. Denken Sie dran, wenn Sie sich Ihres Sieges zu sicher sind.« Ohne ein weiteres Wort ging er an Bella vorbei und verließ das Zimmer, voller Zorn und Rachsucht. »Nur ein übler Streich«, erklärte er Venus, die ihm entgegeneilte. »Ned war gar nicht da. Reiten wir nach Hause.« Seufzend erkannte er, dass die groteske Farce, die er soeben erlebt hatte, nur das Vorspiel eines peinlichen Rechtsstreits gewesen war.

»Tut mir Leid, Jack. Wenigstens ist er nicht verletzt.«

»Ja – zumindest *ein* Pluspunkt.« Er zwang sich zu einem Lächeln. »Und es dauert nicht lange, bis wir wieder daheim sind. Nur fünfzehn Minuten.«

»Oh, ich finde die frische Nachtluft sehr angenehm.«

»Du bist viel zu verständnisvoll«, meinte er und

reichte ihr seine Hand. »Komm, verschwinden wir von hier.«

Beinahe hatten sie die Treppe erreicht, als eine Frauenstimme rief: »Vergiss nicht, deinen Anwalt über den Ehevertrag zu informieren.« Bellas Gelächter triefte geradezu vor Bosheit. »Schlaf gut, Darling!«

Sekundenlang begegnete Venus seinem Blick, bevor sie sich umdrehte. Diese schrille Stimme kannte sie nur zu gut. Und Lady Tallien war trotz des schwachen Lichts unverwechselbar.

»Gib keine Antwort!« Jack umklammerte Venus' Hand noch fester und zog sie etwas näher zu sich heran.

»Oh, ich habe gar nicht vor, mit ihr zu reden«, erwiderte Venus, entwand ihm ihre Finger und stieg die Stufen hinab.

»Wie so viele Frauen wiegt sie sich in törichten Illusionen«, meinte er bitter und folgte ihr.

»Das alles geht mich nichts an.«

»Zum Teufel mit diesen Leuten!«

»Offensichtlich gibt es Meinungsverschiedenheiten, die unsere Verlobung betreffen.«

»So könnte man's nennen. Und es wird mich eine schöne Stange Geld kosten, den Streitfall zu bereinigen.«

»Musst du vielleicht jemanden bestechen? Nein«, fügte Venus hastig hinzu, »ich will es gar nicht wissen.«

»Und ich möchte nicht mehr daran denken. Überlassen wir das ganze Gezänk den Anwälten.«

Auf dem Heimweg war Venus erstaunlich kühl und wortkarg. Das nahm er ihr nicht übel. Aber es irritierte ihn, dass er sie besänftigen musste, obwohl ihn keine Schuld an den unerfreulichen Ereignissen traf.

»Du musst mich nicht um Verzeihung bitten«, unterbrach sie ihn, als er nach der Ankunft in Lawley Mill beruhigend auf sie einsprach. »Jetzt ist das Derby vorbei und ich werde ohnehin nach Hause fahren.« Ihr Lächeln wirkte aufrichtig und höflich – das Lächeln, das man einem Bekannten schenkte, wenn ein Missverständnis beseitigt war.

»Aber du darfst nicht abreisen.«

»Bitte, Jack, ich hatte niemals vor, länger hier zu bleiben. Das wusstest du von Anfang an.«

»Sicher musst du mich nicht sofort verlassen.«

Venus seufzte leise. »Offen gestanden – einer Frau wie Lady Tallien gehe ich lieber aus dem Weg. *Du* musst dich mit ihr auseinander setzen. Ich nicht.«

»Das ist auch gar nicht nötig, ich schwör's dir.«

»Wirklich, Jack, ich werde zu Hause erwartet. Besuch mich doch mal in Paris.«

»Also willst du einfach aus meinem Leben verschwinden?«

»Ich bin für Menschen verantwortlich, die auf meine Unterstützung angewiesen sind, und für die Finanzierung einer großen Wohlfahrtsorganisation. In den letzten Jahren habe ich hart gearbeitet, um mittellosen kranken Leuten zu helfen. Und jetzt habe ich schon viel zu lange Urlaub gemacht.«

»Du willst wegen Bella abreisen, nicht wahr?«

»O nein … Andererseits, diese Begegnung hat mich wieder einmal an die Realität deines abwechslungsreichen Lebenswandels erinnert.«

»Wie kann ich dich umstimmen?«

»Bitte, Jack, versuch's nicht. Wir wussten beide, dass unsere Affäre nicht lange dauern würde.«

»Unsere Affäre?«, wiederholte er in vorwurfsvollem Ton.

»Behauptest du etwa, du würdest tiefere Gefühle für mich empfinden?« Venus wusste es besser. Im Gegensatz zu jenen Frauen, die er vorhin erwähnt hatte, gab sie sich keinen albernen Illusionen hin.

»Wie's in meinem Herzen aussieht, kann ich dir nicht sagen.« Mit diesen Worten half er ihr, objektiv zu bleiben.

»Dann sag ich's dir. Du willst nicht heiraten, ich will nicht heiraten. Trotzdem führen wir beide ein ausgefülltes Leben. Natürlich werden wir gern und oft an dieses erfreuliche Zwischenspiel zurückdenken. Und das genügt mir vollkommen, Darling. Was anderes hast du mir nicht angeboten. Erinnerst du dich?«

»Und wenn ich meiner Selbstsucht frönen will?«, seufzte er.

»Auch ich bin egoistisch.«

»Würdest du deine Abreise verschieben? Könnten wir darüber verhandeln?«

»Vielleicht.«

»Noch zwei Wochen?«

»Zwei Tage.«

»Zehn Tage.«

»Vier.«

»Sechs – und ich schwöre dir, du wirst nie wieder ein Mitglied der Familie Palmer sehen.«

»Fünf – aber nur unter der Bedingung, dass wir erst nach London zurückkehren, wenn mein Schiff ausläuft. Lady Tallien geht viel zu zielstrebig vor. Nicht einmal du kannst mich vor ihr schützen.«

Wohl oder übel musste er ihr Recht geben. »Also gut, wir bleiben auf dem Land.«

15

Endlich begann der Regen zu strömen, der stundenlang in der Luft gelegen hatte. Am nächsten Tag wagten sich Jack und Venus nicht ins Freie. Da die Trennung kurz bevorstand, blieben sie den ganzen Tag im Schlafzimmer. Erst abends setzten sie sich in die Bibliothek, um ein Glas Cognac zu trinken. Doch der nächste Tag erforderte ihre Rückkehr in die Außenwelt, weil das Oaks stattfinden würde, eines der klassischen Rennen, und Jack hatte Fortune gemeldet.

Um gesellschaftliche Kontakte möglichst zu vermeiden, erschienen sie in letzter Minute an der Rennstrecke. Nachdem sie dem siegreichen Fuchs zugejubelt hatten, verschwanden sie sofort und überließen es dem Trainer des Marquess, den Preis entgegenzunehmen. Schließlich würden sie nicht mehr lange beisammen bleiben, da war jede Minute kostbar. Wie elend sie sich fühlten, gab keiner von beiden zu.

Diesmal duldete Jack die störende Anwesenheit des Kutschers nicht und steuerte seinen zweirädrigen Einspänner, wie schon bei der Hinfahrt, selbst nach Lawley Mills. Er war nicht sonderlich gesprächig. Auch Venus schwieg, ebenso wie Jack von einer sonderbaren Beklemmung erfasst, als könnte die Welt jeden Augenblick einstürzen. Nur die Hufschläge auf der staubigen Landstraße durchbrachen die Stille – bis plötzlich Zweige im Unterholz knackten.

Nervös spitzte das Pferd die Ohren. Jack spähte in die Richtung, aus der das Geräusch herangedrungen war, und schrie entsetzt:

»Runter mit dir!«

Eine Sekunde, bevor der Schuss krachte, warf sich Venus auf den Boden des Wagens.

»Bleib unten!«, befahl Jack. Obwohl weiter vorn am Straßenrand weitere Heckenschützen lauern mochten, spornte er das Pferd an, schaute sich aufmerksam um und überlegte verwirrt, was der Anschlag bedeuten mochte. Wer wollte Venus töten?

Die Kugel hatte ein Loch in den Wagensitz gerissen – genau an der Stelle, wo Venus gesessen hatte.

Erst kurz vor der Zufahrt von Lawley Mills drosselte er das Tempo, steuerte den Wagen durch das Tor und sprang herunter, um es zu versperren. Nachdem er Venus in ein Zimmer geführt hatte, dessen Fenster zu einem ummauerten Garten hinausgingen, trommelte er seine Reitknechte zusammen und stellte eine bewaffnete Patrouille auf.

Immer noch schockiert, hörte Venus nur mit halbem Ohr zu, während er den Männern Anweisungen gab. Sie war schon oft in abgeschiedenen Gebieten gewesen, wo man jederzeit mit Überfällen rechnen musste. Aber ein Angriff in dieser idyllischen ländlichen Gegend, nur wenige Meilen von der belebten Rennbahn Epsom entfernt, erschien ihr äußerst seltsam. Und so beharrlich sie sich auch den Kopf zerbrach – sie wusste nicht, wer ihr den Tod wünschen könnte.

Jack hatte den Mann hinter der Schusswaffe deutlich gesehen. Sobald er mit Venus allein war, fragte er, ob sie Feinde habe.

»Da fällt mir niemand ein. Vielleicht galt die Kugel nicht mir, sondern dir. Oder es war ein Jagdunfall.«

»Mag sein«, antwortete er ausweichend, setzte sich zu ihr aufs Sofa und ergriff ihre Hand. Der Gewehrlauf war jedoch von einem stabilen Zweig gestützt worden, der Schütze hatte genug Zeit gefunden, um genau zu zielen, und in diesen Countys jagte man nur Füchse und Moorhühner – kein Wild, das groß genug war, sodass man versehentlich den hohen Sitz eines Einspänners treffen könnte. »Unter diesen Umständen wäre es besser, wir würden früher nach London zurückkehren.«

»Fahren wir doch direkt nach Dover.«

»Einverstanden. Aber du darfst mich noch nicht verlassen. Erst in drei Tagen. Das hast du versprochen.«

»Wie hartnäckig du bist …«, meinte sie lächelnd. »Quartieren wir uns an Bord meines Schiffs ein. Da sind wir sicher.«

»Zunächst möchte ich die Rückkehr meiner Männer abwarten, die in der Nachbarschaft Erkundigungen einziehen. Hier draußen auf dem Land fallen Fremde sofort auf. Vielleicht hat irgendjemand den Mann gesehen, der auf uns schoss. Inzwischen bleiben wir hier drin und sobald es dunkel wird, fahren wir nach Dover.«

»Also glaubst du nicht, dass es ein Unfall war?«

Zögernd zuckte er die Achseln und dachte an die Palmers. In ihrer Habgier würden sie vermutlich vor nichts zurückschrecken. »Wir sollten kein Risiko eingehen.«

»Das finde ich auch. Und was machen wir, bis die Dunkelheit hereinbricht?«, fragte sie gedehnt.

»Du bist einfach unersättlich, nicht wahr?«

»Nur in deiner Gesellschaft …«

»Das muss der Grund sein, warum ich dich vergöttere.«

Auf dem wuchtigen Sofa, für die Proportionen eines Mannes bestimmt, wirkte Venus klein und zierlich. Ihr blondes Haar schimmerte im Schatten des getäfelten Raums. »Wie charmant du bist …« Ihr Kopf lehnte an der braunen Samtpolsterung, ihre Lider flatterten. Langsam zog sie den Rock ihres indigoblauen Seidenkleids nach oben und spreizte einladend die Schenkel. »Verschließ doch die Tür.«

»Mit Vergnügen. Übrigens – am liebsten würde ich dich für immer einsperren.«

»Das kannst du nicht.« Schmollend schob sie die Unterlippe vor.

»Warten wir's ab.«

»Mein Vater und mein Bruder würden mich sofort befreien.«

Grinsend drehte er den Schlüssel im Schloss herum. »Wenn sie dich finden …«

»Was soll das heißen? Sie haben die Frau verfehlt? Wie konnte das passieren?« Trevor Mitchell war hochrot vor Wut. Hektisch hüpfte sein ausgeprägter Adamsapfel auf und ab.

»Verdammt, Redvers entdeckte mich, warnte die Französin, und sie kauerte sich blitzschnell auf den Boden des Wagens.« Der große, kräftig gebaute Mann verfehlte sein Ziel nur selten. Deshalb war er Trevor von einem zwielichtigen Freund empfohlen worden. Aber er entschuldigte sich nicht für sein Versagen. Gelassen saß er im hinteren Salon des Landgasthofs, robuste Finger um den Henkel seines Ale-Krugs geschlungen, mit ausdrucksloser Miene.

»Dann müssen Sie's eben noch einmal versuchen. Immerhin habe ich Sie bezahlt.«

»Redvers würde mich wiedererkennen. Engagieren Sie jemand anderen. Mich kriegt der Lord nicht mehr zu Gesicht. Angeblich kann er sehr gut mit Waffen aller Art umgehen. Der beste Schütze von England. Vielleicht hilft Ihnen Bertie Wells, der geht gerade auf Arbeitsuche.«

»Und Sie steigen aus? Zum Teufel, wofür halten Sie sich eigentlich?«

»Für einen Mann, der Sie zu Brei schlagen und Ihre sterblichen Überreste an einem einsamen Ort verstecken kann, wo sie niemand finden wird.« Der muskulöse Bursche leerte den Krug, stellte ihn ab und stand vom Tisch auf. »Noch Fragen?«

Trevor schien in seinem Sessel zu schrumpfen. Plötzlich war ihm die Wichtigtuerei vergangen.

»Gute Nacht, Kumpel.« Der Mann tippte an seine Mütze.

»Sagen Sie Bertie …« Trevor räusperte sich. »Sagen Sie ihm, er soll mich in London besuchen.«

Wortlos nickte der gedungene Meuchelmörder und schloss die Tür hinter sich.

Am nächsten Tag hatte die Familie, die Jack um sein Vermögen erleichtern wollte, alle Hände voll zu tun. Während Lord Palmer zusammen mit seinem Anwalt einen Ehevertrag abfasste, der seine Rachegelüste befriedigen würde, besprachen Lady Palmer und Bella bei einer Tasse Tee die Hochzeitsvorbereitungen. Den angenehmsten Zeitvertreib gönnte sich Sarah, die an der Seite ihres jungen Liebhabers die köstlichen vibrierenden Nachwirkungen eines Orgasmus genoss.

»Was kümmert's mich, ob ich Orangenblüten oder Rosen im Haar trage?«, bemerkte sie leichthin und zog die Nase kraus. »Oder ob Lord und Lady Balliol beim Hochzeitsempfang am Familientisch sitzen? O Darling, du ahnst nicht, wie langweilig das alles ist ...«

»*Cara mia*, du stößt ein Messer in mein Herz«, klagte Vincenzo.

»Ich werde dich ganz für mich allein engagieren«, versprach sie. »Dann musst du nicht mehr für diese Emporkömmlinge und ihre hässlichen, fetten Töchter arbeiten.«

»Das wird dein Mann nicht erlauben«, wandte Vincenzo niedergeschlagen ein.

»Keine Bange, Lord Redvers wird alles tun, was mein Vater ihm sagt. Papa ist wütend auf ihn.«

»Warum?« Er hob Sarahs Kinn und schaute ihr prüfend in die Augen. Noch jung, aber nicht leichtgläubig, ging er in dieser Welt halbwegs erfolgreich seinen eigenen Weg. »Warum sollte Lord Redvers auf deinen Papa hören?«

»Weil er's eben tut. Starr mich nicht so an, Vincenzo! Diese Heirat wird uns allen nützen. Auch dir. Möchtest du nicht in deine eigene hübsche Wohnung ziehen? Willst du nicht aufhören, diesen dummen Mädchen Tanzunterricht zu geben? Ich sorge für dich. Und Tante Bella hat mir versichert, es sei völlig in Ordnung, wenn ich mir als Ehefrau einen Liebhaber nehme.«

»Sarah, du hast mir noch immer nicht verraten, warum Lord Redvers, der niemandem Rechenschaft schuldet, ausgerechnet auf deinen Papa hören wird. Er ist doch nur ein Bierbrauer.« Gebieterisch wie ein Großinquisitor nahm er sie ins Verhör.

»Wie unhöflich du bist!«, jammerte sie, rückte von ihm weg und setzte sich im Bett auf.

»Wegen des Babys?«, fragte er kühl.

Dunkle Röte stieg ihr in die Wangen. »Wieso weißt du das?«

»Weil deine Tage ausbleiben, *cara mia*.« Vielsagend schaute er auf ihren Bauch. »Schon seit Monaten.«

»Und warum fragst du, wenn du's ohnehin weißt?«

»Es würde mich interessieren, was du deinem Papa erzählt hast – und auf welche Weise er sich mit Lord Redvers geeinigt hat.«

»Was geht dich das an?«, fauchte sie.

»Ich bin doch nicht nur dein Tanzlehrer und dein Liebhaber, *cara mia*, sondern in erster Linie auch ein Mann. Und ich will mich um mein Kind kümmern.«

»Aber es ist nicht dein Kind.«

»Von wem stammt es dann? Vor nicht allzu langer Zeit warst du noch Jungfrau.« Durchdringend schaute er sie an. »Belügst du mich?«

»Darling, das musst du verstehen – ich kann dich nicht heiraten.« Zärtlich berührte sie seine Wange. »Bedenk doch, dein Kind wird einen Adelstitel tragen. Bist du nicht stolz darauf?«

»Wenn du auch eine Lady bist – mein Vater ist genauso akzeptabel wie ein Bierbrauer. Immerhin war er der Hausarzt des österreichischen Gouverneurs von Verona.«

»Das interessiert mich nicht.« Verärgert über die Hartnäckigkeit ihres Geliebten, zog Sarah einen Schmollmund. »Papa hat mir versprochen, er würde Redvers zwingen, mich zu heiraten. Und ich möchte die Position einer Marchioness einnehmen. Warum bist du so selbstsüchtig? Warum missgönnst du mir mein Glück?«

»Also willst du den Marquess unbedingt heiraten? Obwohl du ihn nicht liebst?«

»Bitte, Vincenzo!« Unwillig runzelte sie die Stirn. »In aristokratischen Kreisen heiratet man nicht aus Liebe. Und deshalb brauche ich dich«, fügte sie lächelnd hinzu. »Auch nach meiner Hochzeit können wir uns lieben, so oft wir wollen.«

»Ich fürchte, du überschätzt Lord Redvers' Toleranz.«

»Pah! Bella sagt, man muss einfach nur wissen, wie man einen Ehemann behandelt.«

»Vielleicht sollte deine Tante lieber den Mund halten. Wo doch ihr Ehemann das bisschen Geld verdient, das sie besitzen ...«

»Das wird *mein* Mann nicht tun, weil er ein riesiges Vermögen besitzt. Und jetzt will ich nicht mehr darüber streiten. Wenn du mich nicht liebst, sag's einfach!«

»O *cara mia*, du weißt, wie sehr ich dich liebe. Obwohl deine Eltern dich zu diesem schrecklichen Opfer zwingen ...«

»Aber es ist kein Opfer! Ich werde in einem luxuriösen Haus wohnen, in meiner eigenen Kutsche fahren, den Marquess auf seine grandiosen Ländereien begleiten. Wie kannst du es wagen, mir Vorwürfe zu machen? Warum nimmst du's mir übel, dass ich einen reichen Mann heiraten will?«

Vincenzo schwieg.

»Glaub bloß nicht, du würdest mein Mitleid erregen! Also schau mich nicht mit diesen traurigen Augen an. Das nützt dir nichts.«

»Vielleicht möchte ich nicht mehr mit dir schlafen, wenn du verheiratet bist.«

»Natürlich willst du's. Lass dir nur ja nicht einfallen, mich zu verlassen!«

»Sicher finde ich eine nette junge Dame, die sich nicht nur für Adelstitel und Geldbörsen interessiert.«

»Behauptest du etwa, ich würde mich für nichts anderes interessieren? Wie grässlich das klingt …«

»Es *ist* grässlich.«

»Dann sind viele junge Damen in dieser Saison genauso berechnend.«

»Damit lässt sich deine Gesinnung nicht entschuldigen.« Der schlanke junge Mann stieg aus dem Bett und überquerte den schäbigen Teppich seines Schlafzimmers. »Jetzt gehe ich spazieren«, verkündete er, nahm seine Hose von einem Stuhl und begann sich anzuziehen.

»Nein, das verbiete ich dir! Vincenzo!«

»Viel Glück mit deinem reichen Ehemann.«

Ungerührt schlüpfte er in seine Schuhe und hob sein Hemd vom Boden auf, das er vor ein paar Stunden ungeduldig beiseite geworfen hatte. Als er sich zur Tür wandte, hörte er, wie Sarah aufsprang und zu ihm rannte. Eine Hand auf der Klinke, zögerte er. Da schlang sie ihre Arme um seine Taille, presste ihren warmen, nackten Körper an ihn, und er vergaß seinen Zorn – in der beglückenden Gewissheit ihrer Liebe.

Lord Palmers Gespräch mit seinem Anwalt verlief nicht besonders erfreulich. Da er ein großes Unternehmen leitete, war er es gewöhnt, seine Wünsche stets erfüllt zu sehen. Deshalb hatte er auch erwartet, er könnte die Klauseln des Ehevertrags problemlos diktieren. Stattdessen erfuhr er, es sei nicht so einfach, eventuell sogar unmöglich, dem Marquess irgendwelche Zwänge aufzuerlegen.

»Trotz der Zeugen wird der Richter Ihren Standpunkt vermutlich nicht teilen, Mylord«, erklärte der Anwalt zum zehnten Mal, um seinem reichen Klienten die Unterschiede zwischen der Hocharistokratie und unbedeutenden Barons begreiflich zu machen.

»Aber Redvers hat den Ruf meiner Tochter ruiniert, verdammt noch mal!«

»Das wird er bestreiten und ich kann nichts dagegen unternehmen. Angeblich besitzt er kein Gewissen. Und einem so wohlhabenden, einflussreichen Mann dürfte es nicht schwerfallen, mehrere Zeugen zu benennen, die Ihre Anklage entkräften werden, Sir.«

»Müssen wir denn überhaupt vor Gericht gehen?«

»Was deuten Sie an, Mylord?«, fragte der Anwalt entrüstet. Wenn er Lord Palmer auch bei verschiedenen unlauteren Geschäften vertreten und dessen Geld skrupellos genommen hatte, missfiel ihm die unverblümte Anspielung, ein schwerreicher Mann könnte alles kaufen.

»Ist das nicht offensichtlich?« Lord Palmer nahm kein Blatt vor den Mund. »Ist der Richter in finanziellen Schwierigkeiten? Oder habgierig?«

»Wie soll ich das wissen?«

»Finden Sie's heraus. Sollten wir auf diese Weise unser Ziel erreichen, wird mir der vornehme Lord Redvers vielleicht nicht mehr so hochmütig begegnen.«

»Unter seiner Arroganz haben viele Leute zu leiden. Falls Sie das tröstet, Mylord.«

»Nur eins wird mich trösten, Symington, wenn sich meine Tochter Marchioness of Redvers nennen darf. Sorgen Sie dafür. Wie viel es kostet, interessiert mich nicht.«

»Leider kann ich für nichts garantieren, Sir. Es ist nicht so einfach, gegen einen Mann wie den Marquess vorzugehen.«

»Wenn Sie es nicht schaffen, sagen Sie's offen und ehrlich, und ich suche mir jemand anderen.«

George Symington schätzte seine eigenen Fähigkeiten völlig richtig ein und er wusste, dass er den tüchtigsten Londoner Anwälten gewachsen war. »Selbstverständlich würde ich mein Bestes tun, Sir. Aber wenn Sie jemanden aufspüren möchten, der den Richter erfolgreicher beschwatzen könnte – nur zu!«

Auch Lord Palmer kannte Symingtons Qualitäten. »Nichts für ungut, George. Tun Sie, was in Ihrer Macht steht. Wenn ich ans Ziel meiner Wünsche gelange, werden Sie eine beträchtliche Prämie kassieren.«

»Die würde ich mir gern verdienen, Mylord. Aber Redvers wird mir einen harten Kampf liefern.«

Auf dem Weg nach Dover machte Jack in London Station, weil er seinen Anwalt sprechen wollte. Um Venus zu erklären, warum das nötig war, hatte er ihr in gemilderter Form erzählt, was sich im Sutton Inn ereignet hatte. Für den Fall, dass Redvers House von seinen Gegnern überwacht wurde, besuchte er Austin Watts in dessen Domizil.

Während Austins Frau Helen mit Venus Tee trank,

schilderte Jack dem Anwalt seine Begegnung mit den Palmers etwas detaillierter. »Wenn's möglich ist, verschone mich mit einer Gerichtsverhandlung. Andererseits haben mir die Palmers eine so dreiste Falle gestellt, dass mir ein Prozess eine gewisse Genugtuung verschaffen würde – sollten sie's tatsächlich wagen, mich anzuzeigen. Der Ruf ihrer Tochter steht auf dem Spiel, meiner ist längst ruiniert.«

»Wenn's um heikle Angelegenheiten geht, arbeitet Symington für Palmer.«

»Ist das ein Problem?«

»Eigentlich nicht – aber der Mann weiß das Gericht zu umgehen, wenn Palmers sich dazu entschließt.«

»Warten wir's ab. Wenn ich mich nicht täusche, ist es schon das dritte Mal, dass mich die Eltern heiratsfähiger Töchter zu übertölpeln suchen. Obwohl ich junge Mädchen keines Blickes würdige!«, fügte der Marquess angewidert hinzu. »Offenbar war es ein Fehler, diese anderen Fälle außergerichtlich abzuwickeln.«

»Aber du wolltest dir langweilige Verhandlungen ersparen – mit gutem Grund«, betonte Austin grinsend. Die beiden Männer waren schon seit vielen Jahren befreundet.

»Natürlich«, seufzte Jack. »Hoffentlich lässt sich die Sache möglichst schnell erledigen.«

»Da wir's mit Symington aufnehmen müssen, kann ich dir nichts versprechen.«

»Versuch ihn unter Druck zu setzen. Ich verlasse mich auf deine Kompetenz.«

»Wo finde ich dich, falls ich Verbindung mit dir aufnehmen muss?«

»Die nächsten Tage werde ich in Dover verbringen

– wo genau, kann ich dir aus verständlichen Gründen nicht verraten. Danach bin ich wieder in London.«

»Brauchst du eine Eskorte für die Fahrt nach Dover?« Jack hatte den Überfall in der Nähe von Epsom erwähnt.

»Danke, ich habe genug Männer.«

»Falls ich in der Sache Palmer mit harten Bandagen kämpfen muss – erteilst du mir eine Blankovollmacht?«

»Uneingeschränkt. Mach das Symington von Anfang an klar.«

Sichtlich zufrieden zupfte Austin die Manschettenknöpfe unter den Ärmeln seiner samtenen Hausjacke zurecht. »Endlich kann ich mal in die Offensive gehen. Darauf freue ich mich schon.«

»Gut. Gib mir Bescheid, wenn du irgendwas brauchst. Falls du dich vor meiner Rückkehr aus Dover an mich wenden willst – mein Kammerdiener weiß, wo ich zu finden bin.«

»Nimmst du ihn nicht mit?«

»Nein«, erwiderte Jack belustigt. »Wundert dich das?«

»In diesem letzten Monat warst du für niemanden zu sprechen und die Klatschbasen zerreißen sich das Maul.«

»Möchtest du mir irgendwelche Fragen stellen?«, erkundigte sich der Marquess amüsiert.

»So wie ganz London.« Austin winkte ab – eine taktvolle Geste, die seine Diskretion bekundete. »Wie ernst ist diese Beziehung?«

»Ernst genug, um mich einen Monat lang zu fesseln.«

»Ich finde Miss Duras sehr schön.«

»Einer ihrer zahlreichen Vorzüge.«

»In ein paar Tagen wird sie abreisen, nicht wahr?«

»Daran versuche ich sie zu hindern. Aber sie arbeitet an einem wichtigen Projekt – eine der wenigen reichen Frauen, die sich nützlich machen. Und nach diesem Anschlag auf ihr Leben darf ich sie nicht mehr in Gefahr bringen.«

»Wirst du ihr nachtrauern?« Erst seit kurzem verheiratet, kannte Austin das Wunder der Liebe.

»Eine gute Frage. Die solltest du mir in ein paar Wochen noch einmal stellen.«

»So gelassen, Jack?«

»Meine Ansichten über meine persönliche Freiheit werde ich wohl kaum ändern, falls du das hören willst.«

»In der Liebe geht es nicht um Freiheit.«

»Dann kann ich nicht verliebt sein, weil sie mir nach wie vor sehr wichtig ist.«

»Nun, dann wünsche ich dir angenehme Tage in Dover.«

»Besten Dank.«

»Inzwischen teile ich den Palmers mit, sie dürften sich keine Hoffnungen auf einen Schwiegersohn namens Redvers machen.«

»Großartig, Austin.«

»Sehen wir nach, ob die Damen ihren Tee schon getrunken haben«, schlug der Anwalt vor, und die beiden Freunde standen auf.

Eine Stunde später verließen Jack und Venus das Haus der Watts. Beim Tee war es zu einer hitzigen Debatte über die neuesten Reformen im Parlament gekommen. Helen gehörte einer Organisation an, die sich für die Schulbildung von Kindern aus mittellosen Londoner Familien einsetzte. Solche Projekte hatte Jack schon mehrmals großzügig unterstützt, ohne sein Engagement für die Wohlfahrt an die große Glocke zu hängen.

Schließlich drängte er zum Aufbruch. Als Venus in der Kutsche saß, musterte sie ihn neugierig. »Ich wusste gar nicht, dass du die Reformen befürwortest.«

»Um diese Dinge kümmert sich mein Sekretär. Gelegentlich informiert er mich über unsere Erfolge und erklärt mir, ein reicher Mann sei verpflichtet, den Menschen zu helfen, die vom Schicksal vernachlässigt wurden.«

»Sicher bist du nicht nur deshalb so großzügig, weil er dich dazu drängt.«

»Nun, ich besitze viel mehr, als ich brauche. Warum soll ich mit diesem Geld nichts Gutes tun?«

»Du bist nicht so, wie du scheinst«, meinte sie leise.

»Nun, allmählich lernst du mich immer besser kennen …«

»Warum kultivierst du die Rolle des ausschweifenden Lebemanns?«

»Das tue ich nicht. Aber ich kämpfe auch nicht dagegen an. Man kann mehrere Interessen verfolgen.«

»Die meisten Leute glauben, du würdest dich nur für deine Laster begeistern.«

»Während du meine Neigung zum häuslichen Leben bemerkt hast«, erwiderte er grinsend.

»Mach dich nicht über mich lustig! Deine häuslichen Tugenden betreffen nicht nur das Schlafzimmer. Wie ich herausgefunden habe, bist du ein großzügiger Gutsherr, der verantwortungsbewusst für seine Pächter sorgt. Du setzt dich für die Armen ein und du lässt den Kirchen in deinen Gemeinden beträchtliche Spenden zukommen.«

»Vergiss meine Rennpferde nicht«, erwiderte er leichthin. »Die behandle ich auch sehr gut.«

»Ist es dir peinlich, wenn du gelobt wirst?«

»O nein, ich bin nur realistisch – und keineswegs ein Tugendbold.«

»Trotzdem, das Thema ist dir unangenehm, also sollten wir's wechseln. Besuch mich in Paris und schau dir die Hospitäler an. Natürlich sollst du dich zu nichts verpflichtet fühlen, Darling«, fügte sie hastig hinzu, weil sich seine Miene plötzlich verschloss.

»Selbstverständlich würde ich dich sehr gern besuchen«, entgegnete er, ohne näher auf ihren Vorschlag einzugehen, und Venus zog ihre Schlüsse aus der vagen Antwort.

Auf der restlichen Fahrt sprach sie nur noch über belanglose Dinge, die gesellschaftlichen Ereignisse der letzten Zeit und gemeinsame Bekannte, und allmählich entspannten sich Jacks Züge.

Dass er mit Austin über sie gesprochen hatte, wusste sie nicht. Und sie ahnte auch nichts von den zwiespältigen Gefühlen, die jene Unterhaltung geweckt hatte. Nie zuvor hatte sich der Marquess fragen müssen, was er eigentlich wollte. Und allein schon die Existenz dieses inneren Konflikts genügte, um ihn zu beunruhigen.

Eifrig bestrebt, Bertie Wells möglichst schnell zu treffen, kam Trevor Mitchell ein paar Stunden vor Jack und Venus in London an. Glücklicherweise brauchte Bertie dringend Geld für seine Buchmacher. Deshalb schreckte er vor fast nichts zurück. Mit jedem Tag, den Jack und Miss Duras zusammen verbrachten, sah Trevor seine Felle weiter davonschwimmen. In wachsender Verzweiflung beschloss er, mit allen Mitteln zu verhindern, dass Jack heiraten und einen Erben zeugen würde.

Seine finanzielle Situation verschlechterte sich zusehends. Von mehreren Gläubigern bedrängt, musste er befürchten, im Schuldturm zu landen, während sein Vetter im Luxus lebte. Dieser Gedanke erfüllte ihn mit abgrundtiefem Hass.

Dass er selbst die Verantwortung für seine üble Lage trug, erkannte er nicht. Wäre er vernünftiger gewesen, hätte er von der Apanage, die Jack ihm zugestand, sorgenfrei leben können. Aber mit solchen Überlegungen befasste er sich nicht. Stattdessen beherrschten ihn Neid und Zorn auf seinen Vetter schon seit vielen Jahren.

Also ernannte er Bertie Wells zum Werkzeug seiner Rache. Dann suchte er seine Wohnung in Chelsea auf, um angstvoll auf günstige Nachrichten zu warten.

16

Spät abends trafen Jack und Venus in Dover ein und ließen sich zur *Morea* rudern, die vor der Küste ankerte. Da keine Wachtposten mehr gebraucht wurden und an Bord so gut wie keine Gefahr bestand, quartierte sich die Eskorte des Marquess in einem der Gasthöfe am Hafen ein. Venus machte ihn mit dem Kapitän bekannt und führte ihn in ihre Kabine.

Im gedämpften Lampenlicht musterte Jack die exquisite Einrichtung des Raums. Auf den Decksplanken aus Teakholz lagen türkische Teppiche in lebhaften Rot- und Blautönen. Chinesische Möbel waren mit polierten Messingklammern im Boden verankert. In einer Ecke stand ein breites Bett hinter einem kostbaren Paravent, so luxuriös, als wäre es für einen orientalischen Potentaten hergestellt worden.

»Wie stilvoll du zu reisen pflegst ...«, bemerkte Jack, einen kritischen Unterton in der Stimme.

»Peggy hat mir deine Yacht beschrieben, die mindestens genauso komfortabel ist. Wenn ich mich recht entsinne, erwähnte sie eine versenkte Badewanne und einen gekühlten Lagerraum für deine erlesenen Weine. Ich begnüge mich mit einer Kupferwanne und ein paar Flaschen Cognac.

»*Touché*«, seufzte Jack und folgte ihr in die Mitte der Kabine. »Trotzdem – der Raum sieht so aus, als wäre er für gewisse Amüsements bestimmt.«

»Sicher haben diese Wände schon einiges gesehen.« Venus sank in einen Polstersessel. »Wenn mein Bruder mehrere Wochen auf hoher See verbringt, bevorzugt er die *Morea*. Aber ich verreise nicht zum Vergnügen, sondern aus geschäftlichen Gründen.«

»Tatsächlich?« An den großen Schreibtisch aus Ebenholz gelehnt, starrte er sie durchdringend an, als zweifelte er an ihren Worten und wollte die Wahrheit ergründen.

»Fühlst du dich jetzt besser?«

Jack zuckte die Achseln, nicht sonderlich beruhigt. »Wie geht man mit der Eifersucht um? Einfach grässlich …«

»Ganz was Neues für dich, mein Lieber?«

»Jedenfalls missfällt's mir.«

»Bald kannst du in dein gewohntes, ausschweifendes Leben zurückkehren und vergessen, dass dieses Wort existiert.«

»Irgendwie trösten mich diese Zukunftsaussichten nicht.«

»Darüber wirst du sicher hinwegkommen. Mit lieben alten Gewohnheiten bricht man nicht so leicht.«

»Und was wirst du tun?«

»Arbeiten und noch mal arbeiten.« Venus lächelte. »Schau nicht so verblüfft drein! Was ich mache, bedeutet mir sehr viel. Es ist wundervoll, Menschen zu helfen, die ansonsten nicht überleben würden.«

»Ich werde dich besuchen …« Über diese Ankündigung staunte er selbst, und so suchte er nach einem Vorbehalt, falls er Ausflüchte brauchen würde. Doch er besann sich anders. »Dann schauen wir uns die Rennen in Longchamps an.«

»Einverstanden. Übrigens musst du meiner Familie nicht begegnen. Wir können uns eine Loge mieten.«

»Sehe ich so aus, als würde ich mich vor deiner Familie fürchten?«

»Ja.«

Grinsend hob er die Brauen. »Ist es so offensichtlich? Immerhin bin ich ein allseits bekannter Wüstling.«

»Ich erwarte nicht, dass du meinetwwegen deinen Lebensstil änderst.«

»Obwohl ich das im letzten Monat tat – sogar freiwillig …«

»Das habe ich nur gesagt, damit ich nicht in Tränen ausbreche – bei dem Gedanken, ich könnte dich nie wiedersehen.«

»Wenn ich mir vorstelle, ich würde *dich* nie wiedersehen …«

»Denken wir nicht daran. Genießen wir lieber unsere beiden letzten gemeinsamen Tage.«

»Bist du müde?«

»Je nachdem …«

»Wovon hängt es ab?«

»Von deinen Absichten.«

»Nichts Anstrengendes. Ich übernehme die ganze Arbeit.«

»Also kann ich einfach daliegen und mich amüsieren.«

»Genau.«

Einladend streckte sie die Arme aus. »Wie kann ein Mädchen so ein Angebot ablehnen?«

Er begann sie auszuziehen. Langsam befreite er sie von ihrem Kleid und den Unterröcken, ihrem Hemd, den hellblauen Seidenstrümpfen, die zum perlmuttfarbenen Leder ihrer Schuhe passten. Dann trug er sie zum Bett und setzte sie auf die weiche Matratze, schob mehrere Kissen hinter ihren Rücken und machte es ihr so bequem wie nur möglich, bevor er ihr ein Glas Cognac brachte.

»Wenn du jemals eine Stellung als Lakai suchst und ein Empfehlungsschreiben brauchst …«, scherzte sie und prostete ihm zu.

»Besten Dank, Mademoiselle«, erwiderte er in ehrerbietigem Ton. »Es wird mir ein Vergnügen sein, Ihnen zu dienen.«

»In welcher Eigenschaft? Wie heißen Sie? Ich habe Sie noch nie gesehen.«

»John Thomas. Und ich will Ihnen in jeder Weise dienen. Was immer Sie verlangen.«

»Ah, ich verstehe.« Hochmütig hob sie die Brauen. »Das war deutlich genug.«

»Meiner Erfahrung nach ziehen es die meisten Damen vor, wenn man möglichst schnell zur Sache kommt.«

Venus rümpfte pikiert die Nase. »Tatsächlich? Wissen die Damen so kühne Avancen zu schätzen?«

»Das hat man mir versichert. Manche Damen nannten mich zügellos, Mademoiselle, und ich glaube, damit wollten sie mir ein Kompliment machen.«

»Wie interessant.« Sie nippte an ihrem Cognac. »Was kann ich erwarten, wenn ich beschließe, Ihre Dienste zu beanspruchen?«

»Wenn Sie's wünschen – ich besitze Referenzen.«

Ihre Augen verengten sich. Missbilligend starrte sie ihn an. »Die will ich lieber nicht sehen.«

»Pardon, Mademoiselle, manche Damen bevorzugen einen Mann mit *lettres*.«

»*Lettres*?«

»Damit meine ich französische *lettres*, Mademoiselle. Die hätte ich zu bieten.«

»Ah, das ist was anderes. Solche *lettres* akzeptiere ich.«

»Sehr wohl, Mylady.« Jack zog vier Päckchen Kondome aus der Tasche seines Jacketts und legte sie auf den Nachttisch.

»Also wirklich, Thomas, ich weiß nicht, ob mir Ihre Eigenmächtigkeit gefällt. Habe ich Ihnen befohlen die *lettres* dorthin zu legen?«

»Soll ich sie entfernen?«

Nach kurzem Zaudern erwiderte Venus herablassend: »Diesmal werde ich Ihre Impertinenz übersehen.«

»Besten Dank, Mylady. Solche Freiheiten werde ich mir nie mehr erlauben.«

»In meinem Haushalt erwarte ich bedingungslosen Gehorsam, Thomas.«

Mühsam unterdrückte er seinen Lachreiz. »Sehr wohl, Mademoiselle, ich verstehe.«

»Jetzt dürfen Sie sich ausziehen und dann werden wir eine Livree für Sie wählen.«

»Soll ich mich vollends entkleiden, Mademoiselle? Manchen Damen genügt es, wenn ich nur die Hose …«

»Von anderen Damen will ich nichts mehr hören! Ja, Sie müssen alles ausziehen. Wie soll ich sonst wissen, welche Kleidergröße Sie brauchen?«

Gemächlich legte er ein Kleidungsstück nach dem anderen ab. Nach den Sorgen der letzten Tage genoss er das Spiel. Und seine Begierde wuchs mit jeder Sekunde.

»Hm – sehr hübsch«, murmelte Venus und musterte ihn von Kopf bis Fuß. An seiner pulsierenden Erektion blieb ihr Blick besonders lange hängen. Lässig stand er da, als hätte er mit dieser Entkleidungsszene schon viele Ladys beglückt. Je länger sie seinen nackten Körper betrachtete, desto inbrünstiger sehnte sie sich nach ihm. »In der Tat, Thomas, Sie haben einiges zu bieten«, bemerkte sie und verbarg ihre Ungeduld. Hastig trank sie ihr Glas leer.

»Besten Dank, Mylady.« Er beobachtete, wie sich ihre Brustwarzen aufrichteten, und konnte ihre Erregung beinahe riechen. »Freut mich, dass Sie mit mir zufrieden sind.«

»Jetzt brauche ich noch einen Drink«, verkündete sie gebieterisch. Wie so oft in diesen intimen Stunden mit Jack verspürte sie das Bedürfnis, das Eingeständnis ihrer Lust hinauszuzögern.

»Gewiss, Mademoiselle«, erwiderte er und holte die Cognacflasche.

Als er zu ihr kam, hielt sie ihm das Glas hin. Er entkorkte die Flasche und schenkte ihr ein geringes Quantum ein.

»Etwas mehr, bitte.« Seine Nähe, die spürbare Hitze seines Körpers und der würzige Duft seines Eau de Cologne verstärkten das Pochen zwischen ihren Schenkeln.

»Womöglich würden Sie etwas verschütten, Mylady.«

»Natürlich nicht.«

»Aber es könnte passieren und der Cognac würde auf Ihre nackte Haut rinnen.«

»Seien Sie versichert, Thomas, ich habe nicht vor, auch nur einen Tropfen zu vergießen.«

»Vielleicht werden Sie auf ein volles Glas verzichten, wenn Sie *das* hier spüren.« Lächelnd beugte er sich hinab und steckte den Korken in ihre Vagina.

Von plötzlichen fieberheißen Wellen durchströmt, schloss sie die Augen. Immer tiefer drang der Korken in sie ein und Jacks Finger bewegten ihn rhythmisch. Gerade noch rechtzeitig nahm er ihr das Glas aus der Hand und stellte es auf den Tisch.

Dann neigte er sich wieder zu ihr und küsste ihre harten Brustwarzen. Behutsam begann er, an einer Spitze zu saugen und spürte die vibrierende Reaktion in Venus' Vagina. Mit feuchten Fingern schob er den Korken höher hinauf. Stöhnend wand sie sich umher, als er ganz sanft in die rosige, empfindsame Knospe biss. »Wahrscheinlich brauchen Sie viel mehr, nicht wahr?«, flüsterte er.

Die Finger in sein seidiges, zerzaustes Haar geschlungen, zog sie seinen Kopf hoch. »Jetzt will ich nicht mehr warten.«

»Mademoiselle sind übereifrig. Die meisten meiner Arbeitgeberinnen bevorzugen eine langsame Steigerung.«

»Tun Sie, was ich Ihnen sage!«

In seinem Kinn begann ein winziger Muskel zu zucken. Mochte es ein Spiel sein oder nicht, er wollte sich keine Vorschriften machen lassen.

»Mademoiselle sind zu ungestüm«, entgegnete er, und seine Finger glitten aus ihrer Vagina.

»Jack! Nicht ...«

Ein fordernder Kuss verschloss ihr den Mund, seine Hände drückten ihre Schultern in die Kissen. Als er seine Lippen von ihren löste, hatte sie sich erinnert, wie wundervoll es war, ihm Freude zu bereiten. »Wenn Mademoiselle keine Befehle erteilt, kommen wir viel besser miteinander aus.«

Von ihrem unerträglichen Verlangen beherrscht, entschloss sie sich zur Fügsamkeit, um die Erfüllung möglichst bald zu genießen. »Verzeihen Sie ...«

»Gewiss, Mylady.«

Voller Sehnsucht betrachtete sie seine Erektion, die sich verführerisch aus dem schwarzen Kraushaar erhob. »Darf ich Sie berühren?«

Das Zögern in ihrer Stimme jagte das Blut schneller durch seine Adern. »Natürlich. Und später, wenn ich den Eindruck gewinne, dass Sie hinlänglich erregt sind, werden Sie mein Instrument in sich spüren.«

»Lassen Sie mich nicht zu lange warten«, wisperte Venus und strich über die samtige Spitze.

»Nur lange genug.« Nach wenigen Sekunden schob er ihre Hand beiseite. »Ich muss bewirken, dass Sie auch wirklich bereit sind.«

»Das bin ich.« Viel zu intensiv vibrierte die süße Qual zwischen ihren Beinen und der Korken, der sie bei jeder winzigen Bewegung reizte, erschien ihr wie ein köstlicher Vorbote, der Jacks harten Penis ankündigte.

»Noch ein paar Minuten … Wenn man sich ein wenig geduldet, ist die Erfüllung umso schöner.« Er griff nach der Flasche und goss den restlichen Cognac in den Schwenker, der auf dem Nachttisch stand. Dann spreizte er Venus' Beine weiter auseinander und streichelte ihre Schamlippen mit dem Flaschenhals. Die plötzliche Erkenntnis, was er tun würde, sandte einen wohligen Schauer durch ihren ganzen Körper. »Rühren Sie sich nicht«, mahnte Jack, »das ist Glas.« Vorsichtig steckte er den Flaschenhals in das weiche Fleisch und als es nachgab, hielt sie den Atem an, genoss den köstlichen Kontrast zwischen der kalten Härte und der Hitze ihrer Vagina.

Während sie gedehnt und ausgefüllt wurde, geriet sie in ein berauschendes Delirium, und als der Flaschenhals dem Korken begegnete, zitterte sie vor Verlangen.

»Allzu weit lässt sich die Flasche nicht hineinschieben«, seufzte Jack. »Deshalb fürchte ich, Sie können mich nicht aufnehmen, Mylady.«

Von sinnlicher Ekstase überwältigt, konnte sie nicht antworten.

»Oder glauben Sie, dass Sie's schaffen?« In sanftem Rhythmus bewegte er die Flasche, erzeugte betörende Gefühle und Venus war unfähig, sich auf irgendetwas anderes zu konzentrieren. Seine andere Hand glitt über ihre Brüste, durch die Vertiefung zwischen den bebenden Rundungen, dann kniff er ganz leicht in die Knospen, als wollte er prüfen, ob sie inzwischen für ihn bereit war. »Wenn Sie schweigen, weiß ich nicht, ob Sie meine Dienste wünschen, Mademoiselle.«

Weil ihr vor Lust schwindelte, verstand sie nicht, was er sagte, und blinzelte verwirrt.

Da legte er einen Finger unter ihr Kinn und zwang sie, ihn anzuschauen. »Können Sie mich aufnehmen?«

»Ja, ja ...«

»Wie gütig Sie sind, Mademoiselle ...«

Gefügig und einladend erwiderte sie sein Lächeln.

Vielleicht zu gefügig, dachte er plötzlich. Hatte sie sich schon öfter mit solchen Spielen amüsiert? »Wurden Sie jemals von einem Lakaien befriedigt?«

Der scharfe Unterton in seiner Stimme durchdrang den Nebel ihrer Leidenschaft, die Bedeutung der Frage war glasklar. Sofort meldete sich ihr Streben nach Unabhängigkeit zurück. »Warum sollte mich so etwas reizen?«

»Würden Sie's mir verraten, wenn es geschehen wäre?«

»Natürlich nicht.«

»Muss ich die Wahrheit aus Ihnen herausprügeln?«

»Das würden Sie nicht wagen.«

»Nun, ich könnte es versuchen.«

»Das wäre interessant. Aber zuerst möchte ich einen Höhepunkt erleben.«

»Und wenn ich dagegen bin?«, konterte er leise und zog den Flaschenhals aus ihrer Vagina.

»Um Befriedigung zu finden, brauche ich Sie nicht, Thomas.« Entschlossen griff sie nach der Flasche, die er blitzschnell aus ihrer Reichweite entfernte.

Als sie sich empört aufrichtete, hielt er ihre Handgelenke fest. »Erzählen Sie mir von ihren Lakaien.«

»Ach, da gab es so viele«, gurrte sie. »Wahrscheinlich kann ich mich gar nicht an alle erinnern.«

»Denken Sie einfach nur an die, mit denen Sie's getrieben haben.«

»Warum sollte ich?«

»Weil Sie sonst in dieser Nacht auf einen Höhepunkt verzichten müssen.« Jack stieß sie aufs Bett zurück, holte abrupt den Korken aus ihrer Vagina und schleuderte ihn in eine Ecke.

»Sie sind viel zu dominant, Thomas.«

»Beantworten Sie einfach nur meine Frage.«

»Vielleicht entsinne ich mich nicht ...«

»Strengen Sie sich an.«

»Und wenn Ihnen die Antwort missfällt?«

Er holte tief Atem, nicht sicher, was er sagen sollte. Warum fesselte ihn dieses Thema dermaßen? Das verstand er nicht. »Wie auch immer, ich muss es wissen.«

»Bekomme ich dann, was ich will?«

Jack nickte.

»Vor Ihnen gab es keinen einzigen Lakaien in meinem Liebesleben, mein launischer John Thomas.«

»Lügnerin!«

»Jetzt haben Sie Ihre Antwort erhalten …«

»… die mich nicht befriedigt.«

»Was soll ich denn sagen? Wenn ich gestehe, ich hätte mit einigen Dienern geschlafen, wären Sie mir böse.«

»Mit *einigen*?«, fauchte er.

Gleichmütig zuckte sie die Achseln, nicht bereit, ihm zu versichern, an ihren sexuellen Experimenten seien niemals Dienstboten beteiligt gewesen. »Warum vergeuden wir unsere Zeit mit so unwichtigen Dingen, statt eine angenehme Nacht zu genießen? Ich begehre Sie, Thomas, und selbst auf das Risiko hin, Ihr beträchtliches Ego noch mehr aufzublasen – Sie sind der einzige Mann, der mich inspiriert. Also lieben Sie mich!« Sehnsüchtig streckte sie die Arme aus. »Bitte, bitte, bitte …«

»Der Einzige?«

»Ausnahmslos. Nennen Sie sich die größte Freude meines Lebens.« Ungeduldig setzte sie sich auf und umfasste seine Erektion, sank in die Kissen zurück und zog ihn mit sich hinab.

»Was Sie sich wünschen, ist leicht zu erraten«, neckte er sie, als er auf ihrem weichen Körper lag.

»Warum war's so schwer, Sie davon zu überzeugen?«

»Einfach nur Eifersucht …«

»Das weiß ich. Ist es richtig oder falsch, was wir empfinden?«

»Genießen wir das Glück dieser Nacht und vergessen wir alles andere.«

»Ja«, wisperte sie. »Und jetzt küss mich, liebster

Jack, denn nach dieser langen Zeit beginnt meine Lust zu verebben, und ich brauche dich.«

»Ich gehöre dir«, beteuerte er ohne Zögern, ohne die üblichen Bedenken und Sorgen.

Zärtlich berührte sie seine Wange. »Das höre ich gern.«

»Und seltsamerweise jagt's mir gar keine Angst ein«, entgegnete er grinsend.

»Welch ein erstaunlicher Fortschritt ... Und jetzt reden wir über einen anderen Fortschritt. Könntest du ein bisschen näher rücken?« Fordernd schlang sie die Beine um seine Hüften, zog seinen Kopf herab und küsste ihn. »Weißt du, was ich meine?«

Nur zu gut ... »Mademoiselle, ich glaube, die Stellung in Ihrem Haushalt wird mir gefallen«, murmelte er an ihren Lippen.

»Natürlich werde ich Sie unentwegt beschäftigen, Thomas. Unter meinen Dienstboten dulde ich keine Müßiggänger.«

»Oh, ich bin sehr fleißig, Mylady«, beteuerte er und glitt in ihren warmen Schoß. »Sie werden es nicht bereuen, dass Sie mich engagiert haben.«

Als sie erwachten, stand die Sonne hoch am Himmel. Erst im Morgengrauen waren sie eingeschlafen. Jetzt, am späten Vormittag war es ziemlich heiß in der Kabine.

»Ich muss was essen«, verkündete Jack und rieb sich die Augen. Auf einen Ellbogen gestützt, beobachtete er Venus, die sich gähnend streckte. »Gestern Abend haben wir das Dinner vergessen.« Er schaute sich um. »Sind das Weintrauben da drüben?«

Immer noch verschlafen, murmelte sie: »Gleich rufe ich den Koch.«

»Während ich aufs Frühstück warte, esse ich die Trauben.« Er stand auf, nahm die Obstschüssel von einem Tischchen und trug sie zum Bett. »Soll ich den Koch holen?«

»Überlass das mir. Er ist sehr temperamentvoll.«

»Hört er nur auf dich?«

»So ungefähr … Darüber beklagt sich mein Bruder immer wieder und ich habe ihm erklärt, der Koch und ich würden uns eben einfach gut vertragen.«

»Hmmm …« Jack setzte sich auf den Bettrand und musterte sie forschend. »Natürlich versteht sich der Kerl mit dir viel besser als mit einem Mann. Sonst wäre er ein Idiot.«

»Warum betrachtest du alle zwischenmenschlichen Beziehungen vom sexuellen Standpunkt aus?«

»Aus dem gleichen Grund, warum die Frauen so gern über ihre Gefühle reden.«

»Wenn du unbedingt streiten willst, Darling, ich *muss* den Koch nicht rufen.«

»Oh, ich bitte tausendmal um Entschuldigung für meine dreiste Bemerkung – zehntausendmal. Und ich flehe dich an, ruf den Koch, ehe ich vor Hunger zusammenbreche.« Mit einem entwaffnenden Lächeln hielt er die Schüssel hoch. »Inzwischen habe ich die Trauben aufgegessen. Und ich vergöttere nicht deine Gefühle, sondern deinen Verstand.«

»Oh, das klingt viel besser. Aber so früh am Morgen solltest du mich nicht mit der Feststellung von Tatsachen verwirren.«

»Meine Süße, die Sonne steht schon fast im Zenit. Jetzt bringe ich dir einen Morgenmantel.«

»Warum führst du dich ständig so autoritär auf?«, fragte sie und beobachtete, wie er in ihrem Schrank wühlte.

»Weil ich dem Hungertod nahe bin. Wenn du dich entsinnst, auf Castlereagh wurde uns zehn Minuten, nachdem ich erwacht bin, das Frühstück serviert. Ah, da habe ich was.« Er drehte sich um und warf ihr einen Morgenmantel zu.

»Ich glaube, Alexander würde auch dich lieber bekleidet sehen.«

»Dann soll mich Alexander bekleidet sehen«, erwiderte er und begann sich anzuziehen.

»Das muss ich mir merken«, sagte sie fröhlich und schlüpfte in ihren Morgenmantel aus weißem Pikee. »Wenn ich nicht mit dir diskutieren will, lasse ich dich einfach hungern.«

»Glücklicherweise kenne auch ich wirksame Methoden, um dich gefügig zu machen, meine Liebe. Auf gewisse Dinge wartest du nicht gern.«

»Wärst du denn so grausam?«, fragte sie leichthin.

»Das hängt davon ab, wie schnell ich mein Frühstück bekomme. Und ich habe noch einen ganzen Tag Zeit, um dir Freude zu bereiten – falls du dich willfährig zeigst.«

»Einverstanden.« Venus eilte zur Tür, stieß sie auf und rief nach dem Koch.

Alexander ist viel zu jung, dachte Jack ärgerlich, als der Mann herbeilief. Und viel zu eifrig bestrebt, seiner Herrin zu dienen … Außerdem starrte er den Marquess wie einen unbefugten Eindringling an.

»Hoffentlich schmeckt dir die griechische Küche«, meinte Venus, nachdem Alexander ihren Anweisungen gelauscht und genickt hatte.

»O ja«, stimmte Jack zu. »Und meinen Kaffee hätte ich am liebsten sofort.«

Alexander überfiel Venus mit einem Wortschwall in seiner Muttersprache, wobei er Jack mit einem zornigen Blick bedachte. In diplomatischem Ton antwortete sie auf seine Klage. Jacks Griechischkenntnisse genügten nicht, um alles zu verstehen. Trotzdem erkannte er, dass sie den jungen Mann zu beschwichtigen suchte.

Aber der Kaffee wurde schon nach wenigen Minuten serviert, mit Honigbrötchen und Zitronenmarmelade, und Jack beschloss, Alexanders dreistes Benehmen zu ignorieren, weil der junge Koch über hervorragende Talente verfügte.

»Bin ich gestorben und im Himmel gelandet?« Entzückt biss Jack in sein Brötchen und verdrehte die Augen. »Und dieser Kaffee … Wenn er vergiftet ist, werde ich wenigstens einen angenehmen Tod genießen.«

»Alex hat noch nie einen Mann in meiner Nähe gesehen.«

»Nun, das war offensichtlich. Ich dachte schon, er würde mir meinen Platz in deinem Bett streitig machen.«

»Wirklich, Darling, das hast du missverstanden. Wir haben nur auf manchen Reisen einige Stunden zusammen verbracht.«

»Um gemeinsam zu lesen?«

»Wieso hast du das erraten?«

»Wie alt ist er? Siebzehn, achtzehn?«

»Achtzehn.«

»Und du?«

»Das weißt du.«

»Ebenso gut wie Alexander. Und er ist sich nicht sicher, wie er dich umwerben soll. Natürlich möchte er nicht auf deine Gesellschaft verzichten.«

»Lächerlich!«

»Wenn ich mich täusche, umso besser. Jedenfalls

will ich mich nicht mit ihm duellieren und deshalb erwarte ich auch, dass du ihn unter Kontrolle hältst.«

»Da du dich irrst, wird's keine Probleme geben.«

»Sehr gut. Würdest du mir bitte die Zuckerdose reichen?«

Als Alexander zurückkehrte, beobachtete Jack ihn aufmerksam. Der junge Mann begegnete ihm überaus höflich, fast unterwürfig, und Jack vermutete, dass Venus ihn ernsthaft ermahnt hatte. Bald hatte er sie wieder für sich allein, dachte er bedrückt. Morgen wird sie nach Hause fahren …

Am nächsten Vormittag ging Jack an Deck, um festzustellen, ob die Besatzung das Boot aufs Wasser gelassen hatte, das ihn zur Küste bringen sollte.

Als er nach ein paar Minuten zur Kabine zurückkehrte, blieb er verblüfft auf der Schwelle stehen. Ein kleiner, grauhaariger Mann saß Venus am Tisch gegenüber und trank Kaffee aus Jacks Tasse, in dieser luxuriösen Umgebung eindeutig fehl am Platz.

»Komm herein, Jack«, bat sie, »ich möchte dich mit Mr. Bertie Wells bekannt machen. Soeben haben wir eine großartige geschäftliche Vereinbarung getroffen. Erzählen Sie Lord Redvers, warum Sie hier sind.«

»Sind Sie sicher, Ma'am?«, fragte Bertie sichtlich nervös. Hastig stellte er die Tasse ab.

»Natürlich, Sie haben gar nichts zu befürchten.«

»Nichts zu befürchten?« Ohne den Mann aus den Augen zu lassen, schloss Jack die Tür hinter sich.

»Keine Sorge, mein Lieber. Mr. Wells ist bereit, den Auftraggeber zu wechseln – für eine Summe, die dir sicher angemessen erscheinen wird.«

»Was zum Teufel geht hier vor?«, fauchte Jack und trat an den Tisch.

Erschrocken zuckte Bertie zusammen. »Das habe ich Ihnen ja gesagt, Ma'am, Seine Lordschaft wird sich ärgern.«

»Beruhige dich, Jack, alles ist in Ordnung. Dein Vetter hat Mr. Wells hierher geschickt, um mich in die Flucht zu schlagen.«

»So hat er sich nicht ausgedrückt, Ma'am.«

»Darauf kommt's nicht an, Mr. Wells. Sicher kann sich Lord Redvers vorstellen, welchen Auftrag Sie erhalten haben.«

»Sollten Sie Miss Duras ermorden?« Durchdringend starrte Jack den drahtigen alten Mann an. »Lügen Sie nicht!«

»Nun ja, Mylord, Mitchell hat mir gesagt, wenn's nötig ist, soll ich die Dame beseitigen.«

Das hätte ich wissen müssen, dachte Jack und verfluchte seinen Leichtsinn. Zum Teufel mit Trevor ... »Haben Sie in der Nähe von Epsom auf Miss Duras geschossen?«

»O nein, Mylord, das war ich nicht.«

»Aber mein Vetter hat jenen Überfall arrangiert?«

»Keine Ahnung, Sir. Ich wurde Mitchell von einem Freund empfohlen, der in derselben Branche tätig ist – falls Sie verstehen, was ich meine.«

»Ein großer Bursche mit rotblondem Haar?«

»Mag sein, Mylord. So genau kann ich's nicht sagen. Mit diesem Freund will ich's mir nicht verderben.«

»Hat Mr. Mitchell Ihnen erklärt, warum Miss Duras ermordet werden soll?«

»Danach frage ich nie, das ist viel besser.«

Nun war Jack froh, dass Venus bald abreisen und

sich aus Trevors gefährlicher Reichweite entfernen würde. »Du solltest sofort den Anker lichten lassen, Venus«, schlug er vor. »Geh an Deck. Inzwischen behalte ich diesen Mann im Auge.«

»Ich habe schon alle nötigen Maßnahmen getroffen und jemanden an Land geschickt, der Mr. Wells' Honorar von der Bank abheben wird. Sobald das geregelt ist, gebe ich dem Kapitän Bescheid, und das Schiff wird auslaufen.«

»Nein, ich bezahle den Mann. Trevor ist mein Problem, nicht deines.« Erstaunt über Venus' sorglose Haltung, musste Jack sich sehr beherrschen, um Wells nicht zusammenzuschlagen. Obwohl es eigentlich sein Vetter verdienen würde.

»Soll sich ein Besatzungsmitglied um Mr. Wells kümmern, bis du von Bord gehst?«, fragte Venus.

»Ja. Kommen Sie, Wells, warten Sie woanders auf Ihr Geld.«

Nachdem Jack den Schurken an Deck gebracht und in die Obhut eines Seemanns gegeben hatte, eilte er in die Kabine zurück, immer noch schockiert. »Was zum Teufel ist passiert, Venus? Wie ist der Mann auf dein Schiff gelangt?«

»Das weiß ich nicht. Jedenfalls konnte ich rechtzeitig meine Pistole hervorholen und da wir beide bewaffnet waren, erklärte sich der Angreifer bereit, mit mir zu verhandeln. Männer von Mr. Wells Kaliber sind leicht zu bestechen. Allerdings verstehe ich nicht, warum er mich umbringen sollte und nicht dich. Von *deinem* Tod würde Mitchell doch viel mehr profitieren, nicht wahr?«

»Wahrscheinlich weiß er, dass ich aus der Hölle zurückkehren und ihn erdrosseln würde. Und genau das werde ich tun, wenn ich wieder in London bin.« Seufzend zog er Venus an seine Brust. »Verzeih mir, vor alldem hätte ich dich schützen müssen. Aber Trevor wird bitter dafür büßen, das schwöre ich dir.« Mit einem wehmütigen Lächeln fügte er hinzu: »Welch ein unerfreuliches Ende unseres wunderbaren Liebesurlaubs …«

»Oh, es war sehr aufregend – bis zur letzten Minute.«

»Diesen Zwischenfall solltest du nicht auf die leichte Schulter nehmen. Der Mann hat's ernst gemeint.«

»Schon als Kind habe ich gelernt, niemals Furcht zu zeigen – ein sehr vernünftiger Grundsatz, der einem das Leben retten kann. Und sobald ich eine Waffe in der Hand hielt, begann Mr. Wells vor Schreck zu zittern. Übrigens, ich bin eine ausgezeichnete Schützin.«

»Du überraschst mich immer wieder. Was kannst du eigentlich nicht?«

»Sticken, mit Wasserfarben Blumen malen … Meine Gouvernanten waren ganz verzweifelt.«

»Aber du kannst Meuchelmörder in Schach halten – und mich bezaubern, sodass ich dich schon vor unserer Trennung vermisse. Wie werde ich mich erst nach deiner Abreise fühlen?«

»In einer Woche hast du meinen Namen vergessen.«

»Wohl kaum.«

»Wenn du mich in Paris besuchst, brauchen wir nur auf Wiedersehen zu sagen. Andere Abschiedsworte hasse ich.«

»Jetzt müsste ich gehen, je früher du den Hafen verlässt, desto besser. *Au revoir,* Darling.« Er hauchte einen Kuss auf ihre Lippen, die schon jetzt nach bittersüßen Erinnerungen schmeckten, und ließ sie los. »Unentwegt werde ich an dich denken, an Castlereagh und Epsom ...«

»Und an das Cottage am Fluss ...«

Lächelnd hob er die Brauen. »Willst du nicht doch hier bleiben?«

Venus schüttelte den Kopf. Trotz der Tränen, die in ihren Augen brannten, musste sie der Stimme ihrer Vernunft gehorchen. Einen Mann wie Jack FitzJames konnte keine Frau an sich binden.

»Natürlich, du musst nach Paris zurückkehren.« Sein Finger berührte ihre Nasenspitze. »Vielen Dank, für – alles.«

Unfähig, ebenso gleichmütig zu sprechen wie er, nickte sie nur. Dann küsste er sie ein letztes Mal und wandte sich rasch ab, um die Trauer in seinem Blick zu verbergen.

Lautlos schloss er die Tür hinter sich.

Venus sank in einen Sessel, weil ihre Beine sie plötzlich nicht mehr trugen. Noch nie in ihrem Leben war sie so verzweifelt gewesen. Wie aus weiter Ferne drang das plätschernde Geräusch des Ruderboots zu ihr, das Jack an Land brachte.

Wie sollte sie ohne ihn leben?

17

Erschrocken fuhr Trevor Mitchell aus einem unruhigen Schlaf auf. Eilige Schritte polterten die Treppe herauf. Da er seine Adresse in Chelsea streng geheim hielt, kündigte dieses Geräusch eine ernsthafte Gefahr an – besonders mitten in der Nacht. Er sprang aus dem Bett und griff nach der geladenen Pistole, die auf dem Schreibtisch lag. Im selben Augenblick trat jemand so vehement gegen die Tür, dass die Angeln quietschten. Mit zitternden Händen hob Trevor seine Waffe.

Von hellem Zorn und wilder Rachsucht getrieben, rammte Jack seinen Stiefel immer wieder gegen das stabile Eichenholz. Für seine Niedertracht sollte Trevor teuer bezahlen. Endlich zersplitterte das Holz.

Wie eine Höllenvision verwirklichte sich Trevors schlimmster Albtraum. Ohne die Pistole in der Hand seines Vetters, dessen lautstarke Drohung und das Klicken der Waffe zu beachten, stürmte Jack ins Zimmer. Die Kugel, die seine Schläfe streifte, spürte er kaum, und er schüttelte nur den Kopf, als müsste er eine Fliege verscheuchen.

Sekunden später stürzte er sich auf Trevor, schlug ihm die Waffe aus der Hand – so kraftvoll, dass die Pistole klirrend gegen die Mauer prallte und ein Loch im Verputz hinterließ. Dann packte er seinen kreischenden Vetter am Kragen und presste ihn an die Wand.

Obwohl er außer Atem war, nachdem er sich so

mühsam Zugang verschafft hatte, fiel es ihm nicht schwer, Trevors Widerstand zu brechen.

Wirkungslos schlugen und traten die Arme und Beine des kleineren Mannes ins Leere und Jacks Finger schlossen sich würgend um seinen Hals.

In Jacks Körper spannte sich jeder Muskel an, während er sein Opfer anherrschte: »Nur du und ich … Wie fühlst du dich, du Bastard – wenn du dich nicht hinter einem bezahlten Meuchelmörder verstecken kannst?«

Trevors Gesicht lief bläulich an, die Augen quollen hervor, als er verzweifelt nach Luft rang. Kraftlos zerrte er an Jacks Händen und seine Fingernägel hinterließen blutende Kratzer.

Zwischen zusammengebissenen Zähnen stieß Jack hervor: »Du hättest nicht versuchen dürfen, Miss Duras umbringen zu lassen.« Mitleidlos starrte er in Trevors hervorquellende, angstvolle Augen und umfasste die Kehle des Sterbenden noch fester. »Weil sie mir sehr viel bedeutet …«

Langsam schien das Leben aus dem Körper des Mannes zu entweichen, der zwei Mordanschläge auf Venus verschuldet hatte, und schließlich erschlaffte er. Jack ließ ihn zu Boden fallen.

Nie wieder wirst du mir oder der Frau, die ich liebe, etwas so Schreckliches antun, dachte er.

In der Hitze seines Wahns, immer noch von wilder Rachsucht erfüllt, wurde ihm die schlichte Realität dieser Überlegung nicht bewusst. Als er sich umschaute, nahm er zunächst nicht wahr, wo er sich befand. Die hässliche Tapete verwirrte ihn. Bis sein Orientierungssinn zurückkehrte, dauerte es eine Weile.

Er empfand keine Reue und wunderte sich nur

über seine Fähigkeit, kaltblütig einen Menschen zu töten. Doch dann schüttelte er entschieden den Kopf. Er wollte sich nicht mit seinem Gewissen befassen. Noch nicht … Bei der heftigen Bewegung flogen Blutstropfen in die Luft und befleckten den Boden. Erst jetzt spürte er den brennenden Schmerz an der Schläfe. Vorsichtig berührte er die Wunde und fluchte.

Zu seinen Füßen erklang ein leises Stöhnen. Verwundert schaute er auf seinen Vetter hinab, dessen violettes Gesicht eine etwas hellere Farbe angenommen hatte. Kaum merklich hob und senkte sich die schmale Brust. Die Enttäuschung währte nur sekundenlang, von wachsender Erleichterung verdrängt. Also war er doch nicht zum brutalen Mörder geworden. Möglicherweise würde ihm diese Tatsache irgendwann Genugtuung verschaffen.

Hastig verließ er das Zimmer. Da Trevor noch lebte, musste er möglichst schnell hinter Gitter gebracht werden. Jack fuhr zu Austins Haus und hämmerte gegen die Tür, bis die Dienstboten erwachten. Wenig später erschien der Anwalt am Treppenabsatz, verknotete den Gürtel seines Schlafrocks, und der Marquess erklärte ohne Umschweife: »Heute Nacht muss ein Mann deportiert werden.«

»Jetzt gleich?«

Als Jack nickte, tropfte Blut auf den Boden der Eingangshalle.

»Großer Gott, du bist verletzt!« Bestürzt rannte Austin die Stufen hinab und rief nach seiner Haushälterin.

»Nichts Ernstes. Aber ich danke dir für deine Fürsorge.« Jack ergriff das Taschentuch, das ein Lakai ihm reichte, und presste es auf die Wunde.

»Gehen wir in mein Büro«, schlug der Anwalt vor und wandte sich zu einem Dienstboten. »Servieren Sie uns Kaffee. Und die Haushälterin soll Verbandszeug und heißes Wasser bringen. Komm, Jack.«

Aufmerksam hörte er zu, während sein Freund die wichtigsten Ereignisse schilderte. »Den Rest der Geschichte erzähle ich dir später. Die Polizei muss in dieser Wohnung eintreffen, bevor Trevor genug Zeit findet, um sich zu erholen. So schnell wird das nicht geschehen. Aber du musst die Beamten sofort verständigen.«

Während Austin einen Boten zum Revier schickte. reinigte die Haushälterin Jacks Wunde und legte ihm einen Verband an.

»Du müsstest einen Arzt aufsuchen«, meinte Austin, als er zurückkam.

»Das werde ich tun, sobald mein Vetter festgenommen wurde. Ich kann ihn doch deportieren lassen?«

»Nach diesen Mordanschlägen dürfte das kein Problem sein.«

»Eigentlich wollte ich ihn erdrosseln. Der Bastard hat einen zweiten Mann beauftragt, Venus zu töten.«

»Ist sie verletzt?«, fragte Austin sichtlich besorgt.

Jack lächelte schwach. »Zum Glück konnte sie den Angreifer übertölpeln und dann überreden, die Seiten zu wechseln.«

Anerkennend hob der Anwalt die Brauen. »Was für eine tüchtige Frau!«

»Ja, das ist sie.« Jack warf einen Blick auf die Wanduhr. »Jetzt müsste sie in Paris sein – und vor Trevors Attacken sicher. Sieh zu, dass er keinen Schaden mehr anrichten kann. Meinetwegen soll er die Apanage behalten. Aber er soll mein Geld woanders ausgeben, möglichst weit weg – am besten auf dem Van Diemens Land.«*

»Jetzt fahr erst einmal nach Hause. Sei beruhigt, Trevor wird England verlassen.«

»Vielleicht hätte ich ihn töten sollen.«

»Nur gut, dass du's nicht getan hast. Sonst wäre der Skandal noch schlimmer.«

Jacks Augen verengten sich. »Was heißt das?«

»Nun, es geht um die Palmers. Das erkläre ich dir, wenn du dich besser fühlst.«

»Unsinn! Gieß mir einen Brandy ein und erzähl mir die schlechten Neuigkeiten. Wenn ich daheim bin, werde ich tagelang schlafen.«

Nachdem Austin zwei Gläser gefüllt hatte, berichtete er: »Bedauerlicherweise besteht Lord Palmer auf einer Gerichtsverhandlung. Er glaubt seiner Tochter, die ihm versichert hat, das Kind sei von dir.«

»Aber ich habe sie nie angerührt.«

»Leider behauptet sie das Gegenteil. Also steht Aussage gegen Aussage und auf Grund deines Rufs wird man an *deiner* zweifeln.«

»Soll ich Palmer finanziell entschädigen?«

»Geld hat er selber genug. Er interessiert sich für deinen Adelstitel.«

»Und was wird jetzt geschehen?«

»Meine Leute versuchen Palmers Dienstboten zu befragen. Warten wir ab, was dabei herauskommt. Vielleicht hat sich Sarah mit einem Liebhaber eingelassen und will dir sein Kind unterjubeln. Außerdem werde ich weiter mit Palmer verhandeln und betonen, welchen Einfluss dein Name auf den Richter

---

* historischer Name für Tasmanien

ausüben wird, dass er den Kürzeren ziehen dürfte, et cetera.«

»Aber du fürchtest, der Prozess lässt sich nicht vermeiden.«

»Sieht so aus. Tut mir Leid, dass ich dir keine angenehmeren Neuigkeiten erzählen kann.«

»Schon gut. Hauptsache, Venus ist in Sicherheit. Wahrscheinlich sorgen die Palmers nur kurzfristig für Ärger und sie können mich nicht zwingen, Sarah zu heiraten.«

»Keine Ahnung, welche Pläne sie geschmiedet haben ... Symington verrät mir nichts.«

»Vielleicht sollte ich mit Sarah reden.«

»Bitte nicht! Nimm keinen Kontakt mit ihr auf – du darfst nichts arrangieren, was man später als Stelldichein auslegen könnte.«

»Und wenn ich sie einschüchtern würde?«

»Glaubst du, das wäre möglich? Du weißt doch, wie sie sich im Sutton Inn benommen hat.«

Seufzend nickte Jack. »Du hast Recht, dieses Mädchen lässt sich keine Angst einjagen. Gib mir Bescheid, sobald Trevor außer Landes ist. Jetzt fahre ich nach Hause und schlafe mich richtig aus. Mein Urlaub war zwar erfreulich – aber auch ziemlich anstrengend.«

»Wirst du Miss Duras wiedersehen? Helen mag sie und ich finde sie nicht nur bildschön, sondern auch hochintelligent. Eine Kombination, die du für gewöhnlich nicht bevorzugst.«

»Ich habe ihr versprochen, ich würde sie in Paris besuchen.«

Bei diesen Worten klang Jacks Stimme so gleichgültig, dass Austin die Stirn runzelte. »Wirst du's tun?«

»Vermutlich nicht.«

»Weiß sie's?«

»Das kann ich dir nicht sagen. O Gott, mir brummt der Schädel.«

»Fahr nach Hause, ich kümmere mich um Trevor. Und ich verstehe wirklich was von meinem Handwerk.«

»Welch ein Glück, dass ich mit einem so tüchtigen Anwalt befreundet bin … Wie oft hast du mir schon aus der Klemme geholfen?«

»Fangen wir bei Eton an?«

»Damals habe ich dich auch ein paarmal gerettet, wenn ich mich recht entsinne.« Größer und kräftiger gebaut, war Jack seinem Freund bei mehreren Prügeleien zur Hilfe gekommen.

»Dafür bin ich dir heute noch dankbar. Im Übrigen hast du mit meiner Unterstützung eine Menge Geld in unserem ›Spielclub‹ gewonnen.«

»O ja, wir waren ein unschlagbares Gespann, nicht wahr?«

»Allerdings. Und jetzt verschwinde und ruh dich aus.«

Wie gewohnt stand Bella sehr spät auf.

»Endlich!«, wisperte Sarah. Seit einer Stunde wanderte sie ungeduldig vor der Schlafzimmertür ihrer Tante auf und ab. Als die Zofe herauskam, um heiße Schokolade für ihre Herrin zuzubereiten, schob sie sich an dem Mädchen vorbei und stürmte in Bellas Boudoir. »Und ich dachte schon, du würdest niemals erwachen!«

»Könntest du die Vorhänge zuziehen, Darling? Alice glaubt doch tatsächlich, man will am Morgen die Sonne sehen.«

Erbost gehorchte Sarah und fauchte: »Es ist schon fast Mittag!«

»Lord Courtenay war so fasziniert, dass er mich erst bei Tagesanbruch in Ruhe ließ.«

»Sicher weiß seine Frau deine Bemühungen zu schätzen. Einem Gerücht zufolge ist sie mit Lord Simon beschäftigt. Aber diese Leute interessieren mich nicht, ich habe meine eigenen Probleme.«

Bella richtete sich im Bett auf, um ihre Nichte etwas genauer zu betrachten. »Vertrau dich deiner Tante an, Darling«, bat sie und strich sich eine platinblond gefärbte Locke aus der Stirn. »Warum schaust du so finster drein?«

»Weil ich viel länger schwanger bin, als ich's zugegeben habe. Und da Lord Redvers die Gerichtsverhandlung hinauszögert, wird die Zeit immer knapper.«

Stöhnend sank Bella in ihre Kissen zurück. »Warum hast du mir das nicht früher gesagt?«

»Natürlich sollte niemand davon erfahren«, erwiderte Sarah und lehnte sich an einen Bettpfosten. »Ich dachte, Papa würde den Marquess zwingen, mich *sofort* zu heiraten.«

»Reg dich nicht auf, Darling.« Bellas Gedanken überschlugen sich. »Glaub mir, solche Dinge lassen sich regeln. Setz dich ...« Sie zeigte auf einen Stuhl neben dem Bett. »Mal sehen, was wir tun können.«

»Zu allem Überfluss macht Vincenzo mir auch noch Schwierigkeiten.« Undamenhaft ließ sich Sarah auf den Stuhl fallen.

»Mit Untergebenen muss man sich nicht herumärgern. Ich werde mit ihm reden. Dann wird er deine Situation verstehen.«

»Dauernd erzählt er mir, seine Familie sei genauso

vornehm wie unsere. Sein Papa war der Hausarzt des österreichischen Gouverneurs von Verona.«

»Wohl kaum eine grandiose gesellschaftliche Position«, meinte Bella verächtlich. »Da stellt dein Vater etwas mehr dar. Überlass Vincenzo mir. Und was dein spezielles Problem betrifft – wie lange bist du schon schwanger?«

»Fast vier Monate.«

Nachdenklich kräuselte Bella die Lippen. »Ich müsste mit deinem Vater reden.«

»O nein! Er wird mich anschreien und mir vorwerfen, ich hätte den Ruf der Familie ruiniert. Und Mama wird tagelang heulen. Gibt es denn keine Möglichkeit, Lord Redvers vor den Traualtar zu schleppen?«

»Vielleicht sollte ich ihn besuchen.«

»Würdest du das tun? Auf dich wird er sicher hören.«

»Wo bleibt denn meine Schokolade?«, rief Bella irritiert. Sie hasste es, wenn sie schon am Morgen mit Schwierigkeiten konfrontiert wurde. »Wo Alice doch weiß, dass ich meine Schokolade brauche, sobald ich die Augen geöffnet habe!« Ihre Schläfen schmerzten immer noch von dem Champagner, den sie am Vorabend ausreichend getrunken hatte. Sie benötigte jetzt einen klaren Kopf, um ihrer Nichte aus der Verlegenheit zu helfen.

»Wenn's dir gelingt, den Marquess umzustimmen, stehe ich für alle Ewigkeit in deiner Schuld, Tante Bella«, beteuerte Sarah in gefühlvollem Ton.

»Ah, da sind Sie ja endlich!« Bella winkte ihre Zofe zu sich und nach dem ersten Schluck Schokolade beschimpfte sie das arme Mädchen, bis es in Tränen ausbrach. Dann scheuchte sie Alice aus dem Zimmer. »Man muss höllisch aufpassen, damit die Dienstboten nicht frech werden. Also, worüber haben wir vorhin gesprochen?«

Über den Rand ihrer Tasse hinweg musterte sie die Nichte. »Wie könnten wir Jack veranlassen, die Wünsche deines Vaters zu erfüllen? So leicht lässt er sich nicht unter Druck setzen. Also muss uns was ganz Besonderes einfallen.«

Während Jack schon fest schlief und die Damen Palmer ihr neuestes Komplott schmiedeten, begann Venus' Arbeitstag im Hospital am Montmartre. In der vergangenen Nacht hatte sie vor lauter Sehnsucht nach Jack kaum geschlafen. Schließlich war sie schon im Morgengrauen aufgestanden. Obwohl sie in Paris eine eigene Suite bewohnte, frühstückte sie an diesem Morgen im Haus ihrer Eltern.

Am letzten Abend hatte sie Erschöpfung vorgeschützt und versprochen, sie würde zum Frühstück erscheinen und die Ereignisse in England schildern. Da sie viel später heimgekehrt war, als sie es geplant hatte, musste sie eine plausible Erklärung abgeben. Natürlich würde sie Jack nicht erwähnen.

Zum Glück würde sie mit ihren Eltern allein sein. Ihre Geschwister waren anderweitig beschäftigt. Nur die jüngere Schwester Caroline lebte noch im Elternhaus. Diesen Morgen verbrachte sie auf der Rennbahn. Venus' Stiefbruder Chris hielt sich derzeit in China auf, während Merimee ihr zweites Kind erwartete. Deshalb hatte sie sich aufs Land zurückgezogen.

In der Eingangshalle wurde Venus von sichtlich erfreuten Dienstboten begrüßt.

»Endlich sind Sie wieder da, Mademoiselle

Duras!«, rief der Butler Dumont und strahlte über das ganze Gesicht.

»Das Wetter war so schön in England. Also konnte ich der Versuchung nicht widerstehen und blieb etwas länger. Wie geht's Yvette?«

»Bald kann sie wieder laufen. Letzte Woche nahm ihr der Doktor den Gips ab.« Dumonts Tochter war von einem Baum gefallen und hatte sich das Bein gebrochen. Nun wurde sie in Venus' Hospital am Montmartre behandelt.

»Wie schön, dass Sie wieder daheim sind, Mademoiselle.« Lächelnd nahm ein Lakai ihren Hut und die Handschuhe entgegen.

»Danke, Jean-Claude. Hat Ihre Braut schon den Hochzeitstermin festgesetzt?«

»Ja, Mademoiselle«, antwortete er errötend. »Am Johannistag.«

»Herzlichen Glückwunsch. Das wusste ich ja – sie kann's kaum erwarten.«

»Ihr Papa hat versprochen, er würde sie einstellen.«

»Wunderbar! Marie ist die beste Schneiderin, die ich kenne.« Schon seit Jahren interessierte sich Venus für die Freuden und Leiden der Dienstboten, was sie ihr mit inniger Liebe und unerschütterlicher Treue dankten. Papa und Mama hänselten Venus, indem sie behaupteten, das Hauspersonal wüsste besser Bescheid über Venus' Pläne als die Eltern. In gewisser Weise ersetzten ihr diese Leute die Familie, wenn die Eltern und die Geschwister ins Ausland reisten.

»Heute Morgen hat der Koch Schokolade-Madeleines für Sie zubereitet, Mademoiselle«, erklärte Dumont, als er sie zum Frühstückszimmer führte. »Zu Ehren Ihrer Heimkehr.«

»Gabriels Madeleines sind immer eine Reise nach Paris wert. Viel angenehmer kann ein Tag gar nicht beginnen.«

Als sie ihre Eltern im sonnigen Frühstücksraum begrüßte, dessen Fenster zum Garten hinausgingen, verflog ihre Melancholie.

»Darling!«, rief Trixi, sprang in einer Wolke aus raschelnder gelber Seide auf und umarmte die Tochter. »Welch eine Freude, dich wiederzusehen! Schau doch, Pasha, wie gut sie aussieht!«

Lächelnd kam Pasha um den Tisch herum und küsste Venus. »Die Weltausstellung muss faszinierend sein, wenn sie deine Aufmerksamkeit so lange fesseln konnte.«

»Selbstverständlich ist dein Papa informiert«, erklärte Trixi leichthin und setzte sich wieder. »Er will dich nur ein bisschen necken.«

Nicht nur im Büro der Schifffahrtsgesellschaft stand ein Telegraph. Es gab auch einen hier im Haus. Und so hatte Venus erwartet, die Nachricht über ihre Affäre würde Paris noch vor ihrer Ankunft erreichen. »Ja, es war ein wunderbarer Urlaub.« Sie nahm am Frühstückstisch Platz und lächelte ihre Eltern an. »Aber jetzt sind die Tage des süßen Nichtstuns vorbei und ich will wieder arbeiten.«

»Habe ich's dir nicht gesagt, Pasha? Sie ist viel zu vernünftig, um auf einen charmanten Lebemann hereinzufallen.«

»Und ich dachte immer, du magst charmante Lebemänner«, entgegnete Pasha. Seine erste Begegnung mit Trixi war ziemlich unkonventionell verlaufen.

»Schau mich nicht so vielsagend an! Für meine Tochter stelle ich mir was anderes vor.«

»Was deine Mutter auszudrücken versucht – ganz egal, wofür du dich entscheidest, wir sind damit einverstanden.«

»Das weiß ich, Papa. Vielen Dank. Ich bin wirklich froh, dass ich wieder zu Hause bin. Habe ich euch schon von meinen Neuerrungenschaften erzählt?« Am Vortag war die Fracht des Schiffs gelöscht worden.

»Die Kisten wurden heute Morgen zum Montmartre transportiert«, berichtete Pasha.

»Oh, es ist so aufregend!« Eifrig beugte sich Venus vor. »Ich habe viele großartige neue Apparate und chirurgische Instrumente gekauft, die unsere Behandlungsmethoden entscheidend verbessern werden. Dadurch steigen die Überlebenschancen der Patienten. Ihr werdet staunen, wenn ihr die OP-Lampen seht. Einige werden mit Zinkbatterien betrieben. Allerdings sind sie zu teuer für den täglichen Gebrauch. Aber in schweren Fällen, wenn möglichst helles Licht gebraucht wird …« Zufrieden lehnte sie sich zurück. »Jetzt kann sich kaum eine Pariser Klinik mit unseren Krankenhäusern messen.«

»Nach dem Frühstück fahre ich mit dir zum Montmartre«, erbot sich ihr Vater. »Anscheinend hast du ein paar Schatztruhen mitgebracht.«

»Sobald Caro von der Rennbahn zurückkommt, folgen wir euch«, versprach Trixi. »Und morgen musst du dir mit uns die Rennen anschauen. Bei den beiden ersten haben die Pferde deines Papas gute Gewinnchancen.«

Während sich das Gespräch um familiäre Dinge drehte, vergaß Venus für eine Weile ihre Sehnsucht nach dem Mann, den sie in England zurückgelassen hatte.

18

Jack erwachte am späten Nachmittag. Noch bevor er die Augen öffnete, hörte er Peggys Stimme. »Und ich dachte schon, du hättest eine Gehirnerschütterung erlitten.«

Verwirrt schaute er sich um und brauchte eine Weile, um sich zu orientieren. Was machte Peggy in seinem Schlafzimmer? Ganz langsam, um seinen schmerzenden Kopf zu schonen, drehte er sich zur Seite und sah sie neben seinem Bett sitzen, einen Schwenker in der Hand.

»Es ist nach fünf und du hast zwanzig Stunden geschlafen. Bist du hungrig?«

»Ist das Brandy? Den könnte ich jetzt auch vertragen.«

»Da müsste ich erst mal deinen Doktor fragen.«

»Er wagt mir ohnehin nicht zu widersprechen. Ein ganz kleiner Brandy würde mir vorerst genügen.« Sofort nach Jacks Ankunft im Redvers House war der Arzt gerufen und die Wunde fachgerecht verbunden worden.

»Hm«, murmelte Peggy, stand auf und ging zum Sideboard. Da sie Dr. Litton kannte, musste sie ihrem Patensohn Recht geben. »Aber du solltest auch was essen.«

»Später. Erst mal will ich mich betäuben.«

»Wie ich höre, hat Trevor versucht, dich zu töten.«

»Zum Glück war er schon immer ein schlechter Schütze.«

Sie füllte ein Glas – etwas großzügiger, als er es

verlangt hatte – und kehrte zum Bett zurück. »Übrigens, Austin hat dir eine Nachricht geschickt. Ohne deine Zustimmung wollte dein Lakai mir den Brief nicht überlassen. Aber ich las ihn trotzdem.«

»Ein ungleicher Kampf ...« Grinsend nahm er das Glas entgegen, das sie ihm reichte.

»Das habe ich ihm auch gesagt. Seit siebzig Jahren tue ich, was mir gefällt. Daran werde ich einem Dienstboten zuliebe nichts ändern. Trink langsam, sonst wird dir schwindlig«, mahnte sie, setzte sich wieder und nippte an ihrem eigenen Brandy. »Zu deiner Information, Trevor ist auf dem Weg zum Van Diemens Land – die Taschen gut gefüllt, wie Austin erwähnt hat. Die Summe müsste genügen, damit er am anderen Ende der Welt stilvoll leben kann – was immer das bedeuten mag. Auf dieser fernen Insel finden sicher keine gesellschaftlichen Ereignisse statt.«

»Wusstest du, dass Trevor zwei Männer beauftragt hat, um Venus zu ermorden?«

»Für dieses abscheuliche Verbrechen müsste er mit dem Tod büßen. Du bist viel zu großzügig. Eines Tages wirst du's wahrscheinlich bereuen, dass du ihm nicht den Garaus gemacht hast. Womöglich kommt er irgendwann zurück.«

»Wenigstens ist er erst mal verschwunden.«

»Für immer, hoffe ich. Und jetzt erzähl mir, ob du die kleine Palmer heiraten wirst.«

Beinahe verschluckte sich Jack an seinem Brandy. »Heiliger Himmel, Peggy, gib mir rechtzeitig Bescheid, wenn du mich umbringen willst!«

»Ist es wahr?«

»Natürlich nicht!«

»Das habe ich Addie Buchan auch gesagt. Aber die

hat hoch und heilig geschworen, auf Lord Palmers Schreibtisch würde eine Heiratslizenz liegen.«

»Ein Missverständnis.«

»Wie damals, bei deinen Streitereien mit den Pagets und Waddingtons?«

»So ähnlich.«

»Aber die Palmers werden sich nicht mit einem Schmerzensgeld begnügen.«

»Sieht nicht so aus. Austin macht sich keine großen Hoffnungen.«

»Offensichtlich glaubt dieser anmaßende Palmer, ein Adelstitel würde den Gestank seiner Brauerei übertünchen.«

»Nun, dieses Ziel wird er nicht erreichen. Aber ich fürchte, das wird er erst vor Gericht begreifen.«

»Und es wird dich Unsummen kosten.«

»Wenn ich Sarah Palmer nicht heiraten muss, ist mir kein Preis zu hoch.«

Peggy musterte ihn durch gesenkte Wimpern. »Willst du eine andere heiraten?«

»Bitte, Peggy, du solltest deine Zeit nicht verschwenden!«, mahnte Jack. »Venus möchte genauso wenig heiraten wie ich. Habe ich dir nicht verboten, die Kupplerin zu spielen?«

Dramatisch seufzte seine Patentante auf. »Nun, du darfst einer alten Dame nicht übel nehmen, dass sie's zumindest versucht.«

»Such dir doch ein anderes Opfer.«

»Ich verstehe mich so gut mit Venus.«

»Wie schade, dass du sie nicht heiraten kannst ...« Ihr Schweigen stimmte ihn unbehaglich. »Misch dich nicht in mein Leben ein, Peggy! Ich warne dich.«

»Habe ich mich jemals in dein Leben eingemischt?«, fragte sie unschuldig.

»Schon zehntausendmal. Diesmal werde ich's nicht dulden. Das meine ich ernst.«

»Wie du willst, mein Lieber«, erwiderte sie honigsüß.

»Wenn deine Stimme diesen besonderen Klang annimmt, läuten alle Alarmglocken in meinem Gehirn. Du wirst in dieser Sache nichts unternehmen. Verstanden?«

»Gewiss, mein Lieber.«

Wenn sie in diesem Ton *mein Lieber* sagte, war äußerste Vorsicht geboten. Er musste Austin und seinen Dienstboten einschärfen, sie dürften keine Aufträge ausführen, die Peggy ihnen in seinem Namen erteilen mochte.

In der nächsten Woche vertrieb er sich die Zeit wie ein typischer reicher Junggeselle, der von Zweifeln geplagt wurde. Er widersprach den Gerüchten, die seine Verlobung mit Venus und die unmittelbar bevorstehende Heirat mit Sarah Palmer betrafen, lehnte alle Einladungen ab, und wenn er die Kartenpartien im Brookes beendet hatte, verbrachte er seine Nächte in Madame Robuchons Bordell. Manchmal saß er auch schon tagsüber auf einem der rosaroten Satinsofas, wenn er nachts nicht geschlafen hatte, und begrüßte seine Freunde, die erotische Amüsements zu früher Stunde bevorzugten.

Als er in der ersten dieser langen Nächte seine Lieblingskurtisane mit ein paar Küssen wegschickte, erkannten alle, dass er das Freudenhaus nicht aufsuchte, um sich mit Frauen zu vergnügen. Es bot ihm einen sicheren Hafen. Hier wurde er nicht von all den Leuten belästigt, die zu viele Fragen stellten.

Am Ende der Woche begann der Alkoholkonsum

die Fantasiebilder von Venus zu verwischen und er zuckte nicht mehr zusammen, wenn er eine Blondine erblickte.

Hin und wieder leistete Ned ihm Gesellschaft und zweimal spürte Austin ihn auf, weil er Unterschriften brauchte oder eine taktische Besprechung abhalten wollte. Aber Jack suchte keine Gesellschaft – nur Vergessen. Lucy Robuchon, eine mütterliche Frau in mittlerem Alter, sorgte dafür, dass er genug aß. Gelegentlich schlief er in ihrer Privatwohnung, wenn er nicht nach Hause fahren wollte.

Gegen Ende der Woche, nach einer jener Nächte, die er nicht im Redvers House verbracht hatte, erwachte er auf der Chaiselongue in Lucys Salon – unrasiert und missgelaunt. Mit glasigen Augen schaute er sich nach einem Drink um. Lucy saß hinter ihrem Schreibtisch und musterte ihn besorgt. Sollte sie seine Dienstboten verständigen? »Meinst du nicht, dass du jetzt lange genug Trübsal geblasen hast?«

»Oh, ich blase nicht Trübsal«, erwiderte er und prostete ihr mit einer Flasche zu. »Ich langweile mich nur, verdammt noch mal!«

»Vielleicht brauchst du einen Tapetenwechsel.«

»Wirfst du mich raus, Lucy?« Der Marquess schenkte ihr ein Lächeln, was in letzter Zeit nur selten geschah. »Obwohl wir schon so lange Freunde sind?«

»Fahr aufs Land, schnapp frische Luft und versuch deinen Kummer zu überwinden.«

»Auf's Land?« Stöhnend schüttelte er den Kopf. »Da war ich mit ihr. Keine gute Idee …«

»Wenn du eine Frau vermisst, wirst du sie nicht in der Flasche finden.«

»Aber ich will sie gar nicht finden.«

»Bist du sicher?«

»Eine gute Frage …« Jack setzte die Flasche an die Lippen und nahm einen großen Schluck. Zu Lucys Kundschaft zählten viele junge Lebemänner, die plötzlich ihr Herz verloren hatten und dagegen ankämpften. Aber wenn Jack eine Ablenkung brauchte, gab es bessere Methoden als diesen unnötigen Alkoholkonsum. »Warum gehst du nicht angeln?« Jeder kannte seinen Lieblingssport.

»Unmöglich. Da war sie auch dabei.«

»Anscheinend musst du einen neuen Lebensstil entwickeln.«

»Das tue ich ja gerade«, murmelte er.

»Soll ich dich nach Hause bringen lassen?«

Nachdenklich schaute er sie an und ignorierte ihre Frage. »Wie lange kennen wir uns schon?«

»Sehr lange.«

»Und ich habe eine Menge gutes Geld bei dir ausgegeben.«

»Sicher, du warst einer meiner besten Kunden.«

»Erklär's mir doch, Lucy – was ist mit mir passiert? Warum will ich keine andere Frau anrühren?«

»Möchtest du die Wahrheit hören? Oder eine diplomatische Erklärung?«

Sekundenlang schloss er die Augen. »Keine Ahnung, ob ich die Wahrheit hören will …«

»Die muss ich dir trotzdem sagen. Sonst bringst du dich noch um und das wäre schade.«

»Nicht …« Abwehrend hob er eine Hand.

»Geh zu ihr, gesteh ihr deine Liebe, heirate sie und gründe eine Familie. Dann hast du jemanden, der mit dir angelt, und ich muss dich nie wiedersehen.«

»Und so was nennst du Gastfreundschaft?«

»In den letzten fünf Jahren haben wir einander oft

genug Gesellschaft geleistet. Jetzt solltest du dir was Besseres suchen.«

»Was für ein guter Rat …«, meinte er gedehnt.

»Dafür wirst du mir eines Tages danken«, erwiderte sie, stand auf und griff nach dem Glockenstrang.

»Also wirfst du mich tatsächlich raus?«

Im selben Augenblick klopfte es an der Tür und ein kräftig gebauter Mann trat ein, der den Eindruck erweckte, er könnte es mit einem ganzen bewaffneten Regiment aufnehmen.

»Nein«, entgegnete Lucy, »ich empfehle dir nur, endlich zu verschwinden und deine Hochzeit vorzubereiten.«

»Welche?«, fragte der Marquess jetzt grinsend.

»Die kleine Palmer meine ich nicht, da kannst du sicher sein. Übrigens, ich habe ihrem Vater das Haus verboten. Dieser Mann ist mir zu vulgär.«

»Offensichtlich. Und er will zu hoch hinaus.«

»Schick mir eine Einladung zu deiner Hochzeit – keine Bange, ich werde nicht kommen. Aber meine Mädchen würden die Karte so gern sehen.«

»Immer mit der Ruhe, Lucy! Ich weiß nicht einmal, was für ein Tag heute ist.«

»Das wird dir Sully auf der Heimfahrt erklären. Bringen Sie Lord Redvers bis in seine Eingangshalle«, befahl sie ihrem Leibwächter.

»Hast du Angst, ich würde im nächstbesten Bordell landen?«, fragte Jack.

»Und erklären Sie Lord Redvers' Butler, der Marquess wird bald heiraten«, fuhr sie fort. Seit Jahren war sie mit Jacks Butler Maurice befreundet und die beiden sorgten mit vereinten Kräften für das Wohl Seiner Lordschaft.

»Wieso bildest du dir ein, ich würde deinen Rat befolgen? Besten Dank, Sully, ich kann auf eigenen Beinen stehen«, stieß er hervor und schob die hilfreich ausgestreckte Hand des Mannes beiseite. »Außerdem will Miss Duras gar nicht heiraten.« Formvollendet verbeugte er sich vor Lucy. »Also mach dir keine Hoffnung auf eine Einladungskarte.«

»Wäre ich der Wettleidenschaft verfallen, was nicht zutrifft, würde ich tausend Pfund auf das Jawort der Dame setzen – sogar zweitausend.«

»Erst mal muss ich sie fragen.«

»Dann beeil dich und bring's hinter dich.«

»Bist du meine Mutter?«

»Die hätte ich vielleicht werden können, wäre dein Vater kein so elender Schurke gewesen. Glücklicherweise merkt man nichts von seinem Blut, das in deinen Adern fließt.«

»Das beruhigt mich. Du wärst sicher eine viel nettere Mutter gewesen als meine richtige.«

»Besten Dank für das Kompliment. Und jetzt warte ich auf die Einladung. Schick uns eine ganz große mit Goldrand.«

Zum ersten Mal seit vielen Tagen brach Jack in lautes Gelächter aus. »Ich werde Maurice sofort die nötigen Anweisungen erteilen. Und da ich kein Kindermädchen brauche, soll Sully hier bleiben. Ich finde den Heimweg auch allein.«

Aber Lucy nickte ihrem Leibwächter zu und als Jack das Haus verließ, folgte ihm Sully auf den Fersen.

»In Ihrem Arbeitszimmer wartet ein Besucher, Mylord«, verkündete Maurice, nachdem Sully den Marquess nach Hause gebracht, dem Butler die Botschaft seiner Herrin ausgerichtet und sich verabschiedet hatte. »Ich sagte ihm, Sie seien nicht daheim und ich würde Sie vorerst auch gar nicht erwarten. Aber er will nicht gehen. Nachdem er mir sein Anliegen erklärt hatte, schickte ich eine Nachricht zu Madame Robuchon. Möchten Sie zuerst baden und sich umkleiden? Sind Glückwünsche angebracht?«

»Nein«, erwiderte der Marquess und winkte ungeduldig ab. »Diese Nachricht habe ich nicht erhalten. Wer ist der Mann und was führt ihn hierher?« Wie üblich war ihm nicht anzumerken, wie viel er getrunken hatte.

»Oh, er ist Sarah Palmers Tanzlehrer.« Bedeutsam hob Maurice die Brauen. »Und Sie werden seine Informationen sehr aufschlussreich finden, Sir.«

»Servieren Sie Kaffee in meinem Arbeitszimmer, ich gehe sofort zu ihm.«

»Ausgezeichnet, Mylord. Übrigens, ich war so frei, Mr. Watts zu verständigen – falls Sie ihn brauchen.«

Jack runzelte verwundert die Stirn. »Wozu?«

»Warten Sie's ab. Vermutlich werden die Enthüllungen des jungen Mannes Ihr Wohlgefallen erregen, Sir.«

»Wie heißt er?« Jack ging durch den Korridor zum Arbeitszimmer und der Butler folgte ihm.

»Mr. Vincenzo Dossi.«

»Und er kennt Sarah?«

»Sogar sehr gut.«

Langsam verzogen sich Jacks Lippen zu einem Lächeln. »Was Sie nicht sagen …«

»Das will er Ihnen unbedingt mitteilen.«

»Warum? Verlangt er Geld?«

»Ich glaube, er liebt Miss Palmer, Sir.«

Laut lachend schüttelte Jack den Kopf. »Armer Kerl …«

Als Jack das Arbeitszimmer betrat, sprang Vincenzo kampflustig auf. Aus seinen Augen schienen Funken zu sprühen.

»Erst einmal – vielen Dank für Ihren Besuch.« Seit dem Gespräch mit Maurice hatte sich Jacks Laune erheblich gebessert.

»Nicht *Ihnen* zuliebe, Sir!«

»Das verstehe ich. Bitte, nehmen Sie wieder Platz. Maurice wird uns gleich Kaffee bringen. Nun, was wollen Sie?«

»Von Ihnen gar nichts!«

»Lassen Sie mich's anders formulieren. Was kann ich für Sie tun? Setzen Sie sich. Bevor ich nicht eine Tasse Kaffee getrunken habe, kann ich nicht klar denken.«

»Sie dürfen sie nicht heiraten«, erklärte Vincenzo und sank in seinen Sessel zurück. »Weil sie mir gehört!«

»Nur damit es kein Missverständnis gibt – von wem sprechen Sie?«

»Von Sarah Palmer. Sie erwartet ein Baby von mir. Also kann sie nicht *Ihre* Frau werden.«

»Stammt das Kind tatsächlich von Ihnen?«

»O ja. Aber sie will meinem Baby Ihren Adelstitel verschaffen, Sir.«

»Für diese Information bin ich Ihnen sehr dankbar. Wären Sie bereit, vor Gericht auszusagen, was Sie mir soeben mitgeteilt haben?«

»Würde das die Hochzeit verhindern?«

»Allerdings.«

»Dann sage ich aus.«

Jack seufzte erleichtert.

»Nur weil ich sie selber heiraten möchte.«

»Und was hält Sarah davon?«, fragte Jack diplomatisch. Er ahnte, was der junge Italiener antworten würde.

»Sie hat versichert, sie würde mich lieben. Aber ihre Familie will nichts davon wissen …«

In diesem Augenblick trat Maurice mit dem Kaffeetablett ein. Nachdem er die Tassen gefüllt hatte, verließ er den Raum, und die beiden Männer setzten ihr Gespräch fort.

»Mein Butler hat mir erklärt, Sie würden Tanzunterricht geben«, bemerkte Jack. »Ein ehrenwerter Beruf!«

Sofort ging Vincenzo wieder in die Defensive. »Ich stamme aus einer respektablen Familie. Was meine Herkunft betrifft, kann ich mich durchaus mit den Palmers messen.«

»Offensichtlich ist Lord Palmer anderer Meinung.«

»Ich habe nicht mit ihm gesprochen. Aber Sarah hat mir erklärt, ihre Eltern würden sie am liebsten mit einem Mitglied der Hocharistokratie verheiraten. Und sie behauptete, wenn sie Ihre Frau wäre, könnte ich ihr Liebhaber bleiben.«

»Tatsächlich?«, fragte der Marquess nun gefährlich leise.

»Das habe ich abgelehnt.«

»Beharrt sie trotzdem auf ihrer Absicht, mich zu heiraten?«

»Ja …« Unglücklich zuckte der junge Mann die Achseln. »Sie will mit aller Macht eine gute Partie machen.«

Hastig überschlug Jack die Summe, die ein Gerichtsprozess verschlingen würde, zuzüglich einer eventuellen Entschädigung für die Palmers, falls sie ihm Schwierigkeiten bereiteten. Bei Vincenzo wäre sein Geld sicher in besseren Händen. »Würde Sarah Ihren Heiratsantrag annehmen, wenn Ihr Einkommen – sagen wir, zehntausend im Jahr betragen würde?«

Beinahe fiel die Kaffeetasse aus Vincenzos Hand. »Zehntausend, Mylord?«, wiederholte er atemlos.

»Ja«, bestätigte Jack. »Wenn Sie mir Sarah vom Hals schaffen, wäre ich Ihnen ewig dankbar.«

»Nun, ich werde sie fragen – aber sie steht unter dem unheilvollen Einfluss ihrer Eltern und ihrer Tante, Lady Tallien.«

»Wenn Sie Sarah von Ihrem neuen Reichtum erzählen, wird sie vielleicht mit Ihnen durchbrennen. Dann würde ich Ihnen zur Hochzeit meine Villa in Florenz schenken.«

In Vincenzos Augen glänzten Tränen und Jack verstand, was in dem jungen Mann vorging. Beinahe hätte er selber vor Freude geweint.

»Mylord, Ihre Großzügigkeit überwältigt mich.«

»Machen Sie sich nichts vor. Diesen Vorschlag habe ich Ihnen aus reiner Selbstsucht unterbreitet.«

»Wenn ich Sarah heute Nachmittag treffe, werde ich ihr von Ihrem Angebot erzählen, Sir.«

»Viel Glück.«

»Sollte sie nicht darauf eingehen, werde ich vor Gericht gegen die Palmers aussagen, damit Sie Sarah nicht heiraten müssen.« Vincenzo lächelte. »Auch ich bin egoistisch.«

»Teilen Sie mir mit, was bei Ihrem Gespräch mit Sarah herausgekommen ist. Das Geld kann ich Ihnen jederzeit aushändigen. Und sobald Sie Sarah geheiratet haben, wird Ihnen mein Anwalt die Villa in Florenz überschreiben.«

»Am liebsten würde ich die ganze Welt umarmen!« Vincenzo stand auf und verneigte sich vor Jack. »Sir, dank Ihnen darf ich wieder Hoffnung schöpfen.«

Auch Jack erhob sich und nickte ihm zu. »Und Sie haben mir eine schwere Last von der Seele genommen.«

»Vielleicht waren Sie noch nie verliebt. Aber nur die Liebe macht das Leben lebenswert«, betonte Vincenzo und strahlte über das ganze Gesicht.«

»Oder sie stürzt einen ins tiefste Unglück.«

»Gewiss, das bekam ich zu spüren. Aber jetzt bin ich glücklich. Mit Gottes Hilfe werde ich Sarah und mein Kind nach Italien bringen.«

Und wenn Lord Palmer die Flucht seiner Tochter nicht verhindert, dachte Jack und schaute dem jungen Mann nach, der aufgeregt aus dem Zimmer stürmte.

Kurz nachdem Vincenzo das Redvers House verlassen hatte, meldete Maurice einen weiteren Besuch. »Sind Sie daheim, Mylord?«, fragte er missbilligend.

»Sollte ich lieber woanders sein?«

»Es ist Lady Tallien, Sir. Anmaßend wie eh und je. Soll ich sie wegschicken?«

»O nein, ich empfange sie sehr gern. Soeben hat Vincenzo mir versprochen, er würde vor Gericht für mich aussagen.«

»Großartig, Sir.« Maurice gestattete sich ein sanftes Lächeln.

»Führen Sie Lady Tallien herein. Und dann bereiten Sie sich auf einen stürmischen Abgang vor. Sicher wird sie nicht allzu lange bleiben.«

»Also beschäftigst du immer noch diesen impertinenten Butler!«, fauchte Bella, als sie ins Arbeitszimmer rauschte. »An deiner Stelle hätte ich ihm längst gekündigt«, fügte sie hinzu, ohne Maurice zu beachten, der nur wenige Schritte entfernt stand.

»Das wäre alles, Maurice«, murmelte Jack und wartete, bis der Butler die Tür hinter sich geschlossen hatte. »Wie zeitig du heute Morgen auf den Beinen bist, Bella …« Mit voller Absicht bot er ihr keinen Platz an. Auch er blieb stehen.

»Da du eine Woche lang nicht zu Hause warst, wollte ich die günstige Gelegenheit nutzen.« Zynisch musterte sie seine zerknitterte Kleidung. »Hast du einen Teil deiner Garderobe zu Madame Robuchon bringen lassen?«

»Spionierst du mir nach? Übrigens – ja, ich verwahre einige meiner Sachen in Lucys Etablissement. So wie dein Gemahl.«

»Ich habe keine Lust, Beleidigungen mit dir auszutauschen, Jack. Seit einer Woche versuche ich, dich zu erreichen, weil ich dir etwas Wichtiges mitteilen möchte. Meine Briefe wurden nicht beantwortet.«

»Die hat mir Lucy aus offenkundigen Gründen vorenthalten.«

»Konnte sie den Absender lesen?«, fragte Bella spöttisch.

»Oh, sie ist sehr gebildet. Am liebsten befasst sie sich mit griechischen Poeten.«

»Faszinierend! Eine Hure, die sich zum Blaustrumpf entwickelt hat …«

»Im Gegensatz zu Gesellschaftslöwinnen, die ungebildeten Kurtisanen gleichen und bedauernswerte Gentlemen mit ihrer langweiligen Konversation plagen …«

»Nun, du musst es ja wissen.«

»Allerdings. Und jetzt komm bitte zur Sache. In dieser letzen Woche habe ich schlecht geschlafen und ich bin ziemlich reizbar.«

»Vermisst du deine letzte Geliebte?«

»Selbst wenn's so wäre, würde ich's dir nicht verraten. Also, erzähl mir deine Neuigkeiten und danach möchte ich dich bitten, mein Haus zu verlassen.«

»Früher warst du nicht so ungalant, liebster Jack«, seufzte sie.

»Mittlerweile interessieren mich meine einstigen Amüsements nicht mehr.«

»Dann bist du vielleicht bereit, vor den Traualtar zu treten.«

»Dass du so viel Humor hast, wusste ich gar nicht.«

»Oh, ich bin sehr humorvoll – und das erinnert mich an den Grund meines Besuchs. Wir müssen über deine Hochzeit mit Sarah reden.«

»Warum kümmerst du dich darum, Bella? Sind die Anwälte ihr Geld nicht wert?«

»Um meiner Nichte zu helfen, will ich dich unter Druck setzen – nur ein bisschen.«

»Und wenn ich mich diesem Druck widersetze?«

»Dann müsste ich in ganz London herumerzählen, du hättest Lily Darlington geschwängert. Das würde alle ihre Chancen auf eine gute Partie ruinieren. Und nach dem Spektakel, das sie auf ihrem Debütball inszeniert hat – wer würde dieses Gerücht *nicht* glauben?«

»Wie niederträchtig du bist, Bella ... Würdest du tatsächlich ein Leben zerstören, ohne mit der Wimper zu zucken?«

Theatralisch warf sie ihren Kopf in den Nacken. »Würdest *du* etwa zögern, über Leichen zu gehen? Sei doch vernünftig, Jack! Eines Tages musst du so oder so heiraten. Sarah wäre dir zweifellos eine gute Ehefrau. Sie liebt dich.«

»Nicht nur mich, wie ich höre.«

Ihre Kaltblütigkeit war bewundernswert. Das musste er ihr zugestehen. Sie verzog keine Miene. »Was meinst du?«

»Dass sie einen Liebhaber hat«, erwiderte er gleichmütig.«

»Unmöglich!«

»Irgendjemand hat sie geschwängert. Und ich war's nicht.«

»Aber das hat sie geschworen!«

»Da du niemals leichtgläubig warst, musst du sie in dieser Intrige unterstützen. Aber du hast doch nicht wirklich erwartet, eure Lügengeschichte würde zum Erfolg führen?«

Bellas Nasenflügel bebten. Nun drohte ihr sorgsam geschmiedeter Plan zu scheitern. »Ich warne dich – Lord Palmer wird dich vor Gericht bringen.«

»Was ich bezweifle.«

»Da irrst du dich!«, fauchte sie.

»Kennst du einen gewissen jungen Mann namens Vincenzo Dossi?«

Ausdruckslos starrte sie ihn an. »Diesen Namen habe ich nie gehört.«

»Dann scheint dir deine Nichte einiges zu verheimlichen. Aber das glaube ich nicht, wenn du als Vermittlerin zu mir gekommen bist. Der junge Vincenzo hat mir heute Morgen gestanden, Sarahs Baby stamme von ihm.«

»Das müsstest du beweisen.«

Beinahe empfand er Gewissensbisse, weil er sich so köstlich amüsierte. »Er war gerade hier.«

»Nein ...« Verwirrt riss sie die Augen auf. »Ich glaube dir nicht.«

»Tut mir Leid, es stimmt. Und was mir noch viel interessanter erscheint – er würde vor Gericht aussagen, dass er der Vater von Sarahs Baby ist.«

»Hast du ihn bestochen?«

»Oh, das war gar nicht nötig.« Jack beschloss, die zehntausend Pfund nicht zu erwähnen. »Da er in leidenschaftlicher Liebe zu Sarah entbrannt ist, will er sein Bestes tun, um ihre Hochzeit mit mir zu verhindern.«

»Dieser verdammte, unverschämte Schurke!«

Noch nie hatte er Bella so heftig erröten sehen. Diese Farbe stand ihr nicht. »Wenn's tatsächlich zu einem Prozess kommt, werde ich die Vaterschaft ohnehin bestreiten. Bis zum Jüngsten Tag. Vielleicht solltest du Lord Palmer empfehlen, den jungen Vincenzo als Schwiegersohn willkommen zu heißen.«

»Du elender Schuft! Das wusstest du schon die ganze Zeit!«

»Gönn mir doch die kleine Freude ... Und jetzt wünsche ich dir einen angenehmen Tag. *Meiner* wird gewiss sehr erfreulich verlaufen.« Nach einer knappen Verbeugung führte er sie aus dem Zimmer. Plötzlich schien die ganze Welt in rosigem Licht zu leuchten. Auch Austin würde sich freuen, wenn er erfuhr, dass der junge Italiener sie vor einer langwierigen Gerichtsverhandlung bewahren würde.

Zum ersten Mal seit einer Woche empfand Jack nicht das Bedürfnis, einen Brandy zu trinken. Er nahm ein Bad, dann empfing er Austin im Frühstückszimmer, wo er gerade die Post der letzten Tage durchsah, und schickte die Lakaien hinaus. »Hat Maurice dir die gute Nachricht mitgeteilt? Kaffee?«

»Ja, was für beides gilt.« Lächelnd setzte sich Austin an den Tisch. »Nun musst du mir die Einzelheiten verraten.« Nachdem Jack von seinem Gespräch mit Vincenzo erzählt hatte, lehnte sich der Anwalt zufrieden in seinen Sessel zurück. »Da hast du dir eine Menge Geld erspart. Symington würde sich wohl kaum mit zehntausend Pfund pro Jahr begnügen.«

»Müssen wir uns um Vincenzos Sicherheit sorgen? Bloß ein Gedanke – nach Trevors Machenschaften ...«

»Am besten verstecke ich ihn irgendwo bis zu seinem Auftritt im Zeugenstand. Falls er überhaupt aussagen muss. Symington ist ein kluger Mann. Also wird er die Sache wohl kaum weiterverfolgen. Oder der junge Mann brennt mit der kleinen Palmer durch.«

»Wie auch immer, gib mir Bescheid, wenn irgendwas passiert. Ich fahre nach Castlereagh.«

»Also willst du dich nicht mehr zu Tode trinken?«

»Darauf muss ich leider verzichten«, erwiderte Jack grinsend, »sonst würde Trevor mich beerben.«

»Um diese Möglichkeit endgültig auszuschließen, brauchst du einen Sohn.«

»Eine gute Idee ...«

»Warum fährst du nicht nach Paris und machst ihr einen Heiratsantrag?«

»Weil ich nicht weiß, ob ich das wirklich will. Und sie weiß es auch nicht.«

19

An diesem sonnigen Nachmittag hatten alle Duras-Pferde in Longchamps gewonnen. Nun feierten die Familie und einige Freunde die Siege im Garten des Duras-Hauses. Venus saß allein im Salon. Blicklos schaute sie durch die offene Terrassentür hinaus. Sie war nicht in der Stimmung, um an einer fröhlichen Party teilzunehmen. Normalerweise würde sie da draußen im Mittelpunkt stehen und mit den anderen angeregt über die Rennen diskutieren.

Aber die heitere Szene im Garten interessierte sie nicht. Auch die Rennen hatten ihr keine Freude bereitet. Nicht einmal die Arbeit in der Montmartre-Klinik, wo inzwischen alle neuen Apparate und Instrumente benutzt wurden, befriedigte Venus. Und weil man ihr die Melancholie deutlich anmerkte, hatte einer der Ärzte gefragt, ob sie übermüdet sei. Aber damit hing ihre trübe Laune nicht zusammen. Sie schlief sogar länger als sonst, ging jeden Abend früh zu Bett und stand ziemlich spät auf – nachdem sie unweigerlich von Jack geträumt hatte.

Von Natur aus pragmatisch, wollte sie sich nicht eingestehen, dass sie an Liebeskummer litt. Es würde ihr auch gar nichts nützen, einen Mann wie Jack zu lieben, der eine Frau nach der anderen verführte und romantische Gefühle verachtete. Sie war nicht so dumm, sich einzubilden, die wenigen gemeinsamen Wochen hätten seine Gewohnheiten geändert.

Der Anblick ihrer Mutter, die auf das Haus zuging, riss Venus aus ihren Gedanken. Mama suchte sie.

Natürlich, die Abwesenheit der Tochter war nicht unbemerkt geblieben. Venus stand auf, warf einen Blick in den Spiegel im vergoldeten Rahmen, der über dem Sofa hing, und zwang sich zu einem Lächeln. Dabei wirkte ihre Miene so gequält, dass sie lachen musste.

Als ihre Mutter den Salon durch die Terrassentür betrat, war sie angenehm überrascht. »Offensichtlich fühlst du dich besser.«

»O ja«, log Venus und hoffte, sie könnte Mama etwas vormachen, bis der letzte Gast gegangen war. »Gerade wollte ich zu euch kommen.«

Nach der Party, am späten Abend, saßen Pasha und Trixi bei einem letzten Drink auf dem Balkon ihres Schlafzimmers.

»So geht's nicht weiter mit Venus.« Seufzend nahm Trixi ihre Lapislazuli-Ohrringe ab und legte sie auf den kleinen Metalltisch.

Pasha hatte Notre Dame im Mondlicht betrachtet, nun wandte er sich zu seiner Frau und stellte sein Brandyglas ab. »Aber sie will nicht, dass wir uns einmischen.«

»Seit ihrer Rückkehr aus England ist sie wie verwandelt«, bemerkte Trixi und öffnete die Schließe ihres Armbands. »Und ich ertrage es nicht, sie so traurig zu sehen.«

»Was soll ich tun?«

»Würdest du mit Redvers reden?«

»Und was soll ich ihm sagen, mein Schatz? Männer von seinem Schrot und Korn verlieben sich nicht.«

»Aber Venus ist so unglücklich. Irgendwie müssen wir ihr helfen.«

»Hast du mit ihr gesprochen?«

»Das versuche ich immer wieder. Aber sie wechselt jedes Mal das Thema. Ist dir aufgefallen, wie gelangweilt sie die Pferderennen verfolgt hat? Kurz danach wollte sie nicht mit uns feiern.« Bedrückt ließ sie das Armband zwischen ihren Fingern hindurchgleiten. »Ihre Verzweiflung bricht mir das Herz.«

»Soll ich sie fragen, ob sie uns nach Marokko begleiten möchte? Vincent kommt auch mit.«

»Was für eine gute Idee! Sie mag ihn sehr gern, nicht wahr?« Nun erhellte sich Trixis Miene. »Ja, Marokko wäre genau das Richtige für Venus.«

»Zumindest würde diese Reise sie ein bisschen von ihrem Kummer ablenken.«

»Und wer weiß? Wenn wir nach Paris zurückkehren, hat sie Redvers vielleicht vergessen.«

Aber so leicht ließ sich Venus nicht zu der Fahrt überreden. »Ich muss im Hospital arbeiten.«

»Wir bleiben doch nur zwei Wochen weg. Und du hast dich in Tanger immer wohl gefühlt.«

»Außerdem braucht Merimee meine Gesellschaft, in ihrem Zustand ...«

»Bis zum Juli bleibt sie mit Gaspard auf dem Land.«

»Und ich habe Felicie versprochen, ich würde sie nächste Woche für ein paar Tage nach Trouville begleiten.«

»Wir wollen dich doch nur ein bisschen aufheitern, Liebling«, erwiderte Trixi. »Soll Papa mit Lord Redvers reden?«

»Um Himmels willen, nein! Daran darfst du nicht einmal denken, Mama! Tu's nicht, Papa! Versprich es mir!«

»Seit deiner Heimkehr bläst du von morgens bis abends Trübsal. Natürlich sorgen wir uns um dich.«

»Versprich es mir!«, beharrte Venus eigensinnig. »Sofort!«

»Gewiss, wenn es dein Wunsch ist …«

»Allerdings!«, fauchte sie. Dann gewann sie ihre Fassung wieder. »So sehr ich eure Fürsorge auch schätze, es geht mir gut – wirklich. Und ich würde sehr gern für ein paar Tage nach Trouville fahren, in der Sonne sitzen und die Meeresluft genießen. Also müsst ihr nicht befürchten, ich könnte mich zu einer Außenseiterin der Gesellschaft entwickeln. Meistens wimmelt es in Felicies Haus von Gästen und ich werde mich ganz bestimmt amüsieren.«

Unsicher schaute Trixi ihren Mann an. »Verschieben wir die Fahrt nach Marokko, Pasha. Deine Geschäfte können doch warten, nicht wahr?«

»Bitte, Mama, nehmt keine Rücksicht auf mich. Meinetwegen solltet ihr eure Pläne nicht ändern. Wenn ihr mir nicht glaubt, fragt doch Felicie. Am Donnerstag reise ich mit ihr ab.«

»Diesen Donnerstag?«

»In vier Tagen, Mama.«

Trixi lächelte erleichtert. Wenn Venus tatsächlich an Felicies Hausparty teilnahm, würde sie ihren Herzenskummer vermutlich bald überwinden. Da die Freundin interessante, faszinierende Leute einzuladen pflegte, würde Venus abwechslungsreiche Tage erleben. »Verzeih uns, Liebes«, murmelte die Mutter. »Dein Papa und ich machen uns einfach nur Sorgen.«

»Das weiß ich zu schätzen«, wiederholte Venus. »Aber ihr solltet euch beruhigen – alles ist in bester Ordnung. Habt ihr schon gehört? Nächsten Monat wird der Grundstein zum neuen Flügel des Hospitals gelegt.«

»Herzlichen Glückwunsch«, entgegnete Pasha. »Habt ihr neue Spenden bekommen?«

»Eine sehr großzügige, vom Präsidenten der Börse. Er ist mit der Comtesse Fleury befreundet, eine unserer Wohltäterinnen.«

Und er zählte auch zu Pashas besten Freunden. Doch das erwähnte er nicht. »Was für wundervolle Neuigkeiten! Da hat Ribon das Geld, das er für wohltätige Zwecke verwenden will, gut angelegt.«

Am nächsten Tag brachen Pasha und Trixi mit einem kleinen Gefolge nach Marokko auf und drei Tage später begleitete Venus ihre Freundin Felicie nach Trouville. Die Stadt, ein fashionabler Erholungsort am Atlantik, war vor kurzem zum Mekka reicher Urlauber avanciert. Imposante Paläste säumten die Küste, mit Terrassen, die eine großartige Aussicht auf das Meer boten. In den schönen Gärten versammelte sich die *Hautevolee,* um zu sehen, gesehen zu werden und Klatschgeschichten auszutauschen.

Auf der Promenade am Strand zeigten sich modisch gekleidete Damen mit gerüschten Sonnenschirmen und Herren in hellen Leinenanzügen, ihre Strohhüte in den Händen. Im Gegensatz zu den Engländern, die unerschütterlich im kalten Atlantik schwammen, betrachteten die Franzosen das Wasser lieber aus sicherer Entfernung.

Um der großstädtischen Hitze zu entfliehen und sommerliche Freuden zu genießen, trafen zahlreiche Pariser ein. Auch Venus wollte sich amüsieren.

Auf Castlereagh fand Jack die Einsamkeit, die er suchte, aber keinen inneren Frieden. Tag und Nacht verfolgten ihn schmerzliche Erinnerungen. Venus beherrschte alle seine Gedanken und Träume, obwohl er sein Bestes gab, um sich von seiner Sehnsucht abzulenken. Stundenlang ritt er aus oder er unternahm lange Spaziergänge im Wald. Jetzt konnte ihm nicht einmal mehr der Cognac Trost spenden und Maurice hatte es aufgegeben, seinem Herrn eine Flasche auf den Nachttisch zu stellen.

Jahrelang gegen die Liebe immun, verstand Jack die Gefühle nicht, die sein Herz bewegten. Und er wusste nicht, wie er Venus' Bild aus seiner Fantasie verscheuchen sollte.

Als er eines Abends sein Haus betrat, körperlich und seelisch erschöpft, entdeckte er rotes Ledergepäck mit dem Siegel der Duchess of Groveland, das sich in der Eingangshalle stapelte. Stöhnend runzelte er die Stirn. Nicht einmal einen Menschen, der ihm so viel bedeutete wie Peggy, wollte er willkommen heißen. Es würde ihm sicher schwer fallen, höflich zu bleiben und über belanglose Dinge zu schwatzen.

Aber Jack kannte die Entschlossenheit seiner Patentante und er wusste auch, wie ungern sie verreiste. Also musste es ein wichtiger Grund sein, der sie aus London hierher geführt hatte.

Als er den Kopf hob, sah er Maurice die Stufen herabsteigen und klagte: »Sagen Sie mir um Himmels willen, dass sie uns nicht lange zur Last fallen wird!«

Ungerührt blieb Maurice am Fuß der Treppe stehen. »Tut mir Leid, Sir, die Duchess hat nicht erwähnt, wann sie abzureisen gedenkt.«

»Jedenfalls hat sie genug Gepäck für einen Monat mitgebracht.«

»Nun, Ihre Ladyschaft verreist stets sehr stilvoll. Deshalb muss der Umfang ihres Gepäcks nicht auf die Dauer ihres Aufenthalts hinweisen.« Der Butler winkte einige Lakaien zu sich und zeigte auf die roten Lederkoffer und -taschen. »Soeben habe ich sie ins königliche Gemach geleitet. Die Duchess hat schon immer gern in Königin Elizabeths Bett geschlafen. Übrigens, ich erklärte ihr, Sie seien ausgegangen, Mylord, und würden zum Dinner zurückkehren.«

»Hoffentlich finde ich wenigstens noch genug Zeit, um meine Verteidigungsbastionen aufzubauen.«

»Ihre Ladyschaft hat gewiss sehr viel zu erzählen.«

»Wie üblich, Maurice«, murmelte Jack. »Ich nehme an, dass die Bahnfahrt äußerst unbequem war.«

»Zweifellos wird die Duchess Sie beim Dinner mit ihren Klagen unterhalten, Mylord. Davon bekam ich auf dem kurzen Weg zum königlichen Gemach einiges zu hören. Ich war so frei, die Mahlzeit um eine halbe Stunde zu verschieben, weil ich mir nicht sicher war, wann Sie zurückkommen würden.«

»Danke, Sie sorgen einfach großartig für mich.«

»Nun, wir alle tun unser Bestes, Sir.«

Beim Dinner war Peggy in bester Laune und ungewöhnlich rücksichtsvoll. Zum Beispiel verzichtete sie auf eine längere Diskussion über die Bahn und drückte ihr Missfallen nur mit knappen Worten aus. Zumindest das Wetter war halbwegs angenehm gewesen. Ihre Zofe Molly hatte alles eingepackt, was dringend gebraucht wurde, und der Zug war pünktlich angekommen. »Was für einen schönen Bahnhof ihr in Castlereagh habt«, beendete Peggy ihren Monolog. Mit diesem Lob schürte sie Jacks Misstrauen.

»Vielen Dank«, erwiderte er vorsichtig.

»Keine Ursache«, versicherte sie freundlich, als wäre diese höfliche Konversation ganz normal. »Übrigens, ich kann dir gute Neuigkeiten erzählen. Sarah Palmer ist mit ihrem Tanzlehrer durchgebrannt.« Als Jack keine Überraschung zeigte, hob sie die Brauen. »Oh, das wusstest du schon?«

»Natürlich, dafür bezahle ich doch. Um mir das zu erzählen, hättest du nicht so weit reisen müssen.« Mit einer knappen Geste verscheuchte Jack die Lakaien, die das Dinner servieren wollten. Irgendwann würde die Guillotine herabsausen und darauf wollte er nicht bis zum Ende der Mahlzeit warten. Sonst würde ihm der Appetit vergehen. »Sag mir, warum du *wirklich* hier bist, Peggy, und dann können wir in Ruhe essen.«

»Maurice hat deine langen Spaziergänge erwähnt.«

»Ist das ein Problem?«

»Nun, es sieht dir nicht ähnlich, mein Lieber.«

»Und warum findest du das so wichtig?«

»Außerdem trinkst du nicht mehr«, fügte sie bedrückt hinzu.

»Sorgst du dich deshalb?«

»Diese Enthaltsamkeit passt ebenfalls nicht zu dir. Außerdem lebst du wie ein Mönch und das bereitet mir den allergrößten Kummer.«

»Tut mir Leid, dass dich meine Abkehr vom Lotterleben beunruhigt«, bemerkte er sarkastisch.

»Manche Leute behaupten, du seist krank.«

»Dann irren sich diese Leute, ich bin kerngesund.«

»Vermisst du sie?«

»Darf ich solche Gefühle nicht empfinden?«

»Nein – wenn du in Trübsinn versinkst und gleichzeitig so dumm bist. O Jack!« Jetzt konnte sie ihren Ärger nicht mehr verbergen. »Soll ich irgendwas unternehmen?«

»Nach meiner Ansicht hast du schon genug getan«, erwiderte er kühl. »Nur weil du dich eingemischt hast, ist mir so elend zu Mute.«

Ohne seinen Tadel zu beachten, verkündete die Duchess: »Venus ist in Trouville.«

»Wieso weißt du das?«, fragte er und zog die dunklen Brauen zusammen. »Sag bloß nicht, du hast ihr geschrieben!«

»Nein, ich habe Freunde in Paris. Vor einer Woche fuhr sie zur Küste.«

»Hoffentlich amüsiert sie sich«, stieß er grimmig hervor.

»Keineswegs, falls mich meine Bekannten aus Trouville richtig informiert haben.«

»Wenn du Venus von Detektiven überwachen lässt, kenne ich dich nicht mehr, Peggy.«

»Sei nicht albern, Darling. Wozu brauche ich Detektive? Ich habe so viele Freunde. Und die Telegrafen funktionieren ausgezeichnet. Übrigens, ich ließ deine Yacht auf Vordermann bringen.«

»Verdammt, diesmal bist du zu weit gegangen! Wieso musst du dich dauernd um mich kümmern?« Wütend schob er seinen Stuhl zurück und sprang auf. »Wirklich, du hast deine Grenzen überschritten! Glaubst du, ich würde nicht selber nach Frankreich fahren, wenn ich Venus sehen wollte? Glaubst du …«

»Dann fahr endlich hin!«, unterbrach sie ihn ungeduldig. »Das sieht doch ein Blinder, warum du dich wie ein grüner Junge in deiner Melancholie vergräbst. Und wenn dir niemand anderer erklärt, warum du dich so aufführst, tu's ich!«

»Ja, du weißt natürlich alles immer ganz genau!«, entgegnete er frostig.

»Weil du sie liebst, du Schwachkopf! Was meinst du denn, warum du den Trennungsschmerz nach wie vor nicht überwunden hast? Nach einem ganzen Monat? Wieso gehst du deinen Freunden aus dem Weg und schaust keine andere Frau mehr an? Guter Gott, Jack, nur liebeskranke Dichter gehen jeden Tag im Wald spazieren!«

»Das weißt du also auch.«

»In meinem Alter habe ich genug erlebt, mein Lieber. Venus ist in Trouville unglücklich, du bist hier unglücklich. Warum fährst du nicht nach Frankreich und redest wenigstens mit ihr? Wovor hast du denn Angst?«

»Vor dem Verlust meiner Freiheit.«

»Genießt du sie?«

Schweigend wanderte er zu einem der Fenster, die zum Flusstal hinausgingen. Ein heller Vollmond versilberte die Wellen. So weit das Auge reichte – und noch viel weiter – gehörte dieses schöne Gebiet zu seinem Landgut Castlereagh.

Und was nützt dir dein ganzer Besitz, wenn du allein bist?, fragte eine leise innere Stimme. Wie ein Donnerschlag traf ihn das quälende Gefühl seiner Einsamkeit. Die Stille im Raum, die Isolation, die seine Kindheit begleitet hatte – in Häusern wie diesem, die niemals ein Heim gewesen waren.

Als er sich umdrehte, erschien ihm Peggy am anderen Ende des langen Mahagonitisches winzig klein. Stets war sie die einzige Stütze in seinem Leben gewesen, der einzige Mensch, auf den er sich verlassen konnte. Obwohl sie sich ständig in seine Angelegenheiten einmischte, wusste er, wie bedingungslos sie ihn liebte.

Langsam kehrte er zum Tisch zurück, von neuer Hoffnung erfüllt, die unwiderstehlich in ihm aufstieg. »Wahrscheinlich wirst du mir die Hölle heiß machen, wenn ich mich weigere, nach Trouville zu fahren.«

»Endlich hast du's begriffen«, erwiderte sie gelassen. »Mir liegt doch nur dein Glück am Herzen. Und mit ihr warst du so glücklich wie nie zuvor.«

»Aber ich garantiere für nichts. Vielleicht weist sie mich ab. Im Gegensatz zu all den englischen Debütantinnen, die verzweifelt nach Ehemännern fahnden, führt Venus ein sehr aktives, befriedigendes Leben.«

»Wollen wir wetten?« Die Augen der Duchess begannen zu funkeln.

»Natürlich, du würdest auf alles wetten, nicht wahr?«

»Nur wenn ich meiner Sache sicher bin. Wenn ihr nach London kommt, bereite ich den Hochzeitsempfang vor.«

»Noch hat sie meinen Antrag ja nicht angenommen.«

»Mein lieber Junge, nachdem du jahrelang unzählige Frauen verführt hast, müsstest du's doch eigentlich schaffen, deine Erfahrungen zu nutzen.«

»Wenn du's so ausdrückst ...«, erwiderte er belustigt. »Mal sehen, was sich da machen lässt.«

»Das wäre also geklärt. Dein Kapitän erwartet

dich morgen Nachmittag. Können wir jetzt essen? Ich bin halb verhungert, nachdem Molly mir einen grässlichen Reiseproviant zugemutet hat. Bei diesem Lärm, inmitten stinkender Rauchschwaden, hätte ich allerdings ohnehin keinen Bissen hinuntergebracht. Ganz zu schweigen von den grässlichen Verzögerungen zwischen London und Oxford, die mich ständig ärgern. Habe ich dir schon erzählt, wie Molly und ich in den falschen Zug stiegen? Das war …«

Jack läutete nach seinen Dienstboten und befahl ihnen, das Dinner zu servieren. Während der Mahlzeit musste er sich wortreiche Klagen über die Missstände im britischen Eisenbahnsystem anhören.

Nachdem die Duchess of Groveland ihre heikle Mission erfüllt hatte, befand sie sich in wunderbarster Hochform.

20

Um acht Uhr abends erreichte der Marquess den Hafen von Trouville. Die kabbelige See hatte die Fahrt verzögert, aber er fand bald eine Unterkunft. Nachdem er gebadet und sich umgekleidet hatte, ging er die Promenade entlang, zum Haus der Comtesse Felicie de Casse. Letztes Jahr hatte er sie bei einer Mardi Gras*-Party kennen gelernt – eine sehr charmante Dame, wie so viele französische Gastgeberinnen.

In der Tasche seines Jacketts steckte ein Verlobungsring, auf dem Weg nach Dover in London gekauft. Während der Reise hatte er verschiedene Formulierungen seines Heiratsantrags erwogen. Jetzt schlug sein Herz wie rasend. Ob aus Angst vor Venus' Ablehnung oder ihrem Jawort, wusste er nicht. Jedenfalls würde er an diesem Abend einen unwiderruflichen Schritt tun.

Und wenn Venus seinen Antrag annahm, wäre er für sein ganzes restliches Leben an sie gebunden.

Bei diesem Gedanken blieb er plötzlich mitten auf der Promenade stehen. Ohne die Passanten wahrzunehmen, die links und rechts an ihm vorbeischlenderten, starrte er aufs Meer, als könnten die schäumenden Wellen seine bange Frage beantworten.

---

* franz.: Fetter Dienstag; Faschingsdienstag. An diesem Tag mußte vor Beginn der Fastenzeit das Fleisch eines Haushalts aufgegessen werden.

Aber aus der Wassertiefe erhob sich kein mythisches Wesen, das ihm einen weisen Rat erteilt hätte und allmählich wich seine Furcht der Vernunft. Die Wochen ohne Venus waren öde und leer gewesen. Nun würde er sie bitten, für immer bei ihm zu bleiben, weil ihn das Glück am Tag der Trennung verlassen hatte. Und er wollte wieder ein glückliches Leben führen.

An seinem Ziel angelangt, stieg er die Eingangstreppe des prächtigen Barockpalastes hinauf und staunte über die zahlreichen Kutschen, die davor standen. Also empfing die Comtesse gerade sehr viele Dinnergäste. An der Küste ging es bei solchen gesellschaftlichen Ereignissen eher zwanglos zu. Aber wie ihm der Butler der Hausherrin mitteilte, war an diesem Tag ein russischer Botschafter als Ehrengast eingeladen worden, was einen etwas förmlicheren Stil erforderte.

Jack übergab einem Lakaien eine schriftliche Nachricht. An Venus' Stelle eilte die Comtesse aus dem Speisesaal, die Arme weit ausgebreitet. Nachdem sie ihn an ihr Herz gedrückt hatte, bat sie ihn, an der Dinnertafel Platz zu nehmen. »Venus zieht sich noch um. Bald wird sie herunterkommen. Was für eine nette Überraschung Sie ihr bereiten …«

»Bevor ich mich zu Ihnen setze, würde ich gern mit Venus sprechen, wenn es Sie nicht allzu sehr stört.«

»Um Himmels willen, nein! Der Botschafter bringt einen Toast nach dem anderen aus … Nun, Sie kennen ja die Russen und ihre Trinksitten. Sicher wird's noch eine Weile dauern, bis das Dinner serviert wird. Gesellen Sie sich einfach etwas später zu uns.«

Mit einer höflichen, ausweichenden Antwort versuchte er sich aus der Affäre zu ziehen. Mühelos gingen ihm die Phrasen von der Zunge, die er seit Jahren gebrauchte, um sich langweilige Dinnerpartys zu ersparen.

»So leicht kommen Sie mir nicht davon, Lord Redvers«, drohte die Comtesse lächelnd. »Dank Ihrer Anwesenheit werden wir Venus wieder lächeln sehen. Soviel ich weiß, sind Sie schuld an ihrer trüben Laune.« Spielerisch schlug sie mit ihrem Fächer auf seine Wange. »Schämen Sie sich!«

»Also muss ich Venus um Verzeihung bitten – wenn Sie mir verraten, wo ich sie finde, Comtesse.«

»Aber, aber, Lord Redvers! Sie kleidet sich noch um.«

»Das ist mir egal.«

»Wollen Sie einfach in Venus' Zimmer stürmen?«, fragte sie belustigt.

»Ich verspreche Ihnen, vorher anzuklopfen. Bitte, erklären Sie mir, wo sie ist. Sonst muss ich jede Tür im Oberstock öffnen.«

»Wie entschlossen Sie sind ...« Wissend lächelte sie ihn an. Vor ihr stand ein Mann, der sein Herz verloren hatte. »Venus bewohnt die Nord-Suite, mit Blick aufs Meer. Viel Glück, Lord Redvers.«

»Danke ...« Mit langen Schritten strebte er zur Treppe. Aber die nächsten Worte der Hausherrin hielten ihn zurück und er drehte sich um. »Bevor Sie um ihre Hand bitten – vergessen Sie nicht, Ihre Liebe zu gestehen. Wir Frauen schwärmen für romantische Liebhaber.«

»Ist es denn so offensichtlich, was ich empfinde?«

»O ja, Lord Redvers. Kommen Sie später mit Venus herunter, dann feiern wir mit Ihnen.«

Jack stieg die Stufen hinauf und bog in den Korridor. War jeder Mann so aufgeregt, bevor er seiner Angebeteten einen Heiratsantrag machte? Gefangen zwischen Hoffnung und Furcht? Beim Gedanken an die Zukunft zuversichtlich und skeptisch zugleich? Er holte tief Atem, bezähmte seine Zweifel und erinnerte sich an die echten, tiefen Gefühle, die ihn hierher geführt hatten. Die Schultern gestrafft, ging er weiter.

Wie soll ich noch eine quälende Dinnerparty ertragen, fragte sich Venus. Wie konnte sie einen ganzen Abend lang lächeln und Gesprächen lauschen, die sie nicht interessierten? Wie viele endlose Lunch- und Dinnerpartys hatte sie in Trouville schon besucht, ohne sich auch nur ein kleines bisschen zu amüsieren? Warum konnte sie den sommerlichen Zeitvertreib nicht ebenso genießen wie die anderen Urlauber – Tennis, Krocket, Segeln, Gartenfeste und musikalische Soireen?

An diesem Abend hatte sie schamlos gelogen und ein lahmendes Pferd als Vorwand benutzt, um ihre verspätete Ankunft auf Felicies Dinnerparty zu erklären. Am liebsten würde sie gar nicht hinuntergehen. Bis zur Dämmerung hatte sie zwischen den Dünen gesessen und ihr Pferd grasen lassen, den Kanal betrachtet und überlegt, was Jack tun mochte. Zwischen Eifersucht und Sehnsucht hin und her gerissen, wollte sie sich seine Rückkehr zu alten Gewohnheiten nicht vorstellen, keinen Gedanken an die Frauen verschwenden, die jetzt seine Lust stillen würden. Stattdessen konzentrierte sie sich auf die Vorzüge ihres eigenen Lebens – die Liebe zu ihrer Familie, das Engagement für die Wohlfahrt, das ihr so viel bedeutete. Doch in ihrer verräterischen Fantasie erschien immer wieder Jacks Bild. Und die Erinnerung an die gemeinsamen Tage ließ sich ebenso wenig verdrängen, wie sie den Gezeiten Einhalt gebieten konnte.

Erst als die Sonne vollends hinter dem Horizont verschwunden war und abendliche Kälte die Luft erfüllte, ritt Venus zu Felicies Haus.

Und jetzt – nachdem sie gebadet, sich für die Party angekleidet und die Zofe entlassen hatte, war sie unfähig, nach unten zu gehen und zu lächeln. Sie saß am Fenster und beobachtete die rauschende Brandung. Gab es eine Möglichkeit, der Party zu entrinnen? Sollte sie Kopfschmerzen vortäuschen? Würde Felicie sie durchschauen? Welche körperlichen Beschwerden konnten plötzlich und glaubhaft auftauchen? Vielleicht ein verstauchter Fußknöchel …

Ein Klopfen an der Tür begrub alle Hoffnungen. Seufzend schnitt sie eine Grimasse und rief: »Ich komme gleich!«

Als sie die Tür knarren hörte, schaute sie über die Schulter und wollte sich für die Verspätung entschuldigen. Aber die Worte erstarben in ihrer Kehle.

Jack trat ein und schloss die Tür hinter sich. In seinem Abendanzug sah er umwerfend aus – groß, kraftvoll und so attraktiv, dass eine vertraute Wehmut ihr Herz zusammenkrampfte.

Langsam stand sie auf und wandte sich zu ihm. »Wie hast du mich gefunden?«

An dieses gewinnende Lächeln erinnerte sie sich viel zu lebhaft. »Dabei hat Peggy mir geholfen. Wer sonst?«

»Hat sie dich hierher geschickt?«

Warum klang ihre Stimme so scharf? Freute sie

sich nicht? »Peggy kann mich nirgendwohin *schicken* und auch zu nichts zwingen«, entgegnete er.

Ihr Puls beschleunigte sich. »Hast du aus eigenem Antrieb beschlossen, Trouville zu besuchen?«, erkundigte sie sich, immer noch in schroffem Ton. Zweifellos hätten ihre Gouvernanten dieses unfreundliche Verhalten getadelt.

»Erst nachdem ich erfahren hatte, dass du hier bist. Du siehst wundervoll aus – im Gegensatz zum Modediktat von der Sonne gebräunt und strahlend schön. O Gott, wie ich dich vermisst habe …«, fügte er leise hinzu.

»Auch ich habe oft an dich gedacht.«

»Sehr gut, weil …« Er unterbrach sich und holte tief Luft, dann grinste er verlegen. »Auf der Fahrt über den Kanal habe ich mir dauernd überlegt, wie ich mich ausdrücken soll. Jetzt habe ich all die romantischen Worte vergessen und so frage ich einfach – willst du mich heiraten?«

»Das hört sich ziemlich unsicher an.«

»Im Augenblick weiß ich nicht einmal, wie ich heiße. Mein Gehirn scheint nicht mehr richtig zu funktionieren. Jedenfalls siehst du noch viel schöner aus als in meinen Träumen und das bedeutet doch eine ganze Menge. Zum ersten Mal seit Wochen bin ich glücklich.« Sein flehender Blick erinnerte sie an einen unschuldigen kleinen Jungen. »Also sag Ja.«

»Fast könnte ich in Versuchung geraten …« Jacks Miene verschloss sich. »Davor habe ich Peggy gewarnt – du wirst meinen Antrag ablehnen.«

»Ich sage nicht Nein.«

»Aber auch nicht Ja.«

»Weil ich mir Sorgen mache …« Als sie zögerte,

hob er die Brauen. »Wegen – deiner Vergangenheit, deines Rufs, deines Lebenswandels.«

»Inzwischen habe ich mich geändert – was ich *dir* verdanke. Frag Peggy! Sie bestand darauf, dass ich hierher fahre, weil ich mich wie ein Einsiedler aufs Land zurückgezogen hatte, und das missfiel ihr.«

»Ich wusste es ja – sie hat dich dazu gezwungen.«

»Nein. Niemals könnte sie mich zu etwas zwingen, das ich nicht selber will. Sie war vor allem beunruhigt, weil ich wie ein Mönch lebte.«

»Wie ein Mönch?« Das klang vielversprechend und Venus musste ein Lächeln unterdrücken.

»Allerdings! Und du?« Hastig hob er eine Hand. »Verzeih mir, das geht mich nichts an.«

»Würde es dich nicht stören, wenn ich mit einem anderen geschlafen hätte?«

»Doch, natürlich. Aber deine Vergangenheit steht nicht zur Debatte – obwohl ich jeden Mann, der dich einmal angerührt hat, zum Duell fordern möchte.«

»Auf die Gefahr hin, dich in deinem übermütigen Selbstbewusstsein zu bestärken – du hast mich so verwöhnt, dass mich kein anderer reizen könnte.«

Da eilte er endlich zu ihr, als hätte ihm dieses Geständnis die Sicherheit gegeben, die er brauchte. Beschwörend ergriff er ihre Hände. »Dann heirate mich! Nur du kannst mein Leben vervollkommnen. Von morgens bis abends sehne ich mich nach dir, jede Nacht erscheinst du in meinen Träumen. Das *muss* ganz einfach Liebe sein.«

»Und wenn's keine Liebe ist?« Venus fand seine Worte zu glatt und gewandt, zu charmant.

»Doch, ganz sicher.«

»Das sagt sich leicht. Und keiner von uns war je verliebt. Denk an den Verlust deiner Freiheit.«

»Gewiss, davor fürchte ich mich. Während ich mir überlegte, was ich aufgeben würde, trank ich einige Kisten Brandy. Aber zusammen sind wir glücklich und getrennt unglücklich. Deshalb sollte es keine Probleme geben.«

»So einfach ist es nicht. In deinem Cottage am Fluss hast du mir erklärt, wir müssten ein paar Grundregeln aufstellen. Das will ich jetzt tun.«

»Zum Beispiel?«

»Du darfst nie mehr andere Frauen anschauen. Eine Ehe wie so viele in der gehobenen Gesellschaftsschicht ...«, fuhr sie fort und riss sich energisch los, »... will ich nicht führen.«

»Glaub mir, ich auch nicht.« Besitzergreifend umfasste er wieder ihre Hände und hielt sie fest, voller Sehnsucht nach ihrer Berührung. »Und du darfst nicht mit anderen Männern flirten. Sonst verliere ich den Verstand.«

»Wie unreif wir sind! Nur wenige Menschen in unseren Kreisen nehmen die Treue ernst.« Venus kannte die Regeln einer Gesellschaft, die nur den äußeren Schein für wichtig hielt.

»Ich bin kein toleranter Mann.«

»Und ich verabscheue die Bellas dieser Welt.«

»Also sind wir uns einig. Wann heiraten wir? Hoffentlich bald!«

»Und wenn ich mir eine ganz große Hochzeit wünsche?«, fragte sie und lächelte dabei herausfordernd.

»Dann feiern wir eben eine große Hochzeit – bald!«

»Aber – die Vorbereitungen ...«

»Maurice wird uns sicher helfen. Und natürlich Peggy. Wenn's nötig ist, kann sie Berge versetzen.

Nächste Woche treten wir vor den Traualtar. Einverstanden?«

»Unmöglich!«, protestierte sie und blinzelte verwirrt. »Meine Eltern sind in Marokko.«

»Holen wir sie zurück.«

Er meinte es tatsächlich ernst. »Außerdem gibt es noch so viel zu bedenken. Wo werden wir leben?«

»Halten wir uns nicht mit Trivialitäten auf. Nur unsere Hochzeit ist wichtig. Alles andere entscheiden wir später. Dafür werde ich genügend Zeit finden, nachdem ich mein Lotterleben aufgegeben habe, und dir jederzeit zur Verfügung stehe.«

»Nur eins will ich schon jetzt klären. Jeden Monat muss ich mindestens zwei Wochen in Paris verbringen.«

Lässig zuckte er die Achseln. »Kein Problem. Eine andere Frage – was hältst du von Kindern? Austin meint, ich würde einen Erben brauchen. Sonst würden mein Vermögen und mein Titel – falls ich eines frühen Todes sterbe – an Trevor gehen.«

»Klingt ziemlich pragmatisch …«, meinte sie vorwurfsvoll.

»Tut mir Leid. An den Gedanken meiner Vaterschaft habe ich mich noch nicht gewöhnt.«

»In den Krankenhäusern sehe ich sehr viele Babys.«

»Nun ja …« Bei diesem Thema fühlte er sich etwas unbehaglich.

»Aber ich habe mir niemals vorgestellt, selber Kinder zu bekommen.«

»Wenn du nicht willst …«, begann er hastig.

»Doch«, unterbrach sie ihn und drückte seine Finger. »Ich wünsche mir Kinder, sogar von ganzem Herzen.«

»Bist du dir sicher?«

»So sicher wie meiner Liebe zu dir.«

»Das finde ich wundervoll«, flüsterte er, und als sie ihm spielerisch ihr Ohr hinhielt, beteuerte er: »Ich liebe dich viel mehr, als du mich liebst.«

»Dann ist ja alles in bester Ordnung.«

»Unbescheidenes Ding! Ewig willst du noch mehr.«

»Überrascht dich das?«

»Keineswegs. Und es zählt zu den größten Freuden meines Lebens.«

»Glücklich?« wisperte sie.

Von tiefen Gefühlen überwältigt, nickte er. »Und ich hatte in all den Jahren keine Ahnung, was sich hinter dem Wort *Liebe* verbirgt.«

»Ich auch nicht. Danke, dass du zu mir gekommen bist.«

»Dafür musst du dich bei Peggy bedanken.«

»Das werde ich tun«, versprach sie. Zärtlich küsste sie den notorischen Zyniker, der sich hingebungsvoll in einen freudestrahlenden Romantiker verwandelt hatte.

Anmerkungen

1. Jahrhundertelang waren in Europa Handelsmärkte abgehalten worden. Seit dem frühen neunzehnten Jahrhundert präsentierte Paris alle fünf Jahre eine Industrieausstellung. In Irland wurden seit 1829 alle drei Jahre regionale landwirtschaftliche Produkte, Waren und Kunstwerke ausgestellt. England veranstaltete 1847 seine erste Kunsthandwerksausstellung, der 1848 und 1849 weitere folgten. 1851 fand die erste internationale Ausstellung statt.

Wie Henry Cole in typisch viktorianischem Stolz konstatierte: »Noch nie gab es in der Weltgeschichte ein vergleichbares Ereignis, das den menschlichen Fleiß so eindrucksvoll dargestellt hätte …« (Charles Gibbs-Smith, The Great Exhibition of 1851.)

Die Organisation dieses gigantischen Unternehmens, die Beteiligung sämtlicher wichtiger Industriezweige, die Wirkung auf alle Gesellschaftsschichten, die Ankurbelung des Handels, die Entwicklung einer neuen Reisetätigkeit, der erzieherische Nutzen und nicht zuletzt der Profit von 186.000 Pfund gestalteten die Ausstellung tatsächlich zu einem historischen Ereignis ersten Ranges.

Das Gebäude aus Glas und Eisen, von dem Architekten Sir Joseph Paxton (1801-1865) entworfen, erstreckte sich auf einer Fläche von achtzehn Morgen und war so hoch, dass drei ausgewachsene Ulmen hineinpassten. Am 1. Mai 1851 beobachtete eine halbe Million Menschen im Hyde Park, wie die Königin die Ausstellung offiziell eröffnete. Der Ordnung halber durften nur Zeitkartenbesitzer den Kristallpalast betreten, nicht mehr als 25.000 auf einmal. Jubelnd berichtete die Times am nächsten Tag: »Was gestern geschah, hat man noch nie erlebt, und es wird sich auch nicht wiederholen. Die Glücklichen, die dies alles mit ansehen durften, wussten kaum, was sie am meisten bewundern oder wie sie ihre Begeisterung in Worte fassen sollten …« Im Sommer 1852 wurde der Kristallpalast abgetragen und in veränderter Form in Sydenham wieder aufgebaut, wo er am 30. November 1936 niederbrannte.

2. 1851 waren Duelle sowohl in England als auch in Frankreich verboten, fanden aber trotzdem häufig statt. Ein Duellant, der nicht aus vornehmen Kreisen stammte und seinen Gegner tötete, konnte wegen Mordes angeklagt werden. Zum Beispiel wurde 1808 ein Major Campbell gehängt, weil er einen Captain Boyd wegen eines Streits über den korrekten Erlass eines Befehls umgebracht hatte. Ein Schriftsteller betonte, diese Tragödie müsste der Menschheit eine heilsame Lektion erteilen.

3. Zu Beginn des Jahrhunderts warben Annoncen in Frauenzeitschriften zwar für Unterhosen, aber es war erst viel später üblich, solche Kleidungsstücke zu tragen. 1855 besuchte König Victor Emmanuel von Sardinien den Hof Napoleons III. Damals waren Krinolinen in Mode. Als er einigen Hofdamen eine Treppe hinauffolgte, sah er unter den weiten Gestellen der Röcke die Hinterbacken und erklärte, es würde ihn entzücken, dass die Pforten des Paradieses stets geöffnet seien. In ›The History of Underclothes‹ von C. Willett und Phillis Cunnington bemerken die Autoren im Kapitel 1857-66: »Wenn Unterhosen getragen werden, sollten sie mit Rüschen und Spitzeneinsätzen verziert sein.« Die Konjunktion ›Wenn‹ weist darauf hin, dass Unterhosen nicht allgemein gebräuchlich waren. Was körperliche Dinge betraf, zeigten sich die Franzosen nicht so prüde wie die Engländer. Deshalb trug Venus Duras nach meiner Ansicht keine Unterhose.

4. Nach der Vulkanisierung des Gummis (1844) war der Gebrauch von Kondomen weit verbreitet.

5. Das Derby am 21. Mai 1851 wird in den ›Illustrated London News‹ vom 24. Mai ausführlich beschrieben. Die Zeitungsseiten sind vergilbt, aber die zahlreichen Illustrationen (Kupferstiche) immer noch klar zu erkennen, und sie geben die Atmosphäre auf faszinierende Weise wieder, die ich in diesem Kapitel einzufangen versuchte.

6. Nach den ›Illustrated London News‹ gewann Sir Joseph Hawley, der Besitzer des siegreichen Fuchses Teddington, beim Derby in jenem Jahr 70.000 Pfund (würde heute etwa DM 8.400.000.– entsprechen). Eine Abbildung zeigt einen Jockey, der im Sattel eines kostbaren, herrlichen Vollblüters sitzt.